CB139324

entre PONTEIROS & ECLIPSES

1ª Edição

Santa Catarina - 2023

Qualis

Copyright © 2023 Qualis Editora e Comércio de Livros Ltda

Todos os direitos reservados e protegidos.
Nenhuma parte desta obra poderá ser reproduzida ou transmitida sejam quais forem os meios empregados sem prévia anuência da editora.

Esta é uma obra de ficção. Nomes, personagens, lugares, datas e acontecimentos descritos são produto da imaginação da autora.
Qualquer semelhança com a realidade é mera coincidência.

Editora Responsável	Simone Fraga
Assistente Editorial	Bianca Jung
Projeto Gráfico, produção editorial e Preparação de texto	Setor Editorial
Revisão Ortográfica	Herbert Barros Coutinho Simone Fraga
Ilustradora e Design de Capa	Priscila Nakamura
Diagramação	Marcos Jundurian
Imagens Internas	Shutterstock

DADOS INTERNACIONAIS PARA CATALOGAÇÃO NA PUBLICAÇÃO (CIP)

N216e

Napoli, Laís - 1994 -
Entre ponteiros & eclipses / Laís Napoli. — [1. ed.] —
Florianópolis, SC: Qualis Editora, 2023.
238 p. : il. ; 23 cm.

ISBN Impresso 978-85-7027-100-6
ISBN Digital 978-85-7027-099-3

1. Literatura 2. Romance Brasileiro 3. Fantasia 4. Ficção I. Título

CDD – B869.3
CDU – 821.134.3(81)

1ª edição – 2023 | +14

Qualis

Qualis Editora e Comércio de Livros Ltda
Caixa Postal 6540
Florianópolis - Santa Catarina - SC -
Cep.88036-972

www.qualiseditora.com
www.facebook.com/qualiseditora
@qualiseditora
@qualiseditora
contato@qualiseditora.com

Para Bianca Jung, Marina Rezende, Sabrina Silva e Tayana Alvez,
que, cada uma à sua maneira, tornam realidade
a minha carreira como escritora.

E, também, para toda amaldiçoada que tenta se esconder do mundo.
Lembre-se: você merece ser amada.

"Há um monstro dentro de todos nós."

Arcane

MAR BUHRNAD
pra lá fica a Ilha do Desconhecido
Pior lugar do mundo!
CALADUNA
(44 mil km²)
CURINTO
BASINA
ALUN (CAPITAL)
lar do maldito oráculo
PORTO AURORA
nunca mais voltar!
RÓDIMA
NOVO SOL
TALIESAN
CIARA
NEFÉRIA
VAPÓLIA
ÉVIA
EIAXOR
País conservador CHATO!
A família da Tahri é daqui
MAR TAMHRI
VULCÃO ARIOSTO
CASA NA ÁRVORE
ÉVIA
TRILHOS
CAVERNA DA DRAGÃO
PRAÇA DO ALARIDO
PORTO
N
O
L
S
Mapa pessoal de ALANIS DILAN!

CAPÍTULO 1

DIRIGÍVEL NO CÉU, CORAÇÃO NA MÃO

— Dizem que tem um dragão nas montanhas. Ficou sabendo?

Lefertahri Eissa espreme-se contra o tronco até sentir suas costas arranharem, mesmo sob o tecido grosso de seu vestido. A frase é sussurrada por uma mulher à sua frente, para um grupo com mais de cinco pessoas.

Um dragão?, sua nuca se arrepia. *Não tem espaço para mais um monstro nessa cidade.*

Mais do que nunca, ela deseja fundir-se à árvore como o sal se funde aos mares Tamhri e Buhrnad. Não que seja difícil passar despercebida em meio a centenas de pessoas aglomeradas na praça principal de Évia. A Praça do Alarido, embora esse não seja seu nome oficial, é conhecida como tal por indicar bem sua principal função: abrigar lamentos, gritos e qualquer manifestação de sentimento que o dirigível da capital, Alun, possa causar às pessoas.

O dirigível se aproxima, inclusive.

Azul-escuro e marrom, ele subjuga os prédios aglomerados, meio tortos, com sua sombra imponente. Avança, o barulho alto das ventoinhas abafando as conversas aos poucos, até que o vozerio se cala. O coração de Lefertahri se agita mais, esquecendo-se por um tempo da fofoca sobre a criatura nas montanhas. Agora, a atenção de toda cidade é oferecida ao navio sustentado por uma imensa bola de ar e o que quer que seja a meia dúzia de pessoas a bordo – provavelmente pilotos e funcionários públicos.

Lefertahri leva a mão a um dos três relógios pendurados em sua túnica preta e branca. Prende a respiração. Ao seu redor, todos parecem fazer o mesmo. Então, o megafone surge diminuto no céu. A jovem se prepara, os batimentos cardíacos acelerados.

Lembranças de cinco anos atrás a golpeiam com violência. Uma criatura quimérica, um rugido avassalador e uma ilha inabitável disputam espaço por entre suas memórias. É difícil contar quantos calafrios sobem sua espinha e arrepiam seus pelos do corpo. Ela engole em seco quando, sobre a praça sombreada por completo, uma voz alta e grave informa:

— O Oráculo de Ghunza declarou a jovem Lisa Annovis, vinte anos e residente em Basina, culpada. — Lefertahri treme e uma tontura lhe aflige por alguns segundos. — Como castigo, se transformará em púca ao cair da noite. Já foi enviada para a Ilha do Desconhecido como procedimento padrão. O governo de Caladuna espera nunca mais encontrá-la e oferece solidariedade à família e aos amigos.

O homem pronuncia mais uma dezena de nomes, cidades e sentenças semelhantes em seguida. Ninguém de Évia, contudo. O som de expirações aliviadas se dissemina com velocidade, e Lefertahri se une ao coro. Afinal, não haverá pesar para estes cidadãos neste ano – e, no geral, é de partir o coração assistir às famílias desoladas com o destino de algum parente pecador.

Há também um grupo grande de pessoas que gritam impropérios sobre a menina condenada, e outro, muito menor, que demonstra compaixão. Em um gesto de apoio aos amaldiçoados, estas pessoas levam as duas mãos aos céus e permanecem em silêncio por um minuto. Alguns exibem, no ato, pequenas pistolas de bronze, cobre e madeira, que reluzem contra o sol.

O dirigível se afasta lentamente e leva consigo as apreensões e as sombras pela cidade. A jovem acompanha o movimento com a feição triste, pois o navio servirá de mensageiro para as próximas cidades. Em sua mente, presta as próprias condolências às famílias dos infortunados.

Sob o azul imaculado do céu, a população enfim começa a se dispersar. Lefertahri se desfunde do tronco da árvore e logo se arrepende. O sol forte atinge a capa escura que oculta seu corpo e cabeça, esquentando sua pele preta. Anseia por retornar logo à segurança da floresta. Pega o relógio mais curto e comprova sua teoria: o índice UV marca oito. Alto demais.

De súbito, a feição empática da jovem muda para a mal-humorada. Livrar-se do sol e do contato indesejado com as pessoas trará, por consequência, um nada caloroso abraço de insetos e da lama sujando seus sapatos. Nessas horas, a jovem se recorda do quanto prefere ser urbana.

Não é possível, entretanto.

Já está sombreada pela iminência dos arranha-céus, angulosos e cheios de engrenagens, tubos de cobre e vidro, quando avista três meninos, com não mais de oito anos, conversando aos berros à sua frente:

— É verdade, sim! Tem um dragão perto do vulcão — diz o primeiro, gesticulando com as mãos.

Lefertahri gela. Até mesmo o suor para de descer quando o frio percorre sua espinha.

— Duvido! — rebate o segundo, com uma careta.

— Se duvida tanto, por que não vai lá ver? — contrapõe o primeiro.

— Minha mãe não vai deixar.

— A mamãe dele não vai deixar! Coitadinho! Está com medo, isso sim! — intromete-se o terceiro, chacoalhando o segundo.

— Por que não vamos lá agora, todos nós? — sugere o primeiro, as mãos na cintura.

— Isso! — anima-se o terceiro.

— Minha mãe... — começa o segundo, mas é interrompido por provocações dos outros dois. — Então vamos, seus idiotas! Aposto que não tem nada lá!

O boato de novo.

Intrometer-se ou não? Se optasse por se intrometer, precisaria falar. Uma palpitação inconveniente se inicia de imediato em seu coração e as mãos ameaçam suar só de pensar na possibilidade de abordar desconhecidos. Mas manter-se em silêncio... De jeito nenhum deixaria três crianças colocarem-se em risco.

— Estão errados, todos vocês — ela começa, controlando a voz para que não vacile. — Lá não tem dragão algum, é bem pior.

Os meninos fazem caretas ao vê-la, mas dão atenção à jovem.

— Como assim, moça?

— Não se sabe ainda que monstro é, mas... é pior do que um dragão.

Alguns prendem a respiração enquanto outros debocham do relato.

Lefertahri finge não se abalar, impostando a voz o máximo que consegue.

— É maior, mais rápido e mais mortal, acreditem ou não. E se alimenta de crianças, isso é certo. Não ouviram as histórias?

— Que histórias? — o segundo indaga.

— Das crianças — ela diminui o tom de voz ainda mais e se abaixa para ficar na altura deles. Então, vasculha o entorno com o semblante amedrontado — desaparecendo.

— Que mentira! — acusa o terceiro.

— Se não acreditam, vão lá. Mas depois não voltem para casa chorando quando um de vocês ficar pelo caminho.

Lefertahri dá passos para longe, devagar. Os meninos não a acompanham, mas ela identifica cautela nas falas seguintes deles.

— E se for verdade? — o primeiro questiona em um sussurro audível.

Lefertahri sorri. Por ora, garantiu a segurança das crianças.

No dia seguinte terá um eclipse. Se o dragão existir de fato e for mais um dos desafortunados do Oráculo, ela vai tirar a limpo esse boato.

Mas, antes, precisa se apressar. O pôr do sol não está longe; ela deve alcançar a floresta antes da transformação.

Antes que Lefertahri deixe de existir e, em seu lugar, a Banshee ganhe vida. Metaforicamente falando.

Cinco anos atrás, Lefertahri Eissa era apenas uma menina de doze anos. Hoje, Lefertahri Eissa é um monstro.

Por esse motivo, vive na floresta ao noroeste de Évia, onde poucas almas se aventuram devido à proximidade com o vulcão Ariosto. Há anos espalham-se boatos de que criaturas perigosas rondam o local, desde amaldiçoados pelo Oráculo de Ghunza até as criaturas sombrias verdadeiras, conhecidas como os animais de estimação dos deuses.

Lefertahri sabe ser mentira. Não há nenhum monstro na floresta.

Bem, não havia até o dia que ela decidiu morar ali.

Há quatro anos, Lefertahri retornou para a cidade que foi seu lar. Meses antes, ela havia sido mandada para muito, muito longe pelo Oráculo de Ghunza. E longe ela quase ficou – afinal, em Caladuna, não se perdoa os condenados pelo Oráculo, pois maculam a imagem do país.

Ainda assim, Lefertahri se arriscou.

Precisava retornar. Precisava voltar a sentir. A se sentir viva. A sentir a culpa.

Culpada.

Ela é culpada.

Lembra-se disso ao descer da casa na árvore que construiu utilizando os ensinamentos do pai, poucas semanas depois que regressou. Mas não pensaria nele, não quando um aperto sempre se forma em seu coração quando o faz.

Lefertahri termina de flutuar até o chão, as duas luas soberanas no céu mostrando-lhe a distância. Tenta, mas não consegue evitar analisar as próprias mãos. Ela sempre as encara antes de o instinto a guiar. De dominá-la por completo.

Translúcidas. Apenas um pouco do preto de sua pele resta em seus dedos. Sabe que seu corpo está igual: o vestido com a parte de cima branca agora é cinza-claro, enquanto a parte de baixo e a capa, cinzas-escuro (*antes eram pretas*, ela afirma alto, em um ato de rebeldia). As presilhas douradas que ornam seu cabelo preto-azulado na altura do ombro provavelmente estão opacas, sem brilho. E as curvas arredondadas devem parecer menores para quem a vir, uma vez que a luz passa pelo seu corpo. Ela não tem certeza, pois não pode se ver. Não tem reflexo em espelhos.

A jovem repete suas características a si mesma, reiteradamente. Ela anseia nunca esquecer de sua forma humana enquanto transformada. De que antes de ser a Banshee, ela é a Lefertahri.

Às vezes é difícil.

A Banshee avança, meio flutuando, meio caminhando. Até hoje, não sabe discernir como percorre o ambiente. Afinal, é um fantasma.

Não, errado.

É um espírito maligno que pressente a morte das pessoas.

Pior: um espírito maligno que profetiza sete dias antes, por meio de um grito agudo na residência de alguém, o fim de uma vida.

Lefertahri é agente da Morte.

Triste, mas resignada, ela avança para a zona urbana de Évia.

Sua parte monstruosa avisa: há doze óbitos a serem prenunciados naquela noite.

Em Caladuna, relógios são indicadores de luxo. Toda família de prestígio precisa não de um, não de dois, mas de, no mínimo, *três* tipos para ser considerada digna de nota. Não que os caladinos gostassem de exibição de poder, apenas gostavam de ser vistos, vez ou outra. Pelo menos era o que explicavam os jornais de todo o mundo ao falar daquele país simpático e belo.

Existiria, portanto, melhor contexto que este para nascer em uma família de relojoeiros? Dezessete anos atrás, chegava ao mundo a primogênita dos Eissa, um sobrenome em ascensão em Évia. Reparadores de relógios há gerações, eles vinham caindo nas graças da sociedade abastada. Consertavam de tudo, diziam vozes e mais vozes pelas ruas, desde simples relógios que marcam as horas até os mais elaborados que indicam os batimentos cardíacos e a pressão arterial do portador. Até mesmo os lançamentos da época, que denunciam a presença de pessoas por perto, não fugiam das habilidosas mãos desta família.

Portanto, o Eissa pai sempre dizia à primogênita:

— Um dia, Tahri, também vamos produzir, não só consertar relógios. E tenho certeza de que você será a primeira a ir à Universidade para estudar Relojoaria Científica.

Quando a segunda filha nasceu, três anos depois da primeira, tais palavras também passaram a ser repetidas para ela.

Então, desde crianças, as duas sabiam que não poderiam desapontar o pai. Afinal, havia um cofre em forma de relógio que abriria apenas com as engrenagens, as válvulas e um tipo de carvão específicos. Tal combinação era conhecida apenas pelo senhor Eissa, que depositava ali diariamente suas economias para os estudos das filhas.

A cada novo reparo, parte do pagamento ia para o relógio-cofre.

A cada necessidade da família, o senhor Eissa trabalhava mais e mais, para nunca tirar recursos do futuro de suas meninas.

A cada novo ano, mais pesado o relógio-cofre se tornava e mais orgulhoso o Eissa pai demonstrava estar.

Tudo ia bem, os dias se passavam animados à beira-mar, até que sua esposa engravidou pela terceira vez.

CAPÍTULO 2

UMA DERROTADA RECONHECE OUTRA DERROTADA

Alanis Dilan puxa violentamente as correntes que prendem suas patas traseiras. O cheiro de carne humana, tão próxima, torna impossível conter seus instintos.

Matar. Incendiar. Destruir.

Graças aos deuses, o metal que a aprisiona é resistente. Valeu cada *simpattia* de cobre e prata que investiu. Conseguiu as moedas furtando de autoridades locais, assim que chegou a Évia. Pouco depois, garantiu um bico como entregadora de mercadorias no cais, no turno da noite. Não que ela se importe de roubar guardas e juízes que andam distraídos por aí.

Alanis Dilan odeia autoridades. Quanto mais puder irritá-las, melhor.

No entanto, a carne humana que se aproxima não é do tipo que ela não se importaria em destroçar. Não, é jovem. Jovem demais. Seu instinto lhe diz que são crianças. Três cheiros diferentes.

Idiotas, grita.

O que as crianças ouvem, por outro lado, é um rugido potente e assustador.

Um rugido de dragão.

Brasas escapam de suas narinas quando bufa, irritada. Por que tem crianças ali? Ninguém vai até lá devido à proximidade com o vulcão ativo. Se tem algo que os evianos temem, é essa droga de Ariosto.

Crianças idiotas, vocifera de novo. Ao longe, gritos assustados ecoam. *Ótimo. Que deem meia volta.*

Porém, os cheiros se aproximam mais e mais. Alanis se ergue nas patas traseiras, balançando as frontais; uma delas termina sem a região dos dedos. Seu corpo reptiliano, revestido por escamas grossas na cor laranja, na parte superior, e branca, na inferior, parece ter o dobro do tamanho naquela posição – e ela já possui bons cinco metros de comprimento. Sem contar os chifres encurvados e grossos na base, que se inclinam para a frente e se afinam formando pontas voltadas para o alto como se pudessem rasgar o céu.

Seu coração acelera, e a raiva ganha escala. Não quer machucar as crianças, mas se chegarem perto o suficiente para seu fogo atingi-las... há outro cheiro agora. Mais velho. Não muito. Adolescente. Talvez um jovem adulto. Mulher.

O rabo dela ricocheteia o ar e suas asas batem diversas vezes.

Virou festa!?, Alanis se enfurece e seu rosnado se lança ao céu. Quer expulsar aqueles estúpidos o quanto antes, ou os boatos de um dragão assassino irão obrigá-la a procurar um novo lugar para se refugiar.

A jovem sente seu corpo humano tremer por mais que ele não exista neste momento, igual quando sente sua mão fantasma coçar. Seu coração golpeia com força o peito, e a cada segundo que passa, a presença da Dragão se fortalece. Ela tenta inserir qualquer pensamento que afaste a criatura da vontade assassina de trucidar carne humana, mas falha todas as vezes.

Então, os quatro cheiros diferentes se encontram. Param. Não estão perto o suficiente para que ela os veja ou escute com clareza (apenas sussurros indiscerníveis). Alanis entendeu, logo que foi amaldiçoada, como funcionavam os sentidos da criatura sombria: olfato aumentado; tato menos desenvolvido devido às escamas, insensíveis a toques mais leves; e audição e visão iguais aos de humanos, o que significa que a monstrinha enxerga mal, assim como ela.

Uma dragão míope. Perfeito.

A Dragão puxa as correntes com força mais uma vez quando um milagre acontece: três cheiros se afastam. Apenas um segue em sua direção. Aquele mais velho, mais intenso.

Certo. Ela se sentiria menos mal em tostar um adulto.

Entretanto, a pessoa para e lá fica por muito, muito tempo. Alanis só compreende o motivo quando o grasnar de garças-eiaxoras – a refeição preferida da Dragão – chama sua atenção para o céu. A criatura se agita e resmunga quando não consegue subir em direção aos animais pretos e grandes, voando abaixo da Lua Colosso, que sobrepõe o sol.

Dia de eclipse solar.

Ah.

A garota se esqueceu disso. Não que ela se lembre com frequência – é bem relapsa com os eclipses, em especial os solares, pois só duram uns dez minutos. Ao mesmo tempo que a claridade começa a desaparecer, ela sente o familiar formigamento ao diminuir de tamanho. Muito. Em poucos segundos, não é mais a Dragão ali, mas, sim, Alanis Dilan.

Alanis Dilan e suas marias-chiquinhas volumosas, onduladas e alaranjadas.

Alanis Dilan e seu corpo muito magro, reto e branco.

Alanis Dilan e sua raiva perene.

Alanis Dilan corre para buscar seu macacão azul-escuro, sua blusa preta, seus óculos, seu chapéu e sua luva dispostos de qualquer jeito na mesa de madeira dentro da caverna que vive, na montanha mais próxima do vulcão Ariosto. Em breve, receberá uma visita não requisitada; e prefere estar vestida e prevenida para isso. Portanto, esconde sua pistola dentro do macacão.

A jovem respira fundo, analisando o cenário que se ergue à beira do penhasco bem alto, espaçoso o suficiente para a Dragão se locomover – ao contrário da gruta, atrás dela, que é bem pequena. No céu, dia e noite se confundem em uma taciturnidade aconchegante.

Então, ela não está mais sozinha.

De frente para uma Alanis emburrada, surge uma jovem, da sua idade, talvez um pouco mais nova. A visitante indesejada tem mais ou menos sua altura e um corpo gordo delineado em um vestido preto e branco elegante. O rosto redondo exibe olhos delicados, lábios grossos e nariz largo – que seriam traços bonitos se não estivessem camuflados por um semblante rígido. Alanis desce o olhar para fazer uma análise rápida das roupas. Franze o cenho ao constatar que a garota ranzinza é claramente uma jovem abastada: três relógios pendem de sua túnica, e as madeixas lisas e escuras, como sua pele, são ornadas por anéis dourados. No pulso direito, duas pulseiras com detalhes do mesmo metal brilham. Para finalizar, uma franja reta confere à recém-chegada um ar arrogante.

Ótimo. Alanis adora pessoas arrogantes – uma de suas diversões preferidas é desarmá-las com seus jogos de palavras.

As duas se encaram como dois grandes predadores ao se esbarrarem na natureza. A ruiva ergue uma sobrancelha e toca na pistola escondida.

— Tem algo a dizer, lindinha? A que devo a honra da sua presença? — provoca.

A outra parece sair do transe e se ajeita, como se ganhando coragem. A testa dela se desfranze por um milésimo de segundo e ela olha para baixo, mas é o suficiente para Alanis reparar em como ela, de fato, é linda quando não a fita como se tivesse vontade de matá-la.

— Saia da cidade. Évia não precisa de outro monstro — ordena a visitante ao se recompor.

Alanis arregala as sobrancelhas antes de rir com escárnio.

A riquinha é audaciosa.

Termina de ajeitar a luva que esconde seu punho sem mão antes de se sujeitar a respondê-la.

— Olá, *lindinha*. Feliz em te conhecer também.

A visitante revira os olhos e suas bochechas esquentam conforme ela une as próprias mãos em frente ao corpo. Não demora para ela ceder ao contato visual provocativo de Alanis – que já começa a se divertir com o jogo entre as duas.

— Você é uma amaldiçoada — acusa, os braços se curvando. — Vá embora.

A ruiva faz um som displicente com a boca.

— Não sei do que está falando. Mas, se demorar, talvez tenha o desprazer de descobrir. — Ela aponta para o próprio relógio sobre a luva. — Tique-taque.

Alanis analisa a visitante com atenção, seus pensamentos se embaralhando ao tentar entender como aquela figura hostil sabe sobre ela ser o "outro monstro" assolando Évia. A resposta chega em um lampejo, como se sempre estivesse ali. Sorri ao compreender. Quem mais, com exceção da polícia caladina, saberia como rastrear um condenado? A garota à sua frente é muito nova para fazer parte deste grupo – e mesmo se fosse mais velha, ela não lhe transmite a sensação de repulsa que sente diante das autoridades. Além disso, Alanis já estaria subjugada há muito tempo se a outra fosse uma policial.

— Você é a banshee que perturba Évia toda a noite.

— Eu não…

— Qual é? — Ela se diverte. — Uma amaldiçoada reconhece outra. Aliás, ouço seus gritos com uma frequência perturbadora. Aproveito para te pedir um favor: não venha me visitar quando a noite cair. Uma pena, admito, pois eu adoro visitas de garotas bonitas. — Cruza os braços, sentindo-se vitoriosa com a expressão perplexa com que a riquinha lhe encara. Diante do silêncio e do desviar tímido de olhos da recém-chegada, continua: — Você pode até não ser a Banshee, mas com certeza é uma amaldiçoada, embora só tenha escutado falar dela por aqui.

A visitante fecha o semblante de novo. Está com raiva. Ótimo.

Raiva é um sentimento que Alanis sabe lidar bem.

— Saia da cidade. Não vou pedir de novo.

— Ou o que, lindinha? — debocha e se aproxima dela. No céu, o dia está vencendo a batalha contra a noite. E, com isso, não apenas a lua terminará derrotada: também Alanis, que deixará de ser Alanis para voltar a ser a Dragão.

A visitante entende o mesmo. Ergue o olhar e pisca algumas vezes até se acostumar com a confusão de cores e a falta delas no céu.

— Por favor — pede, enfim desarmando a expressão raivosa. — Évia não precisa de um dragão. O que acontece se essas correntes se partirem? Ou as crianças voltarem? Sei que você as sentiu. — As duas encaram as grossas correntes que prendem os tornozelos de Alanis. São pesadas e incômodas mesmo que largas por estarem prendendo a versão humana dela no momento. Contudo, a ruiva não se permite tirá-las durante os eclipses solares, pois são necessárias para que o monstro não destrua a cidade mais próxima ao ceder aos seus instintos.

— Você se livrou das crianças e as correntes são bem resistentes, sabe. Elas seguram um dragão — esnoba.

— A Lua Colosso já vai sair da frente do sol. — Há apreensão na voz da visitante. Ela sabe que precisa sumir dali antes de virar churrasquinho. — Vou vir até a base da montanha todo dia para garantir que ninguém a suba e desvende em qual caverna você se esconde. Te dou duas semanas para ir embora. Se não, no próximo eclipse não serei tão compreensiva.

A visitante começa a descer pelo mesmo caminho por onde subiu. Alanis precisa admitir que ela é boa no rastreio de amaldiçoados, já que identificou com facilidade seu esconderijo em meio a tantas grutas nas redondezas – e pensar que a ruiva tinha escolhido uma com trajeto bem intrincado. As crianças mesmo ficaram horas procurando pelo local, sem sucesso.

— Nossa, que medo — provoca, e a visitante apenas lhe lança um olhar de aviso.
— Como pode uma garota com um rostinho desses ser tão mal-humorada assim? — murmura para si mesma quando fica sozinha.

Ela corre para se despir, pois não quer estragar as poucas peças de roupa que tem. Já dentro da caverna, encara a pistola de bronze que roubou anos antes. Não gostaria de usá-la, mas o faria se a jovem voltasse mesmo daqui a quinze dias. Sai da gruta mais emburrada do que quando entrou.

O formigamento toma seu corpo. Seus membros crescem e se dobram. Não sente dor física. Não, apenas sua alma é dilacerada.

Quem ela pensa que é?, rosna. *Se me preocupo em me manter presa durante o dia, não preciso de uma babá me dizendo o que fazer.*

Alanis fita a Lua Colosso, mandando-a sentimentos positivos. Afinal, uma derrotada reconhece a outra.

Alanis agarra o guidão da bicicleta furtada e bombeia suas pernas com força, deslizando pelas ruelas de paralelepípedos do porto de Évia. Seus dentes se cerram com frequência conforme ela passa por becos escuros e vielas estreitas. O ar frio da noite corta suas bochechas e bagunça as ondas das suas marias-chiquinhas. Percorre uns bons cinco quilômetros até parar em frente à fábrica de fósforos. Naquela noite, há cinco entregas para realizar. Poderia ter mais, não fosse o mau humor que a fez ser grosseira com dois de seus empregadores.

Que se danem todos eles.

A visita da riquinha a abalou mais do que gostaria.

— Ah, é você.

O homem alto e magro de sempre abre a porta de madeira carcomida por cupins, depois que Alanis toca a campainha. Ele revira os olhos, e ela sequer finge um sorriso. Já foi grosseira com ele outro dia, quando a Dragão a fez perder uma de suas blusas favoritas, então os dois apenas cumprem com suas funções sem grandes entrosamentos.

Minutos depois, Alanis já está pedalando de volta para o cais com dezenas de caixas de fósforos no carrinho acoplado atrás da bicicleta. Ganhará dez *simpattias* por aquela entrega – o que, na prática, significa um dia inteiro de refeição. Para chegar ao destino final, basta apenas girar à esquerda do Relógio do Embarcadouro, um imponente maquinismo de cobre, bronze e madeira escura. No entanto, ela para quando escuta alguém chamando seu nome. Mesmo mal-humorada, Alanis sorri em direção à voz.

— Oi, idiota — diz ela como cumprimento.

Um garoto de pele marrom clara e cabelos crespos em um tom rosado de castanho se aproxima com sua bicicleta. Ele para em frente a Alanis segundos depois, em uma derrapada exagerada que produz um som estridente com o pneu.

— Sempre tão simpática, uma caladina exemplar — zomba Mosi, ajeitando um cacho que cai em seu olho. No carrinho do jovem, há uma pilha de caixas verdes que Alanis tem convicção serem de um dos melhores produtores de chocolates do país, um empregador fiel do adolescente.

— É o meu jeitinho — rebate Alanis, dando de ombros.

— Seu *jeitinho* me rendeu trinta *simpattias* a mais hoje. Obrigado. — O sorriso zombeteiro que se abre no rosto dele evidencia os traços infantis mascarados pela puberdade. O garoto completou há poucos dias seus quatorze anos, a idade que Alanis mais detesta.

A idade que a Dragão ganhou vida, quase cinco anos atrás.

— De nada. Sempre feliz em ajudar — responde sem titubear, uma expressão exagerada de simpatia forçada em seu rosto. — Pena que você vai gastar a maior parte da grana com esses livros padronizados pelo governo.

Até passou pela cabeça dela não o provocar com o assunto, mas irritar o amigo é um de seus passatempos favoritos – e ela bem precisa se divertir.

Mosi O'Gamal e sua família são de uma cidade fronteiriça e pouco privilegiada em Curinto. Ele imigrou para Caladuna há menos de um ano, sob a promessa de encontrar um país simpático, aberto a estrangeiros e recheado de oportunidades de uma vida melhor. Por isso, transformou-se no que Alanis chama de papagaio do governo, por repetir as mentiras das autoridades por aí.

— Você gasta com quadrinhos. Cada um com sua compra inútil — defende-se o menino, descendo a bicicleta.

Alanis emite um ruído de desaprovação com a boca.

Pelo menos quadrinhos têm personalidade.

— Você sabe que eu não gosto de pessoas burras, Mosi.

— Eu tenho déficit de atenção e aqui estamos, amigos — provoca o garoto, desconversando.

Alanis revira os olhos.

— Isso não te torna burro. Aliás, o déficit de atenção não tem nada a ver com você gastar dinheiro com porcarias que fazem propaganda política falsa do governo — rebate ela, firme. — Não comece a agir como um idiota agora.

— Idiota? — Ele revira os olhos em uma imitação sarcástica da amiga. — Nem começa com isso. Você que lê essas drogas de quadrinhos cheios de pornografia e histórias sem sentido.

O sangue dela esquenta e o lábio trinca, mas não cairá no erro de evidenciar ainda mais o quão afetada é por tais palavras.

— Se você também lesse quadrinhos, ficaria mais inteligente. Assim como eu sou. — A voz dela esganiça no final ao mesmo tempo que ela bate os cílios, teatralmente.

— Esse comentário foi tão... arrogante — resmunga Mosi.

— É por isso que nos damos bem. Eu sou arrogante e você é megalomaníaco. Gasta até o dinheiro que não tem. A dupla perfeita — debocha ela.

— Ei! — protesta Mosi. — Não sou megalomaníaco. Sou irresponsável — constata, uma mão sobre o peito e um sorriso orgulhoso nos lábios.

— Justo. — Alanis dá de ombros, segurando um risinho.

— Mas sério, Lani. O que te deixou tão puta a ponto de perder tanta grana? — pergunta o garoto depois de alguns segundos em um silêncio confortável. Ele está apoiado na bicicleta, a postura despretensiosa. A pose é a mesma de quando Alanis conversou com ele pela primeira vez em um beco, depois de salvá-lo de uma coça de um policial, em seu primeiro dia em Évia, semanas antes.

Mosi O'Gamal é a única pessoa que Alanis suporta nesta cidade. E, por mais que ela goste o suficiente dele para chamá-lo de amigo em sua mente – embora jamais tenha externalizado o termo –, a jovem não tem pretensão alguma de confidenciar-lhe sobre sua condição sempre que o sol sobe aos céus. Logo, tampouco pode contar sobre a visita da riquinha no eclipse daquele dia.

— Nada — ela solta, firme o suficiente para não abrir margem para perguntas. — Apenas ouvi o canto da banshee perto demais da minha casa.

Uma alusão à verdade, para Alanis, é sempre mais divertida que uma mentira. A sensação de poder ser descoberta a qualquer deslize traz mais sentido à sua tão monótona vida.

— Ah. — Mosi se remexe, como se um frio passeasse pela sua espinha. — Eu escutei também. Dá muito medo. Ontem morreu a avó daquela família que ela visitou semana passada. Criatura macabra... deve ser terrível matar alguém — Mosi comenta, uma mão segurando o próprio queixo.

— Uma banshee não mata os outros, apenas prenuncia quem o Destino e a Morte já decidiram que vai morrer — Alanis corrige.

— É a mesma coisa. — Mosi dá de ombros.

Alanis cerra o punho, mas os esconde atrás do corpo.

Por mais que a Banshee seja extremamente prepotente, a jovem não consegue evitar sentir-se irritada com o tom presunçoso e, pior, revestido de aversão do amigo ao referir-se a algum amaldiçoado pelo Oráculo de Ghunza. Isso a toca por motivos pessoais demais.

— Não é, não — Alanis rebate, séria. — Seria o mesmo que dizer que golfinhos são peixes só porque eles vivem no mar.

— E não são? — As sobrancelhas de Mosi se juntam, demonstrando genuína dúvida.

Alanis dá um tapa na própria testa.

— Não, idiota, é mamífero — esbraveja. — Definitivamente, terei que parar de falar com você. — Alanis monta de novo na própria bicicleta, uma careta estampada no rosto. — Preciso trabalhar e você, *estudar*. Tchau.

Alanis começa a pedalar ao mesmo tempo que Mosi anuncia:

— Não enche o saco, Alanis! — Ele gargalha alto. — Te encontro amanhã antes de eu ir para a mina, garota arrogante?

Alanis esboça uma careta. Ela detesta que ele faça bicos recorrentes como mineiro. É um dos trabalhos mais insalubres possíveis, mas Mosi não a escuta quando ela reclama sobre as condições precárias a que é submetido. Se a família dele precisa, Mosi irá ajudá-la como puder.

Empatia não leva ninguém a lugar algum, Alanis pensa antes de se afastar.

Mesmo assim, ela libera o sorrisinho que segurava há minutos e faz um sinal positivo com a mão. Gosta da companhia do amigo.

Entretanto, não olha para trás.

Em Caladuna, preza-se pela receptividade. Cercado pelos mares Tamhri e Buhrnad e pelas nações continentais e prósperas de Curinto e Eiaxor, este pedaço de terra fértil e estreito aprendeu o poder da simpatia para cair nas graças dos investimentos estrangeiros. Não à toa, os caladinos são conhecidos como os simpáticos.

A simpatia, no entanto, não é merecida por todos, é claro. É destinada, com louvor, aos burgueses e à elite do país. Nas escolas, os professores são pacientes ao explicar os equívocos dos alunos, sejam de intelecto ou de conduta. Nos trabalhos, estimula-se tentativa e erro; afinal, só assim a inovação floresce, dizem.

Porém, se você é uma criança com fome na rua, tal simpatia pode passar longe. Mendigar e roubar são pecados para os caladinos. E, assim como os condenados pelo Oráculo de Ghunza, você se torna escória se for pego. Não, não se pode macular a imagem da cidade nos jornais – uma má reputação afasta turistas e investidores. E isso, evidentemente, impacta o bolso da elite e dos burgueses.

Alanis Dilan foi uma dessas crianças que mancham a reputação dos caladinos, os simpáticos. Magricela e falante, a menina tinha, quando pequena, as ruas de Porto Aurora, cidade ao nordeste de Caladuna, como seu lar. Sendo a terceira mais velha entre sete irmãos, não possuía a atenção dos pais nem dos avós, que depositavam sua devoção aos mais novos – até que eles tivessem idade suficiente para se virarem sozinhos e trazerem comida para casa, como ela. Sociável, não era difícil conseguir bicos aqui e ali.

Alanis, apesar de ser uma pecadora, considerava ter uma boa vida, dentro do possível.

Pelo menos, até o dia das fatídicas maçãs.

CAPÍTULO 3

TIQUE-TAQUE

De sua casa na árvore, Lefertahri separa cinco relógios em cima da mesa de madeira que ela construiu pouco depois de retornar à Évia. Os dispositivos foram encontrados no lixão da cidade na semana anterior. Com frequência, a jovem passeia pelo local em busca de relógios descartados. Por algum motivo, os donos anteriores acreditaram que os aparelhos estavam estragados, quando, na verdade, a maioria necessita apenas da troca de componentes ou de pequenos reparos. Sempre que se depara com esses casos, Lefertahri pende entre ficar grata por ter o que consertar e, depois, vender ou irritar-se pela facilidade com que pessoas descartam seus pertences. Acontece mais vezes do que ela gostaria.

A luz suave da manhã banha o pequeno espaço de trabalho enquanto a jovem se dedica com afinco à sua tarefa. Seus movimentos são ágeis e precisos, e, a cada peça no lugar, ela se lembra do pai e seu método gentil de ensino. Era tão bom passar horas com ele realizando tarefas do tipo antes da maldição. É em honra a essas memórias que Lefertahri segura cada relógio com reverência, tratando-os com extremo cuidado, como se fossem tesouros frágeis prestes a se desfazer com o mais leve toque. Uma mecha de cabelo teimoso escapa da amarração, e ela a prende com um gesto rápido atrás da orelha, mantendo os olhos fixos nos ponteiros e a língua presa entre os dentes diante da concentração impecável.

Após algum tempo de trabalho dedicado, a jovem finaliza o conserto dos dois relógios-horas e dos dois relógios-bolso. No entanto, um deles exige mais atenção do que ela inicialmente imaginou: o relógio-sentimentos, com sua complexa engrenagem interna, está se mostrando um desafio. O medidor de pressão arterial, batimentos cardíacos e temperatura funciona, mas o ponteiro que marca os sentimentos está emperrado entre as emoções tristeza e medo. A jovem já substituiu três peças que pareciam enferrujadas, mas o problema persiste. Ela franze o cenho, os olhos fixos enquanto pondera sobre qual pode ser a causa do mau funcionamento.

— Droga de O'Shea!

Lefertahri bate com as mãos na mesa, chacoalhando os relógios ali dispostos.

A fábrica O'Shea entrou no mercado há apenas dois anos, mas já conquistou uma boa fatia dele – para desespero de Lefertahri. A tecnologia utilizada pela marca é mais nova e, longe do pai há tanto tempo, a jovem Eissa não teve oportunidade de aprender com ele sobre a novidade. Como odeia não conseguir concluir uma atividade simples por falta de conhecimento! Ela respira fundo, vasculhando na mente os ensinamentos que eternizou anos antes. O que não está vendo? Além das peças óbvias, que outros caminhos podem tentar? A O'Shea é conhecida por suas tecnologias disruptivas... E se esse for o caso? Como solucioná-lo?

A jovem se ergue em um salto. Em seguida, apanha os quatro relógios recém--consertados e o que ainda precisa desvendar e os acomoda em uma mochila, com cuidado, de modo a garantir que nada se danifique durante o transporte. Com eles, há outros dez. E ela sabe exatamente qual é o destino de cada um deles: cinco serão entregues aos clientes que pagaram pelo conserto, dois serão deixados no Centro de Ajuda aos Necessitados e os demais serão oferecidos a comerciantes de peças usadas.

Horas depois, exausta, mas satisfeita, Lefertahri fecha a porta de um antiquário. Conseguiu vender e entregar todos os relógios conforme planejado. Um sorriso de realização se espalha por seu rosto, mas logo é interrompido quando vasculha a mochila em busca de algo para comer. É então que seus dedos encontram o enigmático relógio-sentimentos. Uma onda de desânimo toma conta dela.

Lefertahri fecha os olhos por um instante, mergulhando em suas memórias. As palavras de seu pai ecoam em sua mente e ela repassa seus ensinamentos mais uma vez. Vasculha também os conhecimentos aprendidos nos livros que secretamente subtraiu das bibliotecas públicas. Porém, nada de promissor vem à tona. Uma ruga se forma em sua testa e ela aperta os punhos.

— Pensa, Tahri, pensa — sussurra para si mesma, a ponta da língua fixando-se entre os dentes.

A garota decide passar na biblioteca pública mais próxima antes de caminhar de volta para a floresta. Talvez tenham recebido algum livro novo sobre relojoaria que pode ajudá-la. Além disso, é de bom tom recapitular os ensinamentos sobre o animal de estimação preferido do Destino, o dragão, caso precise lidar com uma certa invasora. Nos seus bolsos, as *simpattias* tilintam e esticam o tecido devido ao peso. Ansiosa por lembrar-se da amaldiçoada, a jovem leva uma mão a uma das aberturas de seu vestido, em busca de algo para tocar. Pega uma moeda e a avalia, de forma despretensiosa.

Nela, há o símbolo do Oráculo de Ghunza: uma pirâmide com uma coruja estampada em um dos lados, as asas abertas e os chifres protuberantes.

Lefertahri torce o cenho ao fitar a representação equivocada da criatura maldita. *Ainda bem que erraram o desenho dele*, ela pensa, *imagina as crianças se depararem em todos os lugares com um bicho com corpo de leão, asas de águia e cabeça de coruja? Pesadelos na certa.*

A garota guarda a moeda de volta, infeliz com o rumo de seus pensamentos. Então, encara o horizonte em meio a dezenas de prédios de três andares feitos em pedras escuras, como basalto e granito. O vulcão Ariosto pode ser visto dali e em vários outros pontos da cidade, bem como as cordilheiras circundantes e a floresta de árvores altas e copas densas. O capuz que esconde o rosto de Lefertahri cai com o movimento, e o sol queima o cocuruto de sua cabeça.

A Dragão ainda está lá.

O semblante dela se fecha.

Já se passaram cinco dias do encontro de Lefertahri com a outra amaldiçoada. Todas as manhãs, ela se aventura até o sopé da montanha e, por duas vezes, trilhou o sinuoso caminho até a caverna da criatura. Às vezes, quando a brisa sopra, é possível escutar o rugido distante da Dragão ecoando pelas encostas rochosas. A relojoeira, contudo, não se arrisca a chegar muito perto, apenas se certifica de que ninguém descobriu a localização da caverna. O próximo eclipse acontecerá em pouco mais de uma semana, e Lefertahri só espera que a ruiva sarcástica já tenha partido para longe até lá.

— Anda, por aqui. — Uma voz se sobressai entre os murmúrios ao seu redor.

Ela estanca, os olhos arregalados. Será possível?

Memórias dolorosas ressurgem em sua mente e um rastro congela sua espinha. Seu corpo vacila. Então, com cuidado, a garota ajusta o capuz e se esforça para se camuflar nas sombras próximas a um prédio. As mãos tremem tanto que ela teme ter sua presença denunciada. Mesmo assim, não consegue evitar o impulso de roubar vislumbres da menina que pronunciou tais palavras.

Não há dúvida, é ela.

A garota está vestida com uma blusa de gola alta e mangas compridas, feita de um tecido que lembra couro envelhecido. Por cima, um colete sem mangas na cor bege cria um contraste interessante com a saia longa, plissada e escura. Os fios, pretos-azulados, caem em cascata lisa pelas costas, presos nas pontas por presilhas douradas.

Onurihs passeia com duas amigas por ali, alheia à presença da irmã mais velha.

Somente quando a voz da garota se transforma em um sussurro distante, a amaldiçoada se permite mover. Por enquanto, o segredo de seu retorno permanece seguro, já que, mais uma vez, Lefertahri é uma covarde por espreitá-la nas sombras. Ela se ressente por jamais se revelar, mas ser incapaz de se afastar por completo da família.

Ela está melhor sem mim, repete a si mesma, enfática.

Em seu íntimo, gostaria que a afirmação não fosse tão fácil de se acreditar.

Uma vozinha traiçoeira interrompe sua autopiedade, sobressaltando-a e acendendo preocupação em seus olhos. Onurihs, sua querida irmã, surge em sua mente, frágil e vulnerável, enquanto um dragão imponente incendeia Évia. Seu peito dói, como se uma mão gelada apertasse seu coração.

A segurança de Onurihs está em jogo com a presença da Dragão na cidade.

Com uma expressão decidida e passos firmes, Lefertahri desvia seu caminho. Retorna por onde veio, em direção à locadora de bicicletas mais próxima. Escolhe um modelo simples e barato e, minutos depois, já pedala com determinação rumo à caverna, seu olhar fixo nas montanhas e no Ariosto. A trilha se torna íngreme ao deixar a parte urbana asfaltada, mas ela não diminui a velocidade, apenas curva o corpo sobre o guidão do velocípede e sente as coxas queimarem.

Um rugido alto pouco depois denuncia que a Dragão já percebeu sua aproximação. Alguns pássaros alçam voo em bando, sobressaltados, e se afastam do barulho. Lefertahri não se importa se a invasora ficará irritada com sua visita antes do previsto. Ela precisa entender o perigo que sua presença representa aos residentes de Évia. À sua família. À sua irmã. A estadia da relojoeira na cidade já é assustadora o bastante. No entanto, ela faz a opção egoísta de sucumbir ao desejo de permanecer ali, pois, pelo menos, a criatura espectral dentro dela é incapaz de ceifar vidas – ao contrário da nova residente.

Mesmo sem poder responder, Lefertahri tem certeza de que a ruiva poderá escutar sob o corpo gigantesco do réptil. Em sua mente, já ensaia as palavras que deseja transmitir à outra. Ela se esforça para encontrar o tom certo, o tom que demonstre ameaça e coragem, e desde já endireita a postura, recusando-se a gaguejar ou se encolher quando chegar a hora.

Outro rugido, mais feroz que o usual.

Lefertahri engole em seco e se prepara para a curva final. Usará a posição da caverna como proteção contra o fogo da Dragão, mas reforça a si mesma que se fará ser ouvida. A invasora deve partir hoje mesmo de Évia. Então, decidida, desce da bicicleta e a apoia em uma rocha alta ali perto. Respira fundo. Uma, duas, três vezes.

E desiste.

O que está fazendo?

Uma memória a invade, a voz de seu pai a fazendo tremer:

— Jamais se esqueça, meu amor, que nosso maior valor está em nossas atitudes — ele disse a uma Tahri chorosa no início da adolescência, deitada com a cabeça no colo dele. Ela levara uma bronca da mãe pouco antes, por ter descumprido um combinado. — Precisamos honrar nossas palavras, mesmo quando irritados. Nesses momentos, respira fundo antes de decidir como reagir. Pode fazer isso, meu amor?

Lefertahri recua, devagar, até alcançar sua bicicleta. Atrás dela, a fúria da Dragão é palpável; porém, a garota não se deixa abalar. Com determinação, monta na bicicleta e pedala, resoluta, ladeira abaixo.

A relojoeira sabe que seu pai está certo; ela deve honrar seus combinados.

A Dragão ainda tem direito a alguns dias em sua caverna; por isso, Lefertahrir manterá a promessa de vigiá-la do sopé da montanha. Mas, se ela sair da linha, não terá outra escolha senão denunciá-la, de forma anônima, às autoridades.

O eclipse lunar acontecerá em poucas horas – e é a essa expectativa que Lefertahri se prende enquanto vaga como a Banshee pelas ruas de Évia.

Ela nunca sabe para qual jardim vai, somente se entrega à correnteza invisível que a puxa. Cada passo é leve, como se flutuasse sobre o chão, e não há pensamentos racionais, apenas uma conexão primal com o mundo ao seu redor. É como se seu corpo espectral fosse uma marionete nas mãos do instinto. Não há nada a fazer, a não ser aceitar a trilha da Banshee.

Porém, quando se detém em frente a uma casa de madeira com telhado pontiagudo, permite-se uma fisgada de angústia, embora jamais se desespere – não mais, pelo menos. A criatura inicia seu canto, um lúgubre lamento que perdura por um minuto inteiro. Começa baixo, quase inaudível, até se elevar em um grito agudo e desesperado. Não perde nunca a beleza de um canto lírico, contudo. Há dor e tristeza, mas também conforto e compreensão na melodia, como se a Banshee chorasse e se comunicasse com a alma predestinada ao fim.

Alguém morrerá em sete dias.

O pranto de desamparo logo irrompe de dentro da casa, ao mesmo tempo que a porta da frente se escancara em um baque alto. Da entrada, um homem de meia-idade aponta uma pistola em direção à Banshee. Ele dispara cinco vezes, o rosto enrugado. Esbraveja palavrões e insultos conforme a criatura se afasta da casa condenada, atravessando algumas construções no caminho. A única parte do ataque que atinge Lefertahri é a raiva e o nojo proferidos pelo homem – perfuram seu coração com crueldade. As balas, por outro lado, assim como qualquer outra matéria física, apenas atravessam seu corpo.

Por mais que ela não mate ninguém, não consegue se livrar do sentimento de culpa ao presenciar familiares devastados pelo seu canto. Chorou nas primeiras vezes que foi obrigada a cumprir com seu dever de amaldiçoada, mas agora nem mais extravasar sua dor por meio das lágrimas consegue.

À medida que se afasta mais e mais, a tensão deixa sua alma. O instinto da Banshee também parece ter se aquietado depois de visitar inúmeras casas em diferentes distritos nesta noite. A jovem experimenta forçar um caminhar por conta própria e se alegra com a sensação que a envolve, livre das amarras invisíveis da Banshee.

Não há mais almas convidadas pelo Destino ao reino da Morte.

Essa é uma das vantagens de viver em uma cidade pequena como Évia: nem sempre haverá mortes o suficiente para que seu canto seja oferecido por aí a noite inteira, ainda mais quando esta se alonga mais do que a média usual de horas. E, hoje em específico, o fim do trabalho ocorre em momento oportuno.

A garota respira fundo apenas por praxe, pois a criatura espectral não precisa de ar para existir. Há uma tensão nova em sua feição conforme ela se prepara para o embate com a Dragão. Afinal, as duas semanas de prazo estipuladas se esgotaram, e a relojoeira cumpriu com sua parte do acordo. No entanto, a outra não.

Lefertahri decide tentar resolver o conflito por diálogo pela última vez. Porém, se a ruivinha sem noção se recusar a cooperar, teme precisar recorrer a medidas mais drásticas. Tudo que não quer é dedurar um amaldiçoado para as autoridades, mas não terá escolha se a outra se provar tão teimosa como parece ser.

Em Caladuna, a duração de um dia é sempre uma surpresa. Enquanto o dia de ontem pode ter vinte e seis horas, o de hoje pode durar apenas vinte. A presença do sol ou das luas no céu também varia, e, com isso, a ocorrência dos eclipses solares e lunares. Sabe-se apenas, com certeza, que durante um ano de 365 dias ocorrem 24 eclipses, sendo 12 de cada tipo.

Por isso, é comum os caladinos acordarem pela manhã (que ainda pode estar escura) para ler o aviso dos meteorologistas nas praças principais. Nestes comunicados, há a duração estimada do sol e das luas no céu, bem como a previsão do próximo eclipse – ocasião em que as famílias se reúnem para rezar pelos cinco deuses: Destino, Vida, Morte, Tempo e Elementos.

Na família Eissa, os eclipses eram os únicos momentos em que o trabalho e o estudo não deveriam ser priorizados. Era também o período em que Lefertahri Eissa permitia-se não ser a filha perfeita: a com maiores notas em sua classe na escola e a aprendiz dedicada na arte da relojoaria. Não que ela reclamasse, pois adorava o sorriso que brotava nos lábios de seus pais quando desempenhava tais papéis.

— Você vai ter um futuro espetacular, Tahri — seu pai repetia com frequência, sempre afagando as madeixas lisas da filha.

E, por mais que na época ela acreditasse em tais palavras, o Destino não tinha tanta certeza assim.

CAPÍTULO 4

NAVIO QUE ANSEIA POR VENTOS NÃO PODE RECLAMAR DAS TEMPESTADES

Alanis joga a mochila com força em cima da mesa de madeira e faz o mesmo com o próprio corpo na cadeira. Seus lábios crispam quando ela pega uma bolsinha onde guarda as *simpattias* e inicia a conta de quantas moedas têm guardadas. Seu humor é ácido devido aos negócios escassos na noite de hoje por conta do eclipse lunar e toda a comemoração regada a queijos e vinhos.

Malditos caladinos beatos!, esbraveja em sua mente.

Se continuar com pouco trabalho ao longo da semana, precisará recorrer a um dos seus outros talentos: furtar. Bufa com o pensamento. Não por aversão ao ato, mas, sim, pelo trabalho que dá em ativar seu modo gatuna – se bem que a jovem adoraria irritar alguns policiais. Há tempo não o faz e ela ama contemplar a raiva estampada nos rostos de figuras de autoridade. Além disso, um pouco de adrenalina cairia bem para amansar a agressividade latente em seu coração.

Levanta-se em um rompante. Há um colchão esburacado ao fundo da caverna e é para lá que Alanis se dirige, levando consigo apenas a pistola que estava ao lado da bolsa de moedas. Mesmo frustrada, precisa descansar um pouco antes que a Dragão ganhe vida, já que a maldita criatura prefere gastar energia tentando escapar e abocanhar garças-eiaxoras em vez de simplesmente dormir e aproveitar o vento no rosto.

Além de desgraçada, a Dragão ainda é burra, incapaz de controlar os próprios impulsos.

Impulsos. A palavra desengatilha uma lembrança dolorosa.

— Você é irresponsável, Alanis! Não consegue controlar os próprios impulsos nem quando isso significa a segurança da liga — esbravejou Inma naquela fatídica noite em que foi expulsa de sua segunda família.

Ela cerra o punho, já deitada. Repousa a cabeça no travesseiro baixo e encara o teto, perdendo-se na cólera crescente ao relembrar-se de tudo que aconteceu desde aquele dia: a detenção, o sorteio na Justiça Divina, o rugido do oráculo, a Ilha do Desconhecido, o retorno à Caladuna. Tenta desviar os pensamentos, mas há meses eles a dominam na hora de dormir, fazendo seu peito se contorcer diversas vezes antes de cair em um sono conturbado.

Cansada, fita as duas velas em cima da mesa, responsáveis por iluminar o ambiente – o que fazem porcamente, pois Alanis mal decifra as deformidades das rochas ali dentro, embora sua mente já as antecipe por hábito. O fato de que deixou seus óculos em cima da mesa também ajuda. Ela até avalia se compensa se levantar para pegá-los, mas decide que não vale o esforço.

Em algum momento em meio ao turbilhão de reflexões indesejadas, o sono a vence.

No instante seguinte, uma voz nem tão desconhecida assim a desperta.

Ela se ergue de súbito, a mão já na pistola, apontando na direção que julgou ter ouvido a voz. A sobrancelha de Alanis se ergue e um frio percorre sua espinha. Estaria sua miopia pregando-lhe uma peça?

Não, ela está mesmo apontando a arma para a Banshee.

— Cansou de me bisbilhotar de dia, lindinha? — diz como cumprimento.

Há uma euforia estranha no peito de Alanis com a provocação. Ao longo das duas semanas desde o último eclipse, a visitante indesejada cumpriu com a promessa de vigiar o caminho que dá até a caverna. Por três vezes, a Dragão captou o cheiro intenso dela próximo demais, a uma curva de distância. Em alguns momentos, deixou-se inundar com os sentimentos da Dragão em relação à garota: estraçalhar e carbonizar. Em outros, pegou-se ansiando que aquela doçura floral com um toque de terra molhada e um peculiar aroma de metal polido e óleo chegasse ainda mais perto, para distraí-la com suas provocações sem sentido. Não que Alanis se apegue assim tão fácil a cheiros gostosos e garotas com traços como o daquela, mas viver numa caverna escondida de todos pode deixar alguém solitário às vezes. Sim, ela seria uma boa distração para o seu tédio.

Alanis vacila e desvia o olhar devido às lembranças. Corrige o erro de quebrar o contato visual no segundo seguinte. A riquinha claramente tem problemas com a existência da ruiva, então se distrair com ela não é uma atitude muito esperta.

Diante da falta de resposta, Alanis volta a falar, irritada com o silêncio.

— Achei que tivesse dito para não me visitar à noite. Vou morrer em sete dias? — pronuncia com escárnio, embora seu peito se remexa com o significado de tais palavras.

A Banshee emite um som sussurrado que a ruiva supõe ser um bufar.

— Se tivesse ido embora como pedi, não morreria. Mas agora... — rebate a criatura. A voz dela soa como os resquícios das badaladas dos sinos das catedrais de Caladuna.

Alanis quase acredita na ameaça, mas então nota a ausência do elemento-chave, tão característico daquela espécie de criatura sombria.

— E por que não está cantando para mim? — inquire, um sorriso vitorioso crescendo nos lábios.

A Banshee revira os olhos.

— Hoje não é seu dia, mas posso convencer a Banshee de que amanhã será.

— Não me tire como otária. — Alanis abaixa a pistola, o sorriso mais largo. — Conheci várias banshees na Ilha do Desconhecido, lindinha, eu sei como a maldição funciona. Você até pode tentar influenciar sua monstrinha com alguns pensamentos, mas dificilmente vai convencê-la a cantar para alguém. — Ela aponta com escárnio para o corpo translúcido.

A Banshee fica imóvel, e Alanis se pergunta se é devido à miopia ou se, de fato, não reagiu ao seu comentário.

— Por que está aqui se nem fala comigo direito? Não me diga que veio apreciar meus lindos olhos castanhos? — provoca, apoiando a mão e a luva na cintura. — A propósito, estou confusa. Veio me confrontar na forma que não pode encostar em nada e ainda por cima num dia de eclipse. Sabe que quando se transformar de volta eu posso muito bem meter uma bala no meio da sua testa, né? — Alanis faz uma careta, decepcionada. — Não trouxe uma arma sequer? Patético.

— Vim aqui argumentar pela última vez — dispara a visitante, firme. Alanis se amaldiçoa por estar sem seus óculos; queria tanto ler as expressões corporais da outra. — Se não for embora amanhã…

— O que vai fazer? — A ruiva a interrompe, ríspida. — Me denunciar às autoridades? Imagino que não tenha percebido o gigantesco teto de vidro que tem sobre sua cabeça.

Não dá tempo de a Banshee retrucar a provocação. Do lado de fora, a Lua Colosso é ocultada pela sombra do planeta – e assim permanecerá por cerca de duas horas.

A Banshee se desfaz.

Alanis já presenciou outros amaldiçoados em transformação. E, por mais que saiba o funcionamento do processo – indolor e num piscar de olhos –, ainda assim é interessante observar a riquinha retornando à forma humana, mesmo que de forma pouco nítida. Ao contrário dela própria, o corpo da visitante não muda de tamanho, apenas de consistência: o tom vivo e a solidez da pele se materializam em sua frente em um degradê de cores. Para a inveja da ruiva, o mesmo acontece com as roupas da Banshee. Só queria ter a mesma sorte da visitante e não terminar nua por aí sempre que se transforma. De qualquer modo, não titubeia e, antes do fim da transição, a pistola já está erguida em direção à outra.

— Que injusto isso — Alanis resmunga com um beicinho, mas sem vacilar o aperto na arma. — A Dragão destrói minhas roupas se eu não as tirar a tempo. Ah! Agora entendi porque me visitou todos esses dias! Confesso que não esperava isso de você. Se quiser me ver nua, é só pedir, lindinha. — O sorriso dela encolhe diante do silêncio e da incapacidade de avaliar a reação da outra. Sério que ela não vai esbravejar descontroladamente? Tinha certeza que a garota ficaria desconfortável com um comentário desse, embora torcesse para que fosse surpreendida com a entrada da riquinha no jogo. — Qual é? Cadê o seu senso de humor? Nenhuma piada?

— Évia é uma piada para você? — A jovem não espera pela resposta de Alanis. — Pois para mim, não é. Sua presença aqui põe em perigo as pessoas da cidade!

Ela aponta em direção à saída da caverna – ou, pelo menos, é o que Alanis supõe.

— E a sua não? — Endurece o cenho. Se a garota prefere um tom mais duro, ela não tem problema algum em usá-lo. — Deixa de ser hipócrita.

— Eu não mato ninguém! Mas você como dragão pode…

— Não é o que as pessoas da cidade pensam da Banshee.

Embora Alanis tenha defendido a criatura dias antes dos comentários falsos de Mosi, ela jamais revelaria aquilo à outra.

— Não importa o que eles pensam, importa a verdade. Eu sou apenas um pesadelo, você é perigosa. Simples assim.

— Meu nome é Alanis.

— O quê? — A voz da visitante desce uma oitava.

— Meu nome é Alanis — ela repete, revirando os olhos. — Estou dizendo porque já vi que temos um impasse aqui e vamos ficar nessa posição por um longo tempo antes de você decidir ir embora, seja como humana ou Banshee. Bom, tem a terceira opção também, bem mais desagradável. Você pode só terminar morta na minha caverna. E, pasme, será pela minha versão humana, não pela Dragão. Então, facilite nosso diálogo e me diga seu nome.

Alguns segundos se passam antes da riquinha ceder. A perna direita de Alanis se agita com o silêncio, mais frequente do que ela suporia no início daquele encontro.

— Lefertahri.

— Bonito. — Seu corpo para de se mover em ansiedade. — É um nome comum de Eiaxor, não é?

— Sim, minha família é de lá.

Ela se cala de súbito, como se se arrependesse de revelar algo sobre si.

— Certo, Lefertahri, pode me passar os óculos que estão em cima da mesa? É só jogar no colchão que eu pego. — A outra não se move, então Alanis continua: — Em troca, eu abaixo a arma.

— O que está tentando fazer? — inquire sem se mexer.

— No momento, enxergar. Depois disso, conversar como duas pessoas civilizadas.

Alanis cerra os dentes, sentindo estresse se acumular em seu corpo. Seus olhos fixam a visitante de forma cortante, como se pudesse despedaçá-la mesmo na sua forma humana. O silêncio pesado que se segue apenas aumenta a tensão, enquanto a paciência da ruiva fica perigosamente perto de se esgotar, como um elástico esticado ao limite.

É óbvio que Lefertahri possui motivos fortes para querer a Dragão longe de lá – ela só ainda não decifrou quais são. A primeira opção que lhe vem à mente é uma luta besta de amaldiçoados pelo controle do território. Alanis já se deparou com esse tipo de disputa em duas cidades por onde passou nos anos anteriores. Contudo, a situação decorria de criaturas que se transformam no mesmo período: ou à noite, ou de dia. Não é o caso aqui.

A segunda opção mais provável é o medo da Dragão causar problemas tão graves que as autoridades serão incapazes de ignorar a presença de uma criatura sombria em Évia – e, por isso, precisarão agir em relação às reclamações da Banshee também. Por ser uma das criaturas mais inofensivas – embora uma das mais macabras –, o governo de Caladuna vem empurrando com a barriga o caso de Lefertahri há anos por ser na pequenina Évia. Com o aumento das ações de grupos rebeldes e dos protestos contra o governo na capital, Alun, e em Basina e Ródima, os esforços principais se concentram em controlar a balbúrdia e, principalmente, em mascarar para a imprensa estrangeira aquela mácula à imagem de um país tão magnífico.

Alanis não pretende morar para sempre em Évia; porém, pretende, sim, ficar mais alguns meses por lá até que as suspeitas comecem a recair sobre ela – como sempre acontece. Mudar-se para outra cidade é um processo complexo e perigoso, ao qual a ruiva não está disposta a adiantar por conta de uma garota qualquer que resolveu implicar com ela. Não, ceder não é uma opção, principalmente quando se está tão cansada de vagar sem rumo por aí. Por isso, é mais inteligente se aproximar o mínimo possível de Lefertahri para descobrir seu motivo e, assim, pensar em como fazê-la deixar de ser um pé no saco. Além disso, embora Alanis porte uma pistola, não deseja usá-la contra outra alma fracassada, mesmo que não tenha problemas com o ato em si.

Não, precisa dobrá-la com belas palavras.

— Anda. Sabemos que nenhuma das duas quer terminar esse encontro com sangue ou isso já teria acontecido, lindinha — reforça Alanis, demorando-se na palavra *encontro* para provocá-la.

Lefertahri emite um ruído em um misto de risada e incredulidade.

— Você não consegue conversar sem levar tudo para o duplo sentido?

— Não quando a garota com quem eu falo tem uma boca como a sua. — Ela bate os cílios de modo dócil.

A visitante cede e se dirige à mesa, resmungando baixo. Alanis permanece com Lefertahri na mira da pistola durante todo o processo que ela demora para encontrar os óculos. Assim que estende a mão para a ruiva, a proposta momentânea de paz entra em vigor. Alanis coloca a pistola com cuidado em cima do próprio colchão e agarra os óculos com urgência. O ambiente rochoso ganha nitidez em instantes. Agora, por mais que o breu continue dominando o aposento, a jovem consegue identificar os traços da outra.

A insuportável é mais atraente do que ela se lembrava. O semblante suave destaca os olhos amendoados e a boca grossa com lábios bem desenhados, que combinam bem com seu rosto redondo. Há, inclusive, um lampejo diferente nas íris castanhas dela, o qual a hipnotiza por alguns segundos.

Isso não a isenta de ser um pé no saco.

Ainda mais quando Lefertahri perde tempo demais fingindo não observar a falta de sua mão direita.

— Perdeu alguma coisa na minha luva? — lança, ríspida.

— Tem o símbolo do Oráculo de Ghunza no seu relógio. Você o apoia? — A pergunta soa mais como uma acusação.

Alanis ri sem humor, os olhos se arregalando.

— Claro. Inclusive, eu me ofereci por livre e espontânea vontade para ser amaldiçoada, sabia?

Lefertahri meneia a cabeça, o semblante endurecendo.

— Por que tem o símbolo então?

Alanis dá de ombros.

— Para acharem que eu apoio os rituais do Oráculo... E para eu não esquecer a quem odiar.

Uma sombra perpassa os olhos de Lefertahri. Alanis aproveita para indicar as duas cadeiras, velhas e carcomidas por traças, ao redor da mesa. A visitante se dirige para lá sem questionar, mas não se senta.

— Você vai embora da cidade como eu pedi? — ela inquire, as mãos apoiadas no encosto de um dos assentos.

A ruiva suspira em uma tentativa de controlar o próprio temperamento.

— Por que quer que eu vá embora? Não me parece uma disputa territorial...

— Porque — Lefertahri a corta, os dedos fincando-se com força na madeira — minha família vive em Évia e não quero um dragão por perto, com a chance de escapar e... ou então a presença de um dragão chamar demais a atenção e eu precisar me mudar...

Ela abre a boca, mas nenhuma palavra nova sai. Alanis percebe o esforço que a garota está fazendo para se abrir com ela, então acena com a cabeça em um sinal de compreensão, incapaz de zombar disso. Os olhos da ruiva se arregalam em choque, as sobrancelhas levemente levantadas, enquanto processa o que acabou de ouvir.

Algo no peito dela se aperta.

Alanis franze o cenho e cruza os braços, sentindo um nó se formando em sua garganta. Entre tantos motivos, jamais pensaria nesse, não quando a própria família a renegou antes mesmo de ela ser amaldiçoada – tudo bem que tem mesmo a ver com não chamar atenção do governo, mas é algo *a mais*. Lembranças dolorosas de sua vida em Porto Aurora ressurgem com força. Nem em um milhão de anos desejaria voltar para lá, principalmente depois do que Inma lhe disse. Quanto mais longe, melhor.

Lefertahri possui um motivo honrado para querê-la longe dali.

Alanis fecha os olhos por um momento, respirando fundo para controlar a mistura de emoções que se avolumam em seu peito. Há tristeza, claro, e um pouco de raiva também. Mas, acima de tudo, há uma sensação de desamparo, de estar sempre à margem. Ela ergue a mão e massageia as têmporas, tentando afastar a dor de cabeça repentina. Tenta também pensar por outra perspectiva. Já há algum tempo Alanis gostaria de conhecer Ciara, mais uma cidadezinha pouco visada pelas autoridades e fronteiriça a Curinto – uma boa localização caso precise fugir do país de vez. Então talvez seja o Destino lhe dando a oportunidade – não que deus algum pudesse olhar para ela.

Enfim, profere:

— Me dê um mês para juntar grana o suficiente para partir.

Alanis observa a tensão nas feições de Lefertahri com atenção, notando as mudanças sutis em sua expressão. Uma das mãos da riquinha se fecha e abre repetidas vezes conforme a garota internaliza o que acabou de escutar. Depois de alguns segundos, retesa os ombros e abre a boca para dizer:.

— Certo. Um mês. É seu prazo máximo.

Lefertahri se vira em direção à entrada da caverna, o rosto sem evidenciar sentimento algum.

— De nada — Alanis dispara, seca.

Riquinha ingrata!

— Obrigada — Lefertahri cede, virando para ela. Um sorriso tímido escapa de seus lábios, e o pensamento inapropriado sobre como deve ser beijá-la perpassa sua mente. A visitante deixa o local antes que a situação fique constrangedora.

Alanis, por sua vez, permanece imóvel por longos minutos, a mão repousada sobre a cadeira. É quando, de súbito, as memórias nada agradáveis retornam com força, golpeando-a por todos os lados. A cada nova lembrança, a cólera em seu peito dispara. Ela abafa um grito com a mão, e depois os dedos enroscam-se nos cachos. Desaba na cadeira pouco depois, procurando com urgência um dos cadernos ali em cima. Ao encontrar o que queria, abre-o em uma folha qualquer e vai passando uma a uma com agressividade até parar em uma página em branco.

Então, agarra uma caneta e despeja suas emoções no papel conforme dá início a escrita de outra história em quadrinhos.

Sete de Prataluz do ano 97 Pós Sethara's Fúrnis.

A data a machuca. Não porque as lembranças corroem seu ânimo, mas o contrário.

Alanis não sente nada.

Há exatos quatro anos não a vê.

Inma.

— Está quieta demais hoje, Lani.

A voz de Mosi a faz virar a cabeça em direção ao amigo.

Ele está sentado em um dos bancos da Praça do Embarcadouro com um balde de peixe frito nas mãos, ao passo que Alanis mordisca uma framboesa. A língua arde devido à pequena ferida ocasionada por uma mordida acidental, mas ela ignora o incômodo. O corte foi adquirido na noite anterior, depois da visita de Lefertahri, enquanto a jovem derramava seus sentimentos no papel, criando uma nova história para fazer volume a tantas outras inacabadas.

— Só estou pensativa. — Dá de ombros.

— Ui, Lani é sempre tão misteriosa — debocha Mosi antes de completar, mais curioso do que preocupado: — Aconteceu alguma coisa?

Como confessar que não sentir nada pelo aniversário de Inma a incomoda? Como admitir que o amor de Lefertahri dedicado à família ativa sentimentos obscuros dentro dela? Por mais que goste do garoto, falar sobre si mesma não é uma tarefa confortável. Ela nem mesmo sabe como fazer isso.

Neste momento, dois homens fardados em tons de amarelo e vinho entram na praça do Relógio do Embarcadouro, conversando alto. Os dois carregam um cassetete na cintura, além de exalar um incômodo cheiro de cigarro. Não há dúvida de que são dois representantes da Guarda Presente, a unidade policial responsável por patrulhar a cidade, mas que não tem direito ao porte de arma de fogo.

Enquanto os homens se aproximam, uma tensão cresce dentro de Alanis. Seu coração acelera e sua respiração se torna mais curta, desencadeando lembranças que preferiria esquecer. Sem se dar conta, fita a luva que esconde a falta de sua mão, e o misto de raiva e medo triplica em seu peito.

Definitivamente, hoje é um péssimo dia.

O olhar de um dos homens se volta para ela por um instante, mas logo se desvia para continuar a conversa com o colega. Alanis suspira aliviada quando eles seguem em frente, mas a pinta no rosto do que a fitou continua a atormentá-la. Ao lado dela, Mosi faz algo semelhante. É quando ela entende. Avalia o policial com a pinta enorme na bochecha e, enfim, o reconhece. Sorri.

— Aquele não é o policial que deu uma coça em você porque achou que estava roubando?

O garoto se remexe, os olhos arregalados.

— Vamos embora daqui — ele pede, já se levantando.

Alanis, contudo, demora a se erguer e, quando o faz, caminha na direção contrária.

— Ei, idiotas — esbraveja para os policiais do outro lado da praça. — Sabia que a Guarda Presente é apenas um nome bonitinho para os *faz-tudo* da polícia? Hoje é dia de vocês limparem um pouco de sujeira.

Então, Alanis coloca a mão dentro do pote que segura entre o antebraço e a barriga. No segundo seguinte, dezenas de framboesas se esparramam contra o Relógio do Embarcadouro.

— Sua...! — os dois gritam e disparam em direção a ela.

Alanis, contudo, já corre para longe, empurrando Mosi com urgência.

A dupla se embrenha pelas ruelas de Évia com agilidade, e Alanis gargalha boa parte do trajeto, apreciando o sentimento de perceber-se viva pela primeira vez em semanas. Agarra-se à sensação de liberdade com força, querendo prolongá-la pela maior parte do tempo que puder. Aproveita o vento contra o rosto e a ardência dos músculos se movendo com força enquanto corre e despista os policiais. Os dois os perseguem por um tempo, sempre gritando injúrias, antes de os perderem de vista – e Alanis agradece por estar junto de Mosi, que já domina os labirintos do porto de cor e salteado.

Ainda assim, o que Alanis mais agradece naquele momento é a adrenalina bombeando em seu corpo devido ao perigo e ao orgulho por fazer algo certo. Há euforia dentro dela, enfim um sentimento para além da raiva constante.

— Você é louca — sussurra Mosi quando se recostam em um beco escuro e malcheiroso. A fala, porém, não é recheada de crítica, mas, sim, de fascínio.

— Pensei que eu fosse arrogante — implica.

— Uma coisa não anula a outra.

Os dois caem na gargalhada.

Em Caladuna, recompensa-se o trabalho duro. Pelo menos, quando este é legalizado e gera tributos ao governo. E, por mais que uma gatunagem de respeito demande bastante técnica e raciocínio lógico, qualquer roubo ou furto é desencorajado pelas autoridades.

Portanto, Alanis Dilan aprendeu desde cedo que não deveria ser pega.

A menina não precisou de um professor para dominar a arte do furto. Os movimentos sorrateiros eram naturais. Um dom, habilidade nata. Bastou nascerem os irmãos mais novos para ela perder a atenção dos pais e avós e, assim, compreender que pertencia às ruas de Porto Aurora.

A cada comida negada, ela furtava duas.

A cada esmola recusada, o triplo de moedas era recolhido.

A cada não, ela absorvia os aprendizados para garantir o sim da próxima vez.

Por vezes, contudo, ela errava. E como ela odiava errar! Mais do que a tristeza pela surra dada pelos policiais ou comerciantes, eram a vergonha e a raiva por ter sido pega que corroíam seu peito.

— Garota estúpida! Não serve para nada! — esbravejava seus pais e avós depois que algum policial a levava para casa.

Apanhava de novo por ter envergonhado a família.

Não, como boa caladina, Alanis vivia pelos louros de seu trabalho duro.

Não havia espaço para burrices.

CAPÍTULO 5

SE AVISTAR UMA APÓFIS, (NÃO) ACENDA UMA VELA

O capuz preto de Lefertahri esconde seu rosto do mundo, deixando-a invisível aos olhos dos transeuntes que passam pela Praça do Alarido. O tecido faz o couro cabeludo coçar, mas a garota prefere aturar isso do que arriscar ser reconhecida por alguém. Percorre o local em passos rápidos, com pernas curtas e olhos fixos no chão. A atmosfera sombria, prestes a se transformar em um daqueles temporais que ela sempre odiou, dá a sensação de que tudo está desmoronando. É como se os deuses estivessem prontos para derramar sua ira sobre a cidade e para roubar a pouca felicidade que Lefertahri sente neste dia.

A procura por relógios quebrados e descartados no lixão não foi bem-sucedida, assim como sua vida nos últimos anos, sejamos honestos. E, na maioria das vezes, Lefertahri tenta ser sincera consigo mesma. Além disso, apesar de seus esforços para se concentrar na busca por novos serviços, seus pensamentos a distraem com uma certa amaldiçoada que vive nas montanhas. Seu humor não está nada bom, pois a imagem da garota surge com mais frequência do que deveria em sua mente e não é apenas irritação pelo temperamento odioso da ruiva que sente quando isso acontece. Por vezes, flagra-se encantada com detalhes como o brilho do cabelo laranja da outra, que reluz como fogo, o que combina perfeitamente com a intensidade de seus olhos castanhos.

Bufa, esquivando-se da lembrança vergonhosa.

Por sorte, a jovem possui *simpattias* o suficiente para não precisar abordar cidadãos aleatórios no mercado da Praça em busca de novos clientes e, assim, iniciar as conversas superficiais que tanto odeia ou arriscar ser reconhecida por alguém. Desde o confronto com Alanis, sua energia está debilitada, mal permitindo-a conversar com os empregadores que já tem contato há anos. Naquele dia, gastou todo o controle de seu corpo para não vacilar no tom de voz ou demonstrar insegurança na postura ao exigir a partida da Dragão. E, sendo sincera mais uma vez, Lefertahri sabe que não é a pessoa mais confiante em confrontos pessoais. Sempre prefere evitá-los, mas se existe algo que a dá forças para não se esquivar de um, é a sua família.

Então, mesmo que não tenha conseguido de forma imediata a partida da invasora, pelo menos o prazo de um mês é melhor do que nada.

A relojoeira gostaria que este fosse o único aspecto do confronto com a garota que a incomoda. Mas a verdade é que os flertes demasiados de Alanis a perturbam com frequência, provocando arrepios pelo corpo e um remexer descabido em sua barriga. Além disso, é irritante a forma como a amaldiçoada é incapaz de falar sério cinco minutos que sejam. Évia é, definitivamente, uma piada para a outra. Só espera que ela cumpra com o combinado desta vez e leve suas marias-chiquinhas e óculos redondos para longe da cidade.

Mas por que, pelos deuses, Alanis tinha que ser tão boa de lábia? Seria mais fácil desprezá-la por completo se ela não fosse tão charmosa por conta de sua autoconfiança inabalável. Não é problemático dar-lhe pelo menos esse crédito, certo? Afinal, é um fato. Não que tenha reparado demais no jeito da ruivinha.

Há também o fato de que a invasora foi condenada pelo Oráculo no mesmo ano que ela – informação que a relojoeira averiguou nos registros oficiais em uma das bibliotecas públicas no dia seguinte em que desvendou o nome da outra. Até tinha tentado descobrir antes, mas a lei impede que se espalhem imagens dos amaldiçoados por aí, de modo a não dar glória desnecessária a esses cidadãos pecadores. Desde então, Lefertahri questiona-se com frequência o motivo da condenação, mas, diante do comportamento passivo-agressivo demonstrado, é evidente que a Dragão fez algo grave.

Assim como ela.

Com frequência, a garota se pega refletindo sobre os crimes dos amaldiçoados. Na Ilha do Desconhecido, ninguém comentava sobre o próprio passado, sem contar que eram poucos os com vontade genuína de interagir entre si. Ela mesma evitava ao máximo, o que explica nunca ter visto Alanis antes, assim como o fato de serem dezenas de condenados todo ano. Só de pensar no local, as memórias lhe dão taquicardia.

Além disso, investigar pelos jornais também não é muito promissor. Com frequência, presos pegos em flagrante por crimes hediondos passam pelo julgamento do Oráculo e não são sentenciados com o rugido da quimera ao mesmo tempo que nada de grave foi descoberto sobre alguns condenados. Não à toa surgem diversas teorias conspiratórias confrontando a versão oficial e vaga do governo sobre os motivos das condenações do Oráculo: um presente dos deuses para ajudar a manter o país seguro.

Lefertahri para em frente à livraria e espreita seu entorno. Ao ter certeza de não se deparar com nenhum rosto conhecido, entra na loja. A porta se fecha com um leve clique, e o som da rua é abafado. Ela então levanta o olhar para o teto, onde um enorme relógio-clima mostra as condições do tempo do lado de fora: muitas nuvens no céu e uma temperatura de 21°, com sensação térmica de 18°. A umidade do ar está em 64% e um índice UV moderado, na casa 3.

A jovem analisa o relógio com calma, um sorriso ingênuo nos lábios. Seus olhos passeiam com delicadeza pelos ponteiros pretos, pelas bordas ornamentadas com arabescos e pelos milhares de detalhes esculpidos em ouro. A minúcia na construção do aparelho é tanta que, a cada visita à livraria, percebe algo que seus olhos não captaram antes. Não que ela vá muito ali; prefere a Biblioteca Pública Central, gratuita, mas já leu todos os livros técnicos de relojoaria armazenados por lá. Agora, Lefertahri precisa de obras mais atuais, talvez algum lançamento que a ajude a desvendar o relógio-sentimentos da O'Shea. Assombrada com sua dificuldade em consertar o aparelho, sente-se cada vez mais incompetente.

Na meia hora seguinte, a jovem vasculha cada detalhe das prateleiras de livros, desde as mais expostas às escondidas. Passa com frequência as mãos pelos títulos, puxando alguns para ler as sinopses nas capas, mas nada de seu interesse salta aos olhos. A jovem suspira, sentindo a frustração aumentar, até enfim tomar coragem de pedir ajuda ao atendente. Mesmo assim, a busca se mostra infrutífera.

Com os ombros baixos e encurvados, Lefertahri se dirige à balconista para comprar dois livros de suspense que estão com desconto agressivo. Um prêmio de consolação, pelo menos. A menina que a atende demonstra inexperiência ao repetir os mesmos processos algumas vezes antes de acertá-los. Faz sentido que seja nova na função, pois aparenta ser da idade de Onurihs, lá pelos seus quinze anos. E é por este motivo que Lefertahri revira os olhos ao identificar um isqueiro de bronze em cima da bancada. A garota tem a chance de honrar pai e mãe e decide não o fazer de forma deliberada.

Ao perceber a relojoeira analisando o acendedor, a lojista o esconde em uma gaveta e dá as *simpattias* de troco a Lefertahri, que se dirige com pressa para a entrada com os punhos cerrados, tentando controlar a frustração crescente. Está pronta para ir embora quando algumas pessoas mal-educadas invadem a livraria, sem se importar com a tranquilidade dos outros clientes. Lefertahri os encara com feição de incredulidade enquanto os recém-chegados se espremem pelos corredores, tropeçam e caem por cima de pilhas de livros com um estrondoso barulho.

— Para o porão! — grita um senhor ao esbarrar em Lefertahri.

Ao escutar o comando, ela agarra os livros contra o peito e recua alguns passos, os olhos arregalados. Os porões das residências são usados para situações específicas que requerem proteção.

Isso significa...?

— Tem uma apófis descontrolada lá fora! — explica outro, aos berros, quando questionado por um atendente.

— Apófis? — Lefertahri sussurra, o coração acelerando.

Três amaldiçoados na mesma cidade. Qual a chance de isso acontecer? Lefertahri xinga alto. Ainda assim, dispara em direção aonde a pequena multidão se aglomera, seu coração pulsando tão forte quanto os passos apressados. Uma cobra gigantesca não é algo que possa enfrentar sem preparo. Ou seja, em poucas horas algum dirigível ou trem correrá da capital até lá para controlá-la com as armas específicas contra condenados.

Lefertahri congela antes de chegar à escada que dá ao porão, provocando a ira de três pessoas que esbarram nela.

Onurihs passa pela Praça do Alarido todo dia no caminho de volta da escola.

Se a Apófis não for expulsa em uma hora, sua irmã pode atravessar seu caminho.

Lefertahri corre de volta à bancada e agarra o isqueiro, sua mente trabalhando a mil por hora.

Lefertahri até cogitou se tratar de uma apófis verdadeira a que ataca Évia, mas nas não há dúvidas que é uma das vítimas do Oráculo de Ghunza. Primeiro, porque não se vê uma apófis selvagem há séculos por Caladuna. Segundo, a coloração não é condizente aos relatos históricos. Enquanto os animais do Destino são retratados como pretos, esta possui um tom azul-acinzentado, e todo mundo sabe que as criaturas amaldiçoadas se diferem das verdadeiras pela coloração.

O que nem todo mundo sabe é que as apófis sentem uma atração estranha por fogo. Biólogos afirmam que o cheiro da fumaça ativa uma parte do cérebro desses animais que os desorientam. No entanto, em vez de ceder à confusão, a apófis verdadeira luta para chegar até as chamas e apagá-la, de modo a encerrar seu sofrimento. Foi a partir desse conhecimento que a jovem construiu seu plano. No fim, as tardes gastas na biblioteca serviam para alguma coisa.

Quando o fogo começou a lamber as páginas de um livro, fincado na perna de uma cadeira que Lefertahri quebrou, ela não tinha certeza se o amaldiçoado reagiria com o mesmo instinto das apófis verdadeiras. A dúvida cessou assim que a cobra parou de encurralar um grupo de pessoas, que caiu no erro de olhar fixamente nos olhos do animal e terminou hipnotizado, e passou a buscar as chamas, a cabeça girando de um lado para o outro. Ao identificar o objeto queimando, metros ao lado, a criatura disparou em direção à jovem.

Agora, Lefertahri pedala com tanta pressa que suas coxas ardem. A bicicleta – furtada, mas que a garota pretende devolver ao dono, afinal de contas não é uma ladra – ziguezagueia pelas ruelas de Évia, uma mão firme no guidão, e a outra erguendo o pedaço de madeira. Por onde passa, fumaça fica pelo caminho, deixando um rastro que parece envolvê-la como uma aura. Pessoas recuam, atordoadas pelo caos repentino, e ela agradece por possuir o rosto encoberto pelo capuz.

A Apófis a acompanha em uma velocidade surpreendentemente rápida – agilidade que a relojoeira não antecipou. Lefertahri xinga, repreendendo-se pela falha. Por mais que estude com frequência sobre os amaldiçoados, ainda não decorou todos os pormenores dos monstros que o Oráculo de Ghunza pode criar. Por conta de seu erro, precisa lidar com o sibilar da cobra cada vez mais alto, cada vez mais perto. O som é tão agudo que abafa até o retumbar frenético do coração dela.

Lefertahri encontra força de vontade sabe-se lá da onde, mas acelera seu pedalar ao chegar ao fim do bairro Quinta da Lava Seca. A paisagem já pouco urbana gradualmente cede espaço à exuberância da floresta, como uma pintura de aquarela. Uma brisa fresca sopra contra o seu rosto, mas não é o suficiente para aliviar a sensação úmida que toma conta de suas narinas. Ela inspira fundo, tentando ignorar o cheiro de musgo e umidade que a cerca, e encara o céu. Quanto mais próximo ao topo da montanha, mais as nuvens estão carregadas. É melhor apressar o passo.

Acelera, a cobra sempre atrás dela.

Lefertahri, enfim, vira à direita e se depara com uma melhor visão do vulcão Ariosto.

Um poderoso rugido rasga o ar. Não é da Apófis.

O rastejar e o bafo quente às suas costas, porém, são dela.

Que sua presença aqui sirva para alguma coisa, Alanis...

Lefertahri concentra-se em cada pedalada na subida íngreme da montanha. O ar rarefeito torna a respiração difícil e cada músculo em seu corpo arde com o esforço, mas ela sabe que não pode parar agora. Falta pouco, muito pouco, para Lefertahri alcançar a caverna. O plano é arriscado, mas foi o melhor que conseguiu conceber sob pressão. Só precisa se manter viva, longe das presas da Apófis e do fogo da Dragão.

Os rugidos, cada vez mais próximos, quase fazem Lefertahri vacilar.

Mas ela respira fundo e, com o pingo de coragem que lhe resta, vira à direita de novo.

O céu lacrimeja.

Só dá tempo de se jogar contra o chão e rastejar para trás de um pedregulho quando chamas correm em direção a ela. Lefertahri não poderá devolver a bicicleta tostada, mas esse é o menor de seus problemas – mesmo que ela tenha certeza de que, assim que a adrenalina passar, vai se culpar por não poder pedir desculpas ao dono.

Não dá para remoer isso agora, contudo.

Pois Dragão e Apófis se encaram, e Lefertahri tapa os ouvidos diante do alvoroço ensurdecedor.

Em Caladuna, honrar pai e mãe é um dos principais valores difundidos nas famílias mais devotas aos cinco deuses. Lefertahri Eissa admira este conceito desde que lhe apresentaram em casa. Afinal, há algo mais belo do que respeitar e dar felicidade a quem se ama?

O respeito a tal valor gerou bons frutos.

— Tahri é tão inteligente e dedicada — costumava compartilhar sua mãe às amigas.

— Tenho tanto orgulho de você, filha — dizia seu pai a cada nota alta ou nova técnica aprendida sobre o conserto de relógios.

A felicidade era tanta com os elogios, que a vontade de dedicar tempo aprendendo bordado ou brincando com suas amigas se apagou diante da grandiosidade que eram os estudos na escola e com o pai.

A vontade de experimentar os encantos de outros lábios como suas amigas faziam foi se apagando, principalmente quando não apreciou o selinho daquele primeiro menino. E, por mais que tenha querido beijar outras meninas depois de brincar de verdade e consequência aos onze anos, porque dos lábios delas Lefertahri havia gostado de fato, não tinha espaço para isso em sua rotina bem estruturada.

Onurihs, por outro lado, dispensava o carinho dos adultos. Para a irmã mais nova, brincar era mais interessante do que a baboseira de honrar pai e mãe.

— Onurihs tem um temperamento muito difícil — queixava-se sua mãe às outras.

— Nuri, meu amor, por que não se dedica mais alguns minutinhos aos relógios como a Tahri? — seu pai sempre pedia quando a mais nova batia o pé e saía da oficina.

A cada nova negativa de Onurihs, maiores se tornavam as expectativas em cima de Lefertahri.

A cada nova expectativa, mais Lefertahri ansiava pelos elogios.

CAPÍTULO 6

NÃO CUTUQUE UM DRAGÃO EM SUA CAVERNA

A riquinha só pode estar de brincadeira.

Alanis rosna internamente, e o som ecoa na forma de um rugido liberado pela Dragão.

É inacreditável que Lefertahri tenha tido a coragem de levar outro amaldiçoado para sua caverna depois do acordo firmado entre as duas, dias atrás. Alanis puxa com força as correntes presas em suas patas traseiras conforme os cheiros da humana – floral e metálico – e da Apófis – penetrantes e cítrico – se aproximam, o ódio pela situação incinerando-a por dentro. Se Lefertahri não sair da frente, será queimada viva. Não que a idiota não mereça depois da traição tão descarada.

Algumas gotas de chuva caem do céu. A Dragão percebe apenas quando uma baforada, levada pelo vento, atinge seus olhos – uma vez que suas escamas são impermeáveis. Ela pisca diversas vezes até voltar a enxergar.

É neste momento que Lefertahri surge, montada em uma bicicleta.

Garota estúpida!

No segundo seguinte, a flama expelida pela Dragão atinge o veículo.

Alanis sente um puxão forte em sua mente, uma urgência de encontrar a humana traidora para incendiá-la. É interrompida antes que o faça somente porque algo mais atrativo entra em seu campo de visão: a cobra enorme. De comprimento, parece até maior que a criatura alada, com seu belo capuz arroxeado na cabeça e um corpo em degradê de tons acinzentados e azuis. Os olhos da Apófis são intensos e penetrantes, quase pretos. A Dragão para imóvel, até que um som estridente a traz de volta à realidade.

Um grito de Lefertahri, em algum lugar dentro da caverna.

Alanis sente o corpo da Dragão enrijecer antes de abaixar a cabeça ao se lembrar das histórias sobre a capacidade hipnótica das apófis. Em desvantagem por estar acorrentada, a garota sabe que sua única chance de se defender é atacar primeiro. Então, com a adrenalina correndo forte em suas veias, a Dragão cospe fogo, os olhos cerrados.

O jato de chamas arde como um farol e corta a escuridão do penhasco sombreado pelas nuvens cinzentas.

A Apófis, porém, se esgueira com facilidade, deslizando com graça pelo chão. Sua língua bifurcada sai e entra da boca com rapidez, como se buscasse o sabor do ar, e a cauda da criatura se agita em ritmo frenético, criando uma dança estranha. Além disso, a cada sibilo furioso, as escamas do animal se arrepiam, tornando-o ainda mais ameaçador.

Maldita Lefertahri! Eu vou matar essa garota!

A Dragão se prepara para soltar outra baforada, o calor crescendo em sua garganta. Porém, antes que possa cuspir as chamas, a Apófis salta em direção a sua garganta. A criatura alada até acelera a lufada de fogo, mas, com um movimento súbito, a cobra muda de direção e desvia do ataque, acertando um novo alvo: a pata dianteira direita da oponente, a que não possui os dedos. Alanis observa, horrorizada, enquanto um dos dentes perfura o local, encontrando carne sob as escamas. No segundo seguinte, a cobra sibila, triunfante, já longe do alcance da Dragão, a língua tremulando.

Apófis são venenosas?, Alanis não se recorda, por mais que tenha lidado com algumas no exílio.

O ódio por Lefertahri se intensifica. Ela quer destroçar em pedacinhos aquela mentirosa, mas a Dragão só tem olhos para o amaldiçoado transformado. Se tiver sido envenenada por culpa da outra, Alanis vai garantir que não será a única a ter um encontro não planejado com a Morte.

Outro rugido. Outro sibilar alto.

As criaturas se encaram, avaliando o próximo passo no jogo.

A Dragão age primeiro e, antes que a Apófis perceba, a atinge com o rabo. O impacto é tão forte que a cobra é jogada metros para trás até conseguir se fincar no chão. Então, realiza seu próximo movimento. De novo em um salto, a invasora mira um ponto nas costas da Dragão – que, por sua vez, prepara-se para atingi-la com os chifres em sua cabeça, já que precisa de mais alguns segundos para recuperar o fôlego para o lança-chamas.

Contudo, a Apófis está preparada. Ao mesmo tempo que evita o golpe, enrosca-se no pescoço da oponente. O aperto se intensifica a cada rosnar de Alanis. Ela se debate com força, mas a cobra não perde o equilíbrio, muito menos afrouxa a constrição. A Dragão tenta alçar voo, e ruge mais alto, mas as correntes nas patas traseiras a trazem de volta e a desequilibram, momento que a Apófis aproveita para morder um novo ponto no pescoço da outra, que grita de dor. Dessa vez, mais dentes encontraram caminho até a pele.

Em fúria, a Dragão tenta abocanhar a adversária, mas não encontra ângulo favorável ao ataque. Então, puxa com mais intensidade as correntes, em vão.

Agora, Alanis sente raiva de si mesma por ter sido tão eficaz em adquirir grilhões resistentes a dragões, principalmente quando outra mordida a faz rugir de dor.

Ela, então, muda de estratégia, esticando-se em direção à parede rochosa, com a intenção de prensar a Apófis contra seu corpo. No entanto, a cobra antecipa o movimento e a joga o peso do corpo com força na direção oposta. O ar diminui nos pulmões da Dragão, e ela se lança ao chão. A Apófis solta um protesto de dor e afrouxa o aperto, mas não o suficiente para permitir que a oponente se solte.

Som de correntes contra o chão se misturam a um estrondo rascante que perfura o ar. Alanis os reconhece de imediato.

— Voa! Voa! voa! — grita Lefertahri.

A doida me soltou e atirou na Apófis com a minha *pistola?*

Mas não há tempo de descobrir, muito menos refletir sobre os atos. A Apófis finalmente vacila, dando à Dragão a oportunidade de virar o jogo a seu favor. Com esforço, ela se levanta, carregando consigo o peso nada insignificante da cobra.

Uma Apófis pode ter vantagem em terra, mas no ar... ah, no ar a Dragão é imbatível.

Em segundos, dispara em direção ao penhasco e se lança no vazio. Algumas gotas de chuva caem sobre seu olho, mas a adrenalina é tanta que nada a impedirá de conquistar o céu. A Apófis até protesta com um sibilar estridente e se enrosca mais forte no pescoço da Dragão. Em seguida, finca os dentes no torso da outra. Não larga.

Ah, mas você vai me soltar, sim!

A Dragão bate as asas com raiva e sobe cada vez mais alto. Ela gira no ar, fazendo piruetas e sacudindo seu corpo, mas logo percebe que esses movimentos não serão suficientes para afrouxar o aperto implacável da Apófis. No entanto, um pensamento atravessa sua mente: uma cobra não poderá respirar tão perto do sol.

Por puro instinto de sobrevivência – como tudo que vem fazendo no confronto –, a Dragão luta para puxar ar para seus pulmões de modo a concluir seu plano, mesmo exausta. Notando a subida inclemente, os dentes da cobra afundam mais em sua pele. Deveria doer, mas a adrenalina atingiu um pico tão alto que nada mais abala a Dragão. *Que não seja venenosa*, é o único pedido de Alanis.

Então, sobe.

E sobe.

E sobe cada vez mais.

Esse bicho não vai desistir, não?

Os músculos poderosos da Dragão se contraem, impedindo que a Apófis quebre seu pescoço. No entanto, a cada minuto que passa a respiração está mais ofegante, seu peito se esvaziando muito rápido. O perigo de tudo terminar mal paira no ar, e Alanis sente a urgência de agir, então, sugere pensamentos de apoio à criatura.

Se desistir, vamos morrer. Anda, respira! Bora, sua idiota, me recuso a morrer por uma serpentina de carnaval a vapor!

Até que, enfim, ar.

Um acesso de tosse escapa da Dragão, mas ela não se deixa abater. Enquanto inspira fundo diversas vezes, a Apófis despenca rumo ao chão. Um breve lampejo de alívio toma conta de Alanis, enquanto o instinto da Dragão brada triunfante dentro dela.

No entanto, não demora para seu olhar descer até o corpo em queda livre, uma vozinha lhe gritando que pertence a outro amaldiçoado. A percepção a atinge como uma punhalada, e o incômodo pensamento de que poderia ser ela mesma em uma situação semelhante se não tivesse cuidado a domina.

Que droga!

Frustração cresce dentro de Alanis, pois como convencer a Dragão de que é importante salvar alguém que quase as levou à morte?

Droga, droga, droga! Como eu te odeio, Lefertahri!

A Dragão bate as asas algumas vezes, mas sem sair de onde está.

Pensa, Alanis, pensa!

Uma ideia astuta brota ao perceber um vazio em seu estômago. Então, canaliza sua energia e desejo, transmitindo sua vontade para a criatura.

Estamos com fome. Não comemos há muito tempo. Que tal uma cobra de lanchinho, hein?

Com um impulso repentino, a Dragão dispara em direção ao solo, deixando Alanis impressionada com a rapidez com que seu desejo foi atendido. Embora saiba que não tem controle sobre sua criatura sombria, ao longo dos anos, descobriu poder influenciar sutilmente suas ações ao focar nas necessidades básicas dela, como comer, dormir, proteger-se e beber água. Talvez estar desesperada ajude no processo.

A fome salvaria a vida da pessoa por trás da Apófis.

Ou não.

Alanis gela.

Como fazer a Dragão *não* comer a cobra depois de salvá-la de virar um tapete?

Ela ruge, frustrada por não ter previsto algo tão óbvio em meio à tomada acelerada de decisões.

A Dragão passa por baixo do corpo da cobra, em queda livre. O impacto das duas criaturas é forte, mas ela está preparada para aguentar o peso. Alanis avalia diversos cenários enquanto a réptil gigante bate as asas com cuidado até pousar no espaço aberto em frente à caverna. A ruiva ainda não elaborou um plano claro do que fazer agora quando a Dragão joga a Apófis no chão e abre a boca, pronta para deliciar-se com seu banquete.

O desespero envolve Alanis como uma névoa densa, seu coração acelerado dentro do peito. Ela tenta transmitir seus sentimentos de aflição para a réptil, ansiando que sua agonia seja compreendida, mas a Dragão permanece implacável. Nenhum sinal de hesitação atravessa os olhos frios e concentrados da criatura.

Alanis sente ânsia de vômito.

Então, um estampido.

A Dragão procura a fonte do som alto e repentino e encontra Lefertahri apontando *sua* pistola em direção às criaturas, o semblante rígido.

A ruiva esgota seu repertório de xingamentos direcionados à riquinha em segundos. Será tão fácil matar a traidora..., mas Lefertahri tinha ajudado, libertado as correntes, não tinha? Por que a idiota ainda está ali? Ela poderia ter ido embora há muito tempo. A Dragão inspira, preparando-se para a labareda que consumirá tudo pelo caminho, de cobra à humana – incluindo sua pistola.

Merda!

— Eu sei que você está aí... — grita Lefertahri, um pouco rouca. — Precisa... precisa convencer a Dragão... Eu vou acorrentar a Apófis e você vai embora, Alanis.

Claro, super fácil. Por que não pensei nisso antes?

O Destino parece conspirar a favor da riquinha, pois uma cacofonia de timbres distintos de grasnados ecoa pelo céu. Um arrepio percorre a espinha da Dragão, que gira o corpo em direção ao som, farejando o ar.

Garças-eiaxoras.

Suas preferidas, hein, atiça Alanis.

Suas, jamais delas. Jamais dela.

A criatura rosna, confusa, seu corpo contorcendo-se enquanto vira de um lado para o outro, alternando seu foco entre a cobra e as aves. Alanis continua a instigá-la, apontando para as garças em sua mente com urgência, suas palavras afirmativas sobre o sabor diferenciado das aves saindo de forma incisiva. Ela se sente desconfortável com sua própria atitude impetuosa, mas está desesperada mesmo. Não quer lanchar um amaldiçoado. Ou Lefertahri, por mais que a garota mereça.

A Dragão solta um rosnado estrondoso, e suas asas se abrem conforme ela corre, cada passo um baque surdo, em direção à beira do penhasco. Alanis segura a respiração, sentindo o alívio se espalhar pelo seu ser. Foi apenas por um golpe de sorte subjugar os instintos assassinos da criatura, mas aceita a vitória por ora. Tudo o que importa é que tanto a Apófis quanto Lefertahri viverão.

Pelo menos, por enquanto. Alanis ainda está em dúvida se vai manter a garota viva quando voltar a ser humana.

A Lua Colosso e a Lua Miúda já iluminam o céu há pelo menos três horas quando Alanis finalmente retorna à beira do penhasco. Seu humor está no ponto mais baixo possível, e seu cabelo solto, desgrenhado, é um reflexo caótico de sua frustração. As palavras fervem em sua mente enquanto ela encara o horizonte.

Eu vou acabar *com aquela garota.*

Uma vela acesa ao lado da entrada da caverna parece estar quase no fim, mas ela não tem certeza devido à sua miopia. Embora seu desejo seja sair em busca do canto da Banshee pela cidade, para forçar Lefertahri a dar-lhe respostas e, talvez, denunciá-la anonimamente às autoridades, Alanis sabe que há outro problema a ser enfrentado antes.

O problema em questão se remexe, o som das correntes tinindo com o movimento. Instintivamente, ele leva as mãos aos olhos com um gesto exagerado devido à visão da ruiva nua.

Ela solta um bufar irritado.

— Desculpa, eu... me perdoa... foi um acidente estar perto de uma cidade hoje... quero ir para Neféria...

Alanis ergue uma mão em direção ao garoto e faz um barulho, ordenando silêncio.

No lugar da Apófis, há um jovem magro e pálido, mais velho do que ela um punhado de anos. Alanis suspeita que ele tenha sido amaldiçoado pelo Oráculo de Ghunza depois dela, pois seu rosto não é familiar – não que ela identifique muitas informações nos traços borrados, mas se recorda brevemente de uma apófis criada dois anos antes.

O corpo nu do rapaz está coberto por uma complicada rede de correntes de ferro – como a maioria das cobras não possuem patas, Lefertahri precisou improvisar na hora de acorrentá-lo. Por maior desinteresse que tenha ao analisá-lo, a garota não deixa de notar como ele parece vulnerável e desamparado mesmo desfocado. A ruiva evita pensar como ela própria deve suscitar sentimentos semelhantes a qualquer um que a flagre retornando à forma humana no cair da noite.

Os ombros dela afundam e os olhos imploram para se fecharem de uma vez.

Alanis passou o dia inteiro lutando para conter os instintos da Dragão, impedindo-a de retornar à caverna, de voar muito acima das árvores ou de se aproximar de Évia. Foi um verdadeiro malabarismo mental, direcionando a fome voraz da criatura apenas para as presas da floresta. Ela sabe que a sorte desempenhou um papel crucial no sucesso. Muita sorte. É provável que apenas sorte, principalmente pelo dia se transformar mais cedo do que habitual em noite e por ter uma imensa revoada de garças migratórias, provenientes do país vizinho, Eiaxor, passando por ali após o acasalamento – Alanis às vezes se dedica a estudar sobre as aves, já que elas são o alimento predileto da Dragão.

A jovem está exausta e um pouco machucada após a luta contra a cobra, uma vontade assassina de ficar sozinha consumindo-a. Nem sequer cogita a ideia de trabalhar naquela noite, muito menos perder tempo conversando com o garoto à sua frente. Seu único desejo é que ele desapareça, sem que ela tenha que escutar sobre sua triste história.

— Seguinte: não vamos falar sobre o que aconteceu — começa Alanis. — Assim que eu te soltar, você vai embora. Melhor, vou *garantir* que você vá embora. Vou te levar até o cais e aí você dá o seu jeito de chegar em algum lugar isolado antes do amanhecer.

O rapaz assente, ainda com o rosto coberto.

Virgem irritante.

Alanis sente uma onda de frustração tão intensa que a faz ignorar sua habitual reserva e entrar na caverna sem se importar em estar nua na frente de um estranho. Rapidamente, ela se veste, escolhendo um dos macacões que mais gosta. Ao colocar os óculos em seu rosto, o batimento acelerado em seu coração suaviza um pouco. Ela odeia a sensação de não enxergar.

Antes de sair da caverna, avalia o exterior, o garoto acorrentado, e percebe que não pode simplesmente deixá-lo vagar nu por aí. Com um suspiro resignado, alcança um de seus vestidos mais largos e surrados, sabendo que ainda assim será pequeno demais para ele, mas é melhor do que nada. Antes de soltá-lo, prende a pistola na cintura por segurança e deixa escapar um breve sorriso aliviado.

Pelo menos Lefertahri não estragou minha bebê, pensa depois de analisá-la com cuidado.

— Toma. Só tenho isso para te dar. — Ela ergue a mão em direção ao amaldiçoado.

— Obrigado. — Ele assente. Se desgostou de ter que usar um vestido apertado, não deixa transparecer. — De verdade, me perdoa. Eu tentei controlar o ataque, mas... e quando a outra menina apareceu com as chamas e me conduziu até aqui... e você me provocando com fogo...

— Apófis são venenosas? — ela o corta de uma vez, com a única pergunta que quer saber a resposta. A ruiva já odeia o condenado por ele não separar a si próprio da criatura com a qual foi amaldiçoado, não precisa gastar mais saliva do que o necessário com o idiota.

Pelo menos Lefertahri também separa.

— Não — ele pronuncia, os olhos arregalados. — Não, de verdade.

A jovem assente, mantendo os lábios cerrados. Ela se aproxima do rapaz e, com movimentos cuidadosos, desamarra as correntes que o aprisionam. Seus dedos evitam qualquer contato indesejado com o corpo dele, respeitando seu espaço pessoal da mesma forma que ela gostaria que fosse feito com ela. O amaldiçoado aproveita a liberdade recém-conquistada e rapidamente se veste, ansioso para deixar para trás aquele lugar.

Em silêncio, é conduzido por Alanis para o cais.

Em Caladuna, a posição do sol, das luas Colosso e Miúda e da meia dúzia de estrelas no céu no ano do nascimento de uma criança determina o signo desta. Há cinco opções, cada uma sob influência dos cinco deuses: Papoula Vermelha (Morte), Grilo Marrom (Destino), Árvore Verde (Vida), Ampulheta Laranja (Tempo) ou Quadrado Branco (Elementos).

Na cultura popular, afirma-se que cada um dos signos aponta o traço de personalidade mais marcante para os bebês daquele ano. Os papoulas vermelhas são conhecidos pela agressividade; os grilos marrons, pela malandragem; os árvores verdes, por serem trouxas; os ampulhetas laranjas, pela impaciência; e os quadrados brancos, pela irresponsabilidade.

Alanis Dilan nasceu no ano regido pelo Grilo Marrom.

Desde criança, ouviu sobre o apelido de malandra. Então, lutou para honrar o título – como na vez em que, de novo, a comida dera apenas para seus pais, avós e irmãos caçulas. Logo, Alanis e os dois irmãos mais velhos foram mandados às ruas para que arranjassem mais alimentos para casa. Ao se embrenhar nas ruelas do mercado de Porto Aurora sozinha, ela, no auge dos seus nove anos, tinha plena intenção de angariar algumas *simpattias* de modo não muito honesto.

E foi o que fez.

Contudo, não para ela, mas, sim, para um menino mais novo que chorava de fome numa ruela qualquer. Tentaria conseguir algo para si depois.

O problema foi ser flagrada por um policial da Guarda Presente, que passou a golpear os braços da menina com seu cassetete – até que uma senhora se meteu na frente e disse que cuidaria de Alanis.

A menina foi conduzida ao Centro de Ajuda aos Necessitados de Porto Aurora, onde recebeu comida e cuidados. Em algum momento, ela revelou à mulher ser do signo de Grilo Marrom e se orgulhar de manter a tradição da malandragem, ao que a senhora respondeu:

— Pois se engana quem diz que os grilos marrons são apenas malandros, sabia? Vocês também são muito empáticos. A mesma coisa em relação aos outros signos. Os papoulas vermelhas, como eu, são leais. Já os árvores verdes têm uma inteligência acima da média. Os ampulhetas laranjas são muito resilientes; e os quadrados brancos, humildes. — Ela bufou, cansada. — As pessoas têm que parar de evidenciar somente os traços negativos das outras.

— Não sou nada disso — rebateu Alanis, emburrada.

— Ah, mas é sim, menina. Eu vi quando você prometeu àquele menino que lhe daria comida. Não deixe apenas sua sombra florescer, criança.

A mulher não poderia ter dado pior conselho.

Pois, anos depois, Alanis entendeu que a empatia era a causa de todos os seus problemas.

CAPÍTULO 7

É TUDO PARTE DE UM PLANO (MESMO QUE NÃO PAREÇA)

A cada visita ao Centro de Ajuda aos Necessitados, Lefertahri se sente mais cansada. Anos atrás, o local possuía quartos sobrando e a possibilidade de os abrigados repetirem as refeições. Hoje, vive abarrotado mesmo com as instalações amplas e bem iluminadas, por vezes com lista de espera para dar ingresso ao pedido de auxílio governamental. Se sobrar comida, nada de pegar mais um pouquinho – é guardada para o dia seguinte.

Lefertahri caminha pelo local com um sorriso forçado nos lábios. Tenta alegrar-se ao ler os murais coloridos repletos de mensagens inspiradoras, mas nem isso apazigua a sensação de que a cada ano que passa, mais pessoas se veem obrigadas a depender do Centro. Sorri para alguns voluntários perto da saída, com coletes azuis, laranjas e verdes, cada cor responsável por realizar uma tarefa ali dentro: preparar os alimentos, oferecer triagem médica ou fornecer aconselhamento e apoio emocional.

Ela deixa o local sem a familiar sensação de ter feito algo bom. Como não sonha com luxo, apenas uma tranquila vida reclusa, o dinheiro ganho com seus empregadores fiéis é o suficiente para mantê-la longe dali e ainda doar os relógios excedentes. Prioriza principalmente os relógios-saúde e os relógios-pensamentos: o primeiro para ajudar os cuidadores na mensuração da pressão arterial, dos batimentos cardíacos e da temperatura do portador; e o segundo, para ajudar os deprimidos e ansiosos a guardarem lembranças positivas e escutarem em momentos de crise. Por vezes, a jovem até avalia pegar um relógio-pensamentos para si, mas logo desiste. Afinal, não há nada de positivo que gostaria de guardar.

Neste dia, em especial, o humor de Lefertahri está ainda pior por não ter tomado coragem para descobrir se a Dragão e a Apófis estão vivas depois do que aconteceu ontem. Ela nem ao menos sabe se Alanis compreendeu o motivo de ter levado a cobra até sua caverna. A lembrança do olhar furioso do lagarto gigante sussurra em sua mente que não, mas talvez seja apenas a expressão natural de um dragão raivoso e, no fim, Alanis tenha compreendido seu plano.

Ou talvez tenha pensado que Lefertahri queria lhe assustar. Ou matar.

Por mais que a prepotência de Alanis seja insuportável, a relojoeira jamais faria algo do tipo. Mesmo consciente de ser uma atitude ingênua, tentou permanecer na montanha perto do vulcão Ariosto até o anoitecer, com intuito de se explicar à outra, mas, assim que as luas tocaram sua pele, a Banshee foi liberada, e o instinto da criatura a guiou de casa em casa por Évia. Lefertahri não faz ideia se a Dragão retornou à caverna e matou o humano por trás da Apófis em repreensão ao ataque. Ou, pior, se o humano matou Alanis assim que ela o libertou.

A cabeça de Lefertahri dói. Ela engole em seco, angústia sufocando-a.

Está sendo uma covarde ao não subir a montanha para descobrir o que aconteceu. Ressente-se por sua decisão impulsiva de envolver Alanis sem o consentimento da garota, em especial ao refletir, mais tarde, sobre suas motivações. Com o sinal de alerta ligado, era muito improvável que Onurihs caminhasse exatamente para a Praça do Alarido, epicentro do ataque.

O que eu fiz?

Lefertahri continua se culpando quando para de caminhar pelas ruas de Évia ao avistar uma banca de jornal. Não há nada de especial no lugar, mas é importante entender como o governo está lidando com o ataque. Por isso, pega um dos jornais expostos e o folheia até encontrar uma matéria de meia página no fim da edição. Há uma ilustração da cobra em preto e branco.

ATAQUE DE APÓFIS AO CENTRO DE ÉVIA DEIXA 10 FERIDOS E INTRIGA AUTORIDADES POR NÃO DEIXAR RASTROS

PCU investiga conexão com avistamento anterior em Taliesan

Dezoito de Prataluz do ano 97 Pós Sethara's Fúrnis - O ataque de uma Apófis amaldiçoada pelo Oráculo de Ghunza intriga as autoridades de Évia, já que o incidente terminou sem pistas do paradeiro do condenado. O episódio teve início no cais da cidade e se desenrolou até a Praça do Alarido, onde a Apófis, a mesma criatura que foi avistada na cidade de Taliesan na semana passada, causou estragos e hipnotizou algumas pessoas, embora sem consequências graves. As autoridades locais relataram um total de dez feridos, mas nenhuma morte.

A Patrulha de Contenção Urbana (PCU), unidade especializada no combate a criaturas sombrias e a única com permissão para uso de arma de fogo, já está empenhada na investigação. A PCU trabalha em parceria com especialistas da Comissão de Estudos dos Amaldiçoados de Ghunza (CEAG) para entender melhor o comportamento e os padrões da Apófis, a fim de antecipar seus movimentos e evitar futuros incidentes.

O ataque em Évia e sua aparente conexão com o avistamento anterior em Taliesan geram preocupações na população. Em nota oficial, a PCU orienta os residentes de Évia a permanecerem vigilantes e a relatarem qualquer atividade suspeita às autoridades locais. Informaram também que a segurança foi reforçada em áreas de maior circulação, e medidas preventivas, não divulgadas, estão sendo implementadas para garantir a proteção da população.

Os policiais-cientistas da CEAG descartam que o episódio deva ser um motivo de alarme. De acordo com a especialista em Biosciências e Criptozoologia, Aineith Lor, este é o primeiro episódio registrado em três anos, evidenciando que as ações do governo têm sido efetivas em controlar a volta dos condenados para Caladuna.

"Não há motivo de pânico, porém, encorajamos a população a seguir as diretrizes de segurança e procurar a PCU ou qualquer unidade policial para informar sobre quaisquer atualizações relacionadas ao paradeiro da Apófis", reforça.

Lefertahri solta uma longa respiração, seus ombros relaxando enquanto examina a página do jornal. Não há menção alguma sobre seu papel na contenção da Apófis, e ela não está surpresa. A imprensa sempre evita noticiar os desastres que ocorrem em Caladuna, como se tentassem esconder a incapacidade do governo em conter o retorno dos amaldiçoados ao território. Para as autoridades, tudo que Caladuna não precisa é que os investidores internacionais descubram a verdade e percebam a fragilidade em seu comando.

Pela primeira vez, a censura velada é positiva para Lefertahri.

Ela continua lendo a reportagem. Além do factual, há um pequeno trecho explicando sobre como os amaldiçoados são criados – desde o sorteio de dois por cento dos moradores de cada cidade para o julgamento anual do Oráculo de Ghunza, passando pela simbologia da sorte na escolha dos testados ser a mão dos deuses fazendo justiça, até a ilha desconhecida para onde os pecadores são enviados depois de condenados. *Como se o ritual precisasse de explicação*, Lefertahri pensa, ácida. *Aprendemos a temer e a respeitar o Oráculo de Ghunza desde que nos entendemos por gente.*

— Posso te ajudar, querida? — Uma mulher de meia-idade se aproxima, um sorriso gentil nos lábios. Lefertahri dá um pulo ao escutá-la e leva uma mão ao peito. — Desculpa, não queria te assustar. — Ela toca o ombro de Lefertahri em sinal de desculpa. Com uma atenção despretensiosa, aproveita para procurar pelos relógios presos no vestido escuro da garota, pouco visíveis devido à capa preta. Ao identificar três pendurados, seu sorriso aumenta.

— Nada, eu que estava distraída. — Lefertahri faz um gesto displicente com as mãos. — Vou levar o jornal. — Então, pega o porta-moedas e entrega duas *simpattias* à vendedora. — Obrigada. — Em seguida, dirige-se a um banco próximo, com sua edição nas mãos.

Lefertahri ajusta sua postura e abre o jornal de novo, direto na editoria de Cultura. Um sorriso se forma em seus lábios ao descobrir que sua autora favorita de suspense, Moira Byessa, está prestes a lançar um novo livro. Quando se sente pronta para mais desgraças, volta ao início do jornal, buscando se inteirar dos principais acontecimentos em Évia. Seus olhos percorrem as linhas que descrevem as reparações em andamento nas trincheiras construídas ao redor da cidade para conter a lava do Ariosto, caso uma erupção ocorra. Lefertahri absorve as informações, consciente de que, na condição atual das barragens, uma erupção de grande magnitude poderia ser devastadora. Por sorte, não há qualquer sinal há anos de que o vulcão despejará sua ferocidade sobre os evianos, ao contrário de tantos outros espalhados pela pequena, mas selvagem, Caladuna.

— Ei, você!

Ela levanta a cabeça.

Caminhando em sua direção, há um homem com não mais de quarenta anos. Ela não reconhece os traços finos, nem os olhos castanhos-esverdeados que a analisam, muito menos os lábios sorridentes. Sob o escrutínio dele, seu coração acelera. Piora quando Lefertahri percebe um furão sobre os ombros largos do indivíduo. Rapidamente, ela procura pelos relógios na roupa do homem, mas encontra apenas um, que marca as horas. Seu corpo se remexe, como se pedindo permissão para fugir dali.

Afinal, pior que conversar com estranhos, é conversar com estranhos que te oferecerão algo.

— Olá, menina simpática — diz ele como cumprimento, a mão estendida em direção à Lefertahri. Ela encara o gesto por alguns milésimos de segundos a mais que o indicado em uma situação educada até estender a própria. O aperto faz um frio percorrer por sua espinha. — Você gosta de furões?

A pergunta confirma sua suspeita.

Um protetor de animais.

Embora sejam figuras que Lefertahri admira na maior parte do tempo, eles lhe causam aflição devido à abordagem expansiva demais para alguém como ela. Na maioria das vezes, a jovem consegue se esquivar no meio da multidão para não se tornar o alvo do protetor.

Não dessa vez.

— Sim, quer dizer... não tenho espaço em casa... — Lefertahri gagueja, puxando a mão de volta e se amaldiçoando por percebê-las gosmentas devido ao seu próprio suor.

— Ah, mas furões não precisam de muito espaço — dispara o protetor, pulando a introdução ao captar que a menina já compreendeu o motivo do contato. — Tenho certeza de que essa fofurinha aqui se adaptaria muito bem à sua família. São mais companheiros que chinchilas, sabe? Adoram interagir com seus tutores.

Lefertahri sabe, pois, quando criança, teve os dois. Seus pais adoravam animais de estimação, então não era raro tê-los por perto. Inclusive, sua mãe quase se tornou uma protetora para ajudar a resgatar furões e chinchilas abandonados ou em maus tratos, mas desistiu depois do nascimento de Onurihs – cuidar de duas crianças já era um trabalho e tanto.

Principalmente para sua mãe.

— Eu sei, mas... tive quando criança... não posso mesmo...

Que droga, Tahri, não é tão difícil assim falar!

Lefertahri observa o furão com preocupação, suas sobrancelhas se franzindo enquanto considera os desafios que teria ao cuidar dele sozinha. Ela sabe que sua condição peculiar durante a noite complicaria ainda mais as coisas. Seria tão fácil negar a adoção, uma vez que já possui um motivo muito bom para não querer um companheiro de quatro patas. No entanto, a situação se complica quando o furão salta, de repente, nos seus ombros. Um grito de surpresa escapa dos lábios dela, misturado com um sorriso nervoso. O pelo preto e macio do animal roça seu pescoço desnudo, provocando cócegas.

— Viu, menina, ele já gosta de você. E acho que você gosta dele também.

O sorriso vitorioso no rosto do protetor cresce.

De repente, outra cena de sua infância a invade: seus pais sorrindo, sentados no sofá de casa. Eles conversam, cada um acariciando uma chinchila e um furão. Lefertahri está no chão, brincando com uma Onurhis ainda bebê.

Eles eram tão felizes nessa época.

Ela pisca, balançando a cabeça para afastar a memória.

— Não posso, não tem como... — Lefertahri tenta soar enfática, mas teme não ter conseguido. Tem plena noção de que a impostação de sua voz só sai com facilidade quando está com raiva ou quando treina diversas vezes antes de dialogar com alguém.

O furão lambe sua bochecha. Ela gargalha, sem se dar conta do erro.

— Acho que não tem mais volta, menina. Ele é seu — afirma o homem, dando um passo para trás.

— Não, eu…

Será que ela não pode mesmo?

O protetor já acena de longe para ela quando, enfim, Lefertahri termina de ponderar sobre ficar ou não com o animal. No fim das contas, talvez seja interessante ter um amigo que não a julgue por ela ser culpada, certo? Afinal, está sozinha há tanto tempo, sem ninguém para conversar. Não que ele vá falar algo, mas…

O furão desce pelo seu peito e mordisca seu relógio-perigo.

— Ei! Ainda bem que este já está quebrado, mocinho. — Lefertahri o pega no colo, afastando-o dali. — Você gosta de relógios também, é?

Ele ronrona em resposta, e uma ideia surge na mente da garota. Já que está sendo impulsiva, por que não? Sim, serviria.

E daí que é brega?

— Que tal se chamar Ponteiro, hein?

Lefertahri é pega de surpresa com o eclipse reduzido desta noite.

Se tivesse ido à Praça do Alarido para se situar sobre a duração das luas no céu e sobre a previsão do próximo eclipse, saberia da mudança aleatória antes, não por bisbilhotar o interior das casas e encontrar o tradicional festival de queijos e vinhos em comemoração ao fenômeno. Afinal, o próximo deveria ser um eclipse solar, não lunar – principalmente não um lunar com a duração igual à do solar. É raro, mas às vezes os deuses brincam assim com os humanos. Mas tudo bem, pois Lefertahri teve um bom motivo para retornar mais cedo à casa na árvore: aconchegar Ponteiro em seu novo lar antes que a Banshee despertasse.

O furão ficou a maior parte do tempo em seu colo durante a caminhada, mas por vezes pulou sobre seu ombro e derrubou o capuz de sua cabeça. A cada passo, mais feliz ela ficava de ter cedido ao impulso – até porque é raro algo do tipo acontecer. Sim, Ponteiro será uma boa companhia. Depois de explorar sua nova casa até se cansar, ele deitou no colchão de sua dona e lá permanece desde então.

A relojoeira gostaria de ter ficado com ele, mas não há nada que possa fazer para evitar seu trabalho noturno. Agora, a Banshee para em frente a um prédio pomposo perto do cais de Évia. Sempre que é guiada àquele bairro nobre, Lefertahri se lembra como era tola antes da maldição – acreditava que a Morte era cega e não via a classe social na hora de agir. Mas é mentira: a deusa entrega muito mais convites injustos nas partes humildes da cidade. Provavelmente, o canto lúgubre que escapa de seus lábios agora é para algum idoso, seguindo o rumo natural da vida. Sua hipótese ganha mais força quando choros escapam da janela que implora pela sua música. Não há indignação, apenas uma tristeza resiliente.

A próxima parada é um hospital, destino obrigatório em sua jornada noturna. Ela vaga até lá pelas sombras em total silêncio, soberana anônima na escuridão. É raro se deparar com alguém pelo caminho – a Banshee escolhe bem suas rotas. E, mesmo quando encontra, o desafortunado foge de sua sinistra presença. Não há um sequer que tenha coragem de encará-la por mais de alguns segundos.

A criatura para em frente ao hospital, e Lefertahri suspira em sua mente, ao mesmo tempo que o cântico abre caminho por sua boca. Seu dever como Banshee é tão macabro, que a tristeza daqueles que a escutam finca garras afiadas em seu coração.

Lefertahri sente-se rasgar de dentro para fora toda noite.

E sente medo disso – medo, pois não tem certeza se pega para si a tristeza dos outros ou se essa tristeza apenas ressalta a sua própria.

Ela está tão cansada. Nem mesmo o impulso efêmero de felicidade ao adotar Ponteiro é capaz de amenizar tal estado. Quer chorar, fugir, gritar, mas não tem controle do corpo incorpóreo para fazê-lo. Assim, vaga bairro após bairro, distrito a distrito. Em algum momento, perde a noção de há quanto tempo canta. Na verdade, escapa do vazio do próprio peito apenas quando a transformação em humana acontece – rápida e indolor. Ao sentir os próprios pés sobre o solo, ela dispara em direção a um beco qualquer e se recosta em uma parede malcheirosa com um baque, permitindo que suas costas se arranhem conforme desaba no chão.

Chora em silêncio.

Pelo menos, está segura nos braços do breu; não pode correr o risco de ser identificada nos eclipses. Se fosse um eclipse lunar comum, poderia voltar para a casa da árvore e atrapalhar o percurso da Banshee, impedindo-a de concluir sua peregrinação medonha por estar longe demais da parte urbana. Mas em um reduzido como aquele, não há tal possibilidade, então apenas se prepara para esperar os dez minutos passarem até retornar à forma espectral.

— Não me diga que está chorando porque acha que morri.

Lefertahri se ergue de súbito, as mãos sobre o peito, com a voz alta e debochada vinda da entrada do beco.

Alanis. Viva. E bem, ao que parece.

O coração da relojoeira dispara, um misto de temor e felicidade se entrelaçando em uma dança tumultuosa, competindo por espaço dentro dela. Antes que possa controlar, os olhos da garota brilham com alívio ao mesmo tempo que um tremor percorre seu corpo.

— Não foi dessa vez que conseguiu me matar, Lefertahri. — Alanis dá um passo à frente. Há acidez nas palavras da recém-chegada, bem como um objeto pontiagudo apontado para a relojoeira.

A pistola de bronze.

— Eu não tentei te matar. — O tom de Lefertahri vacila, a felicidade perde a batalha contra o temor, e ela levanta as mãos para o céu, sem jamais deixar a mira da arma. — Tentei tirar a Apófis de Évia. Eu sabia que você poderia lutar contra ela e que tinha grandes chances de vencer...

— *Vencer*!? — A voz de Alanis esganiça e as marias-chiquinhas balançam quando troca o peso dos pés. — Eu me acorrento todo dia e você sabe disso! Estava em desvantagem.

Lefertahri encara Alanis com cautela, escolhendo cuidadosamente suas palavras. Há uma tensão esmagadora pairando entre as duas, e a relojoeira capta o ligeiro franzir de sobrancelhas da ruiva, uma expressão clara de descontentamento.

— Fazia parte do meu plano te libertar — Lefertahri anuncia, baixo.

Ela desce o olhar para o chão por um momento e seus ombros afundam um pouco, as mãos ainda erguidas. Se estivesse no lugar de Alanis, também estaria irritada.

— Plano!? — Os olhos da ruiva esbugalham ao mesmo tempo que seus lábios tremem. — O seu *plano* poderia dar errado em tantos níveis! — esbraveja, a mão pressionando com mais força a pistola.

Lefertahri suspira, reconhecendo o erro.

— Desculpa — ela pede e baixa as mãos, devagar. — Eu não pensei direito, mas juro que não queria te causar mal algum... Eu só... pensei na minha irmã. Fui idiota e inconsequente.

Alanis prende a respiração e seus olhos se abrem em um arregalar surpreso. A garota se retesa, imóvel, como se o tempo tivesse parado ao seu redor. Um minuto inteiro se passa, preenchido apenas pelo silêncio. Teria Lefertahri dito algo errado? Incapaz de lidar com incerteza por mais um segundo sequer, repete:

— Desculpa.

— Já ouvi — rebate a outra, ríspida.

Lefertahri ergue as sobrancelhas em resposta à grosseria de Alanis. Ela esperava que a ruiva pudesse ler a sinceridade em seus olhos e em suas palavras, mesmo que não a perdoasse. Porém, o tempo se arrasta sem que nenhuma das duas fale alguma coisa. A relojoeira ergue o olhar e percebe uma menor iluminação do céu. A Banshee retornará em instantes.

— Olha, não sei se sabe, mas o eclipse de hoje é reduzido, então não tenho muito mais tempo. Prometo te visitar no próximo solar, tudo bem? — Lefertahri sugere, a voz contida, cada palavra escolhida com cuidado. Ela encara as luas de soslaio mais uma vez, ao mesmo tempo que passa a brincar com os relógios presos à roupa. — Assim conversamos melhor e te explico o que tentei fazer com a Apófis... O eclipse deve acontecer antes da sua partida mesmo.

Ela prende a respiração, os olhos fixos em Alanis. Em resposta, a ruiva balança a cabeça em aprovação, devagar. Um suspiro de alívio escapa dos lábios da relojoeira, misturado com um leve sorriso.

— Está tudo bem com você e com a... Apófis? — pergunta Lefertahri, receosa. A Lua Miúda já quase não recebe mais a luz solar.

— Sim, ficou tudo bem — Alanis responde, seca. — Era um cara. Fiz ele roubar um barco pequeno e navegar para longe. Ele tinha experiência no mar. — Ela dá de ombros.

A relojoeira concorda com um aceno e seu olhar se eleva em direção ao céu. Assim que abaixa o rosto, o corpo físico da garota desvanece, substituído pela assombrosa forma espectral da Banshee. O olhar vazio da criatura cruza com o da ruiva por um breve momento, e Lefertahri não deixa de notar como a expressão facial de Alanis se suaviza.

A amaldiçoada segue seu caminho sem olhar para trás – o que é uma pena, pois a relojoeira poderia passar horas conversando com a ruiva agora que a outra não quer mais matá-la – ou, pelo menos, ficar ouvindo-a falar. Por algum motivo ainda incompreensível e antagônico de certa forma, estar perto de Alanis lhe traz uma sensação incomum de segurança.

Em Caladuna, é comum os pais levarem as crianças para um dia de expediente quando elas completam doze anos. A ideia por trás da tradição é apresentá-las desde cedo aos benefícios de trabalhar duro. No entanto, como o Eissa pai não tinha um emprego fixo na época, ele decidiu levar a filha mais velha a uma feira de relojoaria.

O evento era um dos principais de Caladuna e reunia desde os especialistas em consertar relógios até os mais habilidosos fabricantes. O pai da menina estava ansioso para inseri-la naquele mundo fascinante e, mais ainda, mostrar aos seus colegas a filha prodígio que tinha.

Portanto, Lefertahri Eissa ansiava por orgulhar o pai, além, é claro, de conhecer as maravilhas do ofício de relojoaria. Então, quando ele lhe perguntou se ela gostaria de participar do quiz infantil sobre relógios que acontecia em um dos palcos, ela não hesitou.

Sempre que se lembra dessa decisão, uma onda de vergonha a invade por inteiro.

Foi ali que Lefertahri descobriu não ser perfeita.

Afinal, uma filha perfeita não envergonharia o pai ao errar três das cinco perguntas dirigidas a ela, muito menos vomitaria na frente de uma plateia tão importante.

Capítulo 8

Seis letras e começa com P

Se houvesse apenas um idioma no mundo, existiria somente uma cultura ou país?

Provavelmente apenas facilitaria o xingamento entre os líderes de cada nação.

E se existisse apenas uma cultura ou país, os conflitos globais acabariam?

Duvido.

E sem os conflitos globais, haveria mais gente prosperando?

O que é prosperar, no fim das contas?

E se tivesse mais gente prosperando, haveria recursos naturais o suficiente para sustentar todo mundo?

É provável que morrêssemos de fome, sede, frio ou calor.

E se não houvesse recursos naturais o suficiente, isso causaria conflitos mesmo existindo apenas um país?

Claro que sim, só ver a desigualdade em Caladuna.

São tantas variáveis e caminhos a seguir que a cabeça de Alanis lateja. Há duas horas ela mergulha no jogo do "e se", perdendo-se em um mar de possibilidades hipotéticas em busca de reflexões profundas sobre a existência humana. Sua mente se diverte ao explorar dezenas de cenários, cada um mais improvável e apocalíptico que o outro. A sede insaciável por conhecimento ameaça transbordar, mas ela não consegue resistir à vontade de desvendar os segredos do universo.

Inma a chamava de louca sempre que a pegava imersa na própria cabeça, em um diálogo megalomaníaco consigo mesma. Na época, Alanis se incomodava com a reação da garota, mas hoje não se importaria nem um pouco. Se está se divertindo, os sentimentos dos outros em relação a algo que pertence apenas a ela são irrelevantes. Ajuda, é claro, a necessidade de evitar pensar sobre *aquele* outro tema que se esgueira em sua mente e o fato de estar entediada na forma de Dragão, o sol queimando as escamas grossas da criatura há horas.

Para sua sorte, o dia de hoje é curto.

A Dragão aproveita seus resquícios de tempo deitada, a pata sem dedos por cima da outra. Ela puxa uma grande quantidade de ar sempre que a brisa toca seu rosto, desfrutando os mil aromas e o frescor da floresta embaixo da montanha. No horizonte, o vulcão Ariosto e suas dezenas de texturas marrons e verdes compõem a paisagem.

Alanis apreciaria mais a vista se não fosse tão tedioso manter-se acorrentada de frente para ela todo dia. Não, ela prefere o cair da noite, quando da bela paisagem resta apenas o cheiro. Mesmo que sua forma humana não capte todas as nuances dos aromas que a circundam, há mais prazer em desfrutar o cenário sabotado pelo negrume celeste simplesmente porque pode experienciá-lo de vários ângulos diferentes.

É livre para escolher.

Há quanto tempo Alanis não é mais livre para sentir o sol sobre a pele branca? Dizem que a escravidão foi abolida no continente séculos antes, mas é mentira. O que é um amaldiçoado se não um prisioneiro da própria monstruosidade?

Horas mais tarde, Alanis se desacorrenta e deixa a caverna para trás. Ela pedala em direção à cidade com as sobrancelhas franzidas, enfim cansada de conversar consigo mesma sobre assuntos profundos, mas incapaz de interromper o fluxo de pensamentos. Nem a agitação característica do porto, com o burburinho dos transeuntes, das carroças e das bicicletas de um lado para o outro cala a sua mente tagarela.

— Para de filosofar, que droga! — Alanis esbraveja ao sentar-se em uma praça de frente a uma banca de jornais. Cerrando o punho, recrimina-se de imediato, odiando-se por ter falado consigo mesma em voz alta, como uma louca em plena praça movimentada.

Fica em silêncio por um momento até, com um suspiro de exasperação, jogar os braços para trás, apoiando-se com a mão no assento largo do banco e inclinando o corpo. Seus olhos correm direto para o céu enquanto seus pensamentos fervilham. Um grito abafado de frustração escapa de seus lábios e ela sacode a cabeça em desaprovação. Alguns olhares recaem sobre ela, mas percebe, aliviada, que não está nem aí para eles.

— Que se dane! — grita de novo.

Alanis se ergue em um rompante e caminha em direção à banca, os passos firmes. Vasculha seu entorno mais uma vez, esperando uma brecha para agir. Enquanto aguarda o momento oportuno, finge analisar o relógio em sua luva rendada. Nojo a assola por um instante, ao fitar por mais tempo do que gostaria o símbolo do Oráculo de Ghunza. Pouco depois, há uma breve diminuição nas pessoas passando por ali.

Alanis aproveita os poucos postes de iluminação e performa um pequeno furto em nome da cultura. Presos por grampos, há diversas revistinhas coladas na lateral da banca. Umazinha a menos não fará falta para o dono, Alanis tem certeza. Então, com cuidado para não rasgar o papel, manuseia o gancho de metal até soltar a revista.

Foge do local em segundos. Para somente ao alcançar a praça do Relógio do Embarcadouro. Senta-se lá, apreciando as estrelas e as duas luas brilhantes. Mosi vai demorar mais algumas horas antes de se reunir com Alanis e ela não tem cabeça para lidar com nenhum de seus empregadores nesta noite – nem com seus pensamentos abstratos. Trinca os dentes ao notar que essa desculpa para não trabalhar tem se tornado recorrente demais. Expira de forma pesada, assumindo de uma vez que está filosofando como forma de postergar o inevitável: analisar os sentimentos conflituosos dentro dela.

Alanis quer sentir apenas raiva, pois com ela saberia lidar.

Após o acalorado confronto com Lefertahri, a garota imaginou que seu tempo, nos próximos dias, seria consumido pela fúria direcionada à riquinha devido ao ataque da Apófis. Por isso, não está nem um pouco preparada para lidar com a gratidão que se agita em seu peito diante do pedido de desculpas – tão raros em sua vida – proferido com tanta doçura e urgência; muito menos com a animação que sente diante da promessa da outra de encontrá-la no próximo eclipse. Ela cerra o punho e sente os músculos do pescoço tensionarem ao confrontar, mesmo que de forma breve, tais percepções.

Alanis estava pronta para brigar, não para ser desarmada com gentileza.

Não ajuda nem um pouco o fato de o rosto da riquinha ter se suavizado tanto ao se desculpar que os traços delicados se intensificaram, deixando-a ainda mais atraente. E aqueles fios lisos, presos com algumas presilhas douradas, aproveitaram para emoldurar como uma obra de arte os lábios grossos de Lefertahri. Por alguns segundos longos demais, Alanis não conseguiu desviar o olhar de lá e cogitou responder que tudo bem, acreditava nela.

Quase.

Maldita Lefertahri... Saia da minha cabeça!

Alanis agarra a revistinha roubada com impaciência, suas mãos ágeis abrindo-a com um movimento brusco. Seus olhos fixam-se na primeira página, onde as palavras-cruzadas esperam por ela. É uma publicação especializada, dedicada a desafiar até os mais habilidosos solucionadores de enigmas.

A ruiva força um sorriso enquanto seus dedos percorrem as linhas e colunas em busca das pistas ocultas. Ela mergulha na tarefa com uma determinação voraz, perdendo-se nas intrincadas interconexões de letras e palavras. Cada resposta correta é uma pequena vitória, que alimenta seu prazer em decifrar desafios complexos. O tempo passa despercebido enquanto a jovem se entrega à paixão por palavras e enigmas.

Até que ela lê uma dica da horizontal.

No segundo seguinte, resmunga e joga a revista de lado.

Não está com vontade de preencher a palavra de seis letras, que começa com "p" e cuja definição é "o despertar do amor".

Depois de Inma, paixão não é algo que ela pense sobre, muito menos quando associada a uma garota que imaginava ter como qualidade apenas a beleza física.

— Que dica ridícula. Era para desafiar minha mente, não minha paciência.

— Mosi, se você repetir que quadrinhos atrofiam o cérebro das pessoas, eu juro que minha mão vai esmagar seu crânio até o *seu* cérebro atrofiar de verdade!

Alanis balança os braços de forma enérgica e esmaga o ar entre os dedos. Seus olhos faíscam de raiva enquanto ela confronta o amigo. Mosi dá um passo para trás, seu sorriso desvanecendo-se em uma careta de desconforto. Afoito, ele acaba caindo de bunda em um objeto firme e gelado. Seus olhos percorrem o entorno, até que ele suspira, enfim percebendo ser um dos bancos de metal da praça.

Um riso alto e malicioso escapa da garota, e o som ecoa pela praça, alegre e um tanto maldoso. Mosi, agora com uma expressão mista de constrangimento e irritação, tenta disfarçar o desconforto, mas o brilho sombrio em seus olhos o trai. Alanis, ainda rindo, cruza os braços e seu olhar travesso encontra o de Mosi, deixando bem claro que ela está se divertindo às custas dele.

— Tem medo de mim, garoto? — Ela enxuga as lágrimas que se formaram em seus olhos castanhos com as costas da mão. — Sério?

— Não era para ter? Você é louca! — Mosi rebate. Uma linha desponta em seus lábios, mas Alanis sabe que ele não vai dar o braço a torcer tão facilmente. — Sei lá, vai que me bate.

— Pois deveria ter medo mesmo. Sério, não sei nem porque ando com você. Não suporto papagaios do governo.

Alanis franze a testa e seus lábios se curvam em desaprovação.

A verdade é que ela o admira e o tem como amigo por causa de sua lealdade inabalável com a família. Apesar da tendência em acreditar nas mentiras propagadas pelas autoridades, Mosi possui um coração bondoso. Isso fica evidente em suas ações cotidianas, como hoje mesmo, quando ele se atrasou para o encontro na Praça do Embarcadouro por causa de um turno extra nas minas. Ele o aceitou, mesmo à revelia de Alanis devido às condições de trabalho no local, para ajudar a mãe a comprar uma nova máquina de costura, já que a antiga havia quebrado na semana passada.

Alanis segura a expressão de dor que ameaça desabrochar ao pensar que só gostaria de ter tido algum parente preocupado com ela como Mosi é com os pais.

— Talvez porque, no fundo, você sabe que eu estou certo — ele provoca.

— Nem nos seus sonhos. — Alanis rola os olhos. — Ainda vou te bater de verdade por causa disso.

— Vai bater em uma criança? — Ele dispara em um tom provocativo.

— Como se eu fosse muito mais velha!

— Com dezenove você já é maior de idade. — Ele aponta o dedo para ela em acusação. — E cinco anos é uma eternidade.

Mosi tem um ponto. Cinco anos é mesmo uma eternidade.

Cinco anos atrás, ela era apenas uma jovem com uma família ausente.

Agora, ela é uma jovem adulta, sem família e com uma vida dupla.

— É, com quatorze anos eu era bem idiota — Alanis concorda, afastando o amargor que se instalou em seu coração.

— Já que é maior de idade, compra cerveja para mim?

Mosi ergue-se com determinação e se coloca ao lado da amiga, encarando-a diretamente nos olhos. Embora seja mais jovem, é mais alto que ela alguns centímetros.

— Não — ela diz, seca. — Como maior de idade, posso ser presa.

Um arrepio percorre sua espinha, como se uma corrente gelada tivesse sido jogada sobre sua pele, e seus braços cruzam ao redor do corpo. A mera menção à prisão traz lembranças que Alanis preferiria não ter.

— Só se for pega — ele argumenta.

O problema é exatamente esse.

Alanis ergue uma das mãos e faz um gesto de desdém enquanto desvia o olhar. Em seguida, dispara para fora da praça do Relógio do Embarcadouro com passos determinados, que ecoam no chão de pedra. Em pouco mais de duas horas o sol vai retornar ao céu e ela precisa estar bem longe quando o fenômeno acontecer. Mosi também precisa voltar para casa e, por isso, a segue de imediato.

— Deixa de ser chata, Lani. — Mosi a ultrapassa e agora caminha de costas, um sorriso pretensioso no rosto. Um casal, conversando em frente a um hotel, xinga o garoto quando ele quase esbarra nos dois.

— O irresponsável é você, não eu — Alanis alfineta, sem encará-lo. — E você vai trombar com alguém.

— Não tem ninguém na rua a essa hora da madrugada, Lani — o amigo rebate, mas ainda assim gira o corpo para caminhar na direção correta. — Tirando o casalzinho, claro. E essa semana foi difícil, eu mereço. Trabalhei que nem uma banshee em meio à guerra.

A ruiva o fita por um breve momento e revira os olhos. Por que sempre tudo precisa levá-la a pensar em Lefertahri? Inclusive, por onde estaria naquela noite? Não escutou seu belo canto perto do cais dessa vez.

Ela puxa Mosi para entrar em uma rua estreita, menos movimentada e que diminuirá o trajeto deles em uns dois minutos até a estação de trem que Mosi ficará.

— E eu com isso?

— Você, minha cara — Mosi para e coloca as duas mãos no ombro de Alanis —, tem o poder de me comprar uma cerveja para que eu esqueça todas as merdas que aconteceram.

— Que merdas aconteceram, além da máquina de costura da sua mãe quebrar? — Alanis empurra as mãos do amigo com seus braços e volta a andar.

— Meu pai perdeu o emprego ontem e agora vamos morar ainda mais longe do centro, na última estação do trem. Talvez eu tenha que sair da escola, porque não vou conseguir dormir nada trabalhando à noite… — ele confessa, o tom de voz mais baixo e um sorriso forçado mantendo-se firme na face do adolescente.

Um brilho intenso começa a tomar forma no horizonte, evidenciando o contorno do trilho da locomotiva em meio à penumbra. O caminho até lá é iluminado por postes de cobre adornados com elaborados arabescos e curvas elegantes.

— Sinto muito. — A expressão de Alanis se suaviza em solidariedade, pois ela mesma precisou abandonar os estudos quando fugiu da casa dos pais. Não à toa, a garota pondera a possibilidade de estender a mão e tocar o ombro dele em um gesto de apoio, mas recua.

— E meu irmão mais velho foi preso de novo por contrabando de armas de fogo anteontem — complementa Mosi, dando de ombros.

Ela também não sabia daquilo; afinal, estava ocupada sobrevivendo ao ataque de uma Apófis e, depois, garantindo que a cobra gigante deixasse Évia sem grandes problemas. Seria o irmão dele de algum grupo rebelde? Jamais imaginaria um membro da Engrenagens a Vácuo na família O'Gamal.

Antes que possa dizer algo, contudo, ele continua:

— Não sei porque alguém quer ter arma em casa.

Para se proteger de gente ruim fardada.

— Não sei. — Alanis nunca confessou carregar consigo uma pistola embaixo dos macacões largos. Não o faria agora. — O que tem contra armas?

— Minha irmã... — Mosi engole em seco e abaixa o rosto. — Ela se foi por causa de uma bala perdida, em meio a uma briga de bar.

Alanis para. Seus olhos se arregalam de imediato e ela os mantém fixos no rosto de Mosi. Um véu de tristeza desce sobre o menino, apagando a expressão infantil e brincalhona usual. Ela, então, leva a mão ao ombro dele, devagar, os batimentos cardíacos acelerados por ultrapassar um limite físico que impôs a si mesma. Mesmo sem dizer nada, o menino sorri em agradecimento.

— Ei, cuidado!

O grito de uma mulher atrai a atenção dos dois antes que Alanis pensasse em algo para responder. À frente deles, parece haver uma criança com não mais de oito anos, vestida com roupas largas, provavelmente de algum irmão mais velho. Um menino. Ele se movimenta de um lado para o outro sozinho, como se embalado por uma valsa fantasma.

Uma buzina do trem soa alto.

— Misericórdia! — Mosi exclama, as mãos enroscando-se aos fios crespos. — Saia daí!

A criança continua imersa em sua dança, ignorante do perigo.

— Ele não viu onde está? — Alanis pergunta para ninguém em especial.

— Parece que não. — Mosi continua com as mãos no cabelo, a boca ligeiramente aberta.

A locomotiva buzina mais uma vez. Mais alto.

O menino permanece no mesmo lugar.

Em cima do trilho.

Alanis xinga e sai correndo. Não sabe muito bem por que o faz, embora a imagem mental de sangue espalhado por todo o canto dê uma boa pista.

Merda, merda, merda, merda!

Vozes disputam em volume ao redor dela, incompreensíveis. Há algumas poucas pessoas correndo também.

Perto o suficiente agora, ela confirma se tratar de um menino. Ele continua bailando. De um lado para o outro. Para frente e para trás.

Inocente. Inconsequente.

Outra buzina irrompe no ar, ensurdecendo-a com sua estridência aguda.

Está a poucos passos do garoto.

Pouquíssimos.

Alanis se choca com o menino em um misto de abraço e empurrão. Os dois tropeçam para frente quando o braço esquerdo dela enlaça a criança de forma meio afobada. Espatifam-se no solo, um por cima do outro, e a ruiva tem certeza de que seu cotovelo está ralado – apenas mais um machucado para sua coleção.

Quando a buzina reverbera de novo, os dois já estão fora do caminho.

A salvos, pelo menos.

A criança se recompõe primeiro. Levanta-se, sisuda.

Alanis a encara incrédula, confusa de por que a expressão dela permanecia vazia. O menino não sente nada? Medo pela morte espreitando ou pelo menos alívio por ver o sol nascer mais um dia?

Alguém do outro lado do trilho grita e aponta para um ponto mais à frente.

Alanis acompanha o movimento com a cabeça. Compreende a cena em instantes, mas já é tarde.

Há uma mulher adiante. No trilho do trem. Dançando.

Segundos depois, a mulher não está mais lá.

Em seu lugar, está o trem e sua buzina.

Em Caladuna, toda data festiva é celebrada com um banquete específico.

Os eclipses solares, por exemplo, são recheados de doces e frutas, enquanto os lunares prezam por uma boa variedade de queijos e vinhos. Os aniversários dos Cinco Deuses, por sua vez, demandam mais refinamento.

Para a Morte, prepara-se um sofisticado guisado de arroz negro com frutos do mar. Já a Vida é celebrada com cogumelos recheados com quatro tipos de queijo. O Destino e o Tempo possuem pratos similares: bacalhau-saltador ao molho de maracujá e salmão-verdejante ao molho de laranja, respectivamente. Já o tradicional rodízio de ceviches é servido no aniversário do Elementos.

Alanis Dilan nunca experimentou nada disso.

O mais próximo que chegou de degustar um banquete foi aos seus treze anos. Depois de uma semana promissora nas ruas de Porto Aurora, ela juntou *simpattias* o suficiente para comprar e preparar um bom prato de bacalhau-saltador, em homenagem ao deus que influencia seu signo.

Chegou em casa feliz e correu para a apertada cozinha. Trabalhou por horas no bacalhau e, quando deu o horário do jantar, serviu-o na pequena mesa da sala. Alanis lembra por alto do brilho nos olhos dos irmãos mais novos ao avistarem a comida. Contudo, foi a aspereza na voz de seu avô, corroborada pelas falas maldosas da avó e dos seus pais, que mais a marcou:

— Finalmente você fez algo de bom para compensar toda a comida que te damos.

Desde então, Alanis oferece o mínimo de si às pessoas, certa de que tudo que pode oferecer jamais seria o suficiente.

CAPÍTULO 9

A INSÓLITA COREOGRAFIA SOBRE OS TRILHOS

Lefertahri respira fundo ao mesmo tempo que um rugido arrepia sua nuca.

É claro que a Dragão já sentiu seu cheiro.

Ainda faltam alguns minutos, no entanto, para que a relojoeira se aproxime. Por algum motivo que os cientistas ainda não desvendaram, é comum as Luas Colosso e Miúda formarem um eclipse solar juntas pouco depois de um lunar não previsto. Por conta desta parceria, em vez de dez minutos, o evento pode durar cerca de meia hora. É só uma pena que o fenômeno raro será ofuscado pelas nuvens estraga-prazeres no céu.

De qualquer forma, o tempo extra vem a calhar, pois há muito a ser dito à Alanis. As mãos de Lefertahri tremem só de pensar no diálogo prestes a se desenrolar na montanha. Ela joga as costas contra o tronco da árvore sob a qual está sentada. Ergue a cabeça, desejando que as nuvens deem uma trégua. Seria interessante testemunhar as duas luas lutando entre si para obter atenção do sol. Lefertahri prefere esta explicação para os eclipses do que as versões mais modernas e científicas sobre posicionamentos de planetas, gravidade e órbita.

Existe algo melhor que uma boa e dramática história de amor?

Onurihs costumava implicar com ela por conta desse pensamento, já que a vida de Lefertahri girava basicamente em torno do aperfeiçoamento das habilidades técnicas de relojoaria. Como não sobrava espaço para bobeiras como histórias de amor, a irmã mais nova – a intensidade em pessoa – não aceitava que ela gostasse de ler livros sobre romance já que os evitava a todo custo na adolescência. De fato, a jovem hoje prefere obras de suspense para se entreter, mas sempre considerou uma boa pitada de amor como um algo a mais. Já que não havia lacuna disponível para isso em sua rotina, que pelo menos o encontrasse em sua imaginação.

Outro rugido cresce no ar, preenchendo-o por quase um minuto inteiro.

Esse foi longo...

Lefertahri só espera não terminar sob a mira da pistola mais uma vez.

Ela estende os dedos em busca de um dos três relógios presos ao vestido preto e branco e desliza as mãos até encontrá-lo. Levando-o até a altura do rosto, seus olhos percorrem o mostrador e seus ouvidos captam o tique-taque dos ponteiros. O eclipse acontecerá em exatos dois minutos. Portanto, levanta-se e sacode a roupa até se livrar dos pequenos fragmentos de grama que se agarraram a ela. Lefertahri então avança com passos firmes em direção à curva que revela a área externa em frente à caverna. O resmungo raivoso de Alanis aumenta, e a visitante se prepara para emergir diante da garota: seu peito se estufa de coragem, suas mãos se entrelaçam com firmeza à frente do corpo e uma respiração profunda enche seus pulmões.

Você consegue. Não precisa ficar nervosa...

Alanis é mais rápida.

— Nem se atreva a vir aqui antes de eu me vestir, Lefertahri.

A ordem provoca outro arrepio na nuca dela, principalmente pelo modo como seu nome soa na boca de Alanis. Ela já o havia proferido antes? Se sim, não foi com tal entonação... ou talvez Lefertahri não se sentisse culpada por quase causar a morte da Dragão... Isso, talvez a sensação estranha ao escutar seu nome seja apenas por conta do arrependimento que a corrói.

De qualquer modo, a garota acata o pedido e permanece onde está. Seus dedos acariciam uns aos outros a todo momento e um pequeno remexer na perna direita se junta à dança tímida. Ao percebê-los, Lefertahri se recompõe. Inspira e expira, os olhos fechados, liberando a tensão nos ombros, nas mãos, nas pernas. Uma. Duas. Três vezes.

Na quinta vez, um pigarreio a faz abrir os olhos, as mãos pulando para o peito.

— Que susto! — reclama, ofegante.

— Esse é o seu segredo para parecer tão confiante perto de mim então? Sabia que meu charme causava algum efeito em você, não era possível.

E aqui está a Alanis de sempre.

Lefertahri franze os cenhos e analisa o corpo pequeno embora alto da outra. O tom alaranjado de seu ruivo combina com o rosto oval e a faz parecer mais jovem do que realmente deve ser, além de proporcionar um contraste interessante com os macacões largos e vibrantes e com as blusas justas de alcinha que usa com frequência. Os acessórios – luva rendada, óculos redondos com engrenagens e o chapéu pequeno da moda – compõem bem o visual espontâneo, enérgico e descontraído.

Autêntica, mas com um quê de vaidade.

Exatamente o contrário de Lefertahri, que prefere os tradicionais vestidos espartilhados de gola alta em tons neutros: uma aparência simples e nada chamativa, perfeita para quem nunca quer ser o centro das atenções. O máximo de autenticidade que se permite usar são as presilhas douradas herdadas de sua família, comuns em Eiaxor.

Então, quando Alanis muda do tom passivo-agressivo para o charmoso, uma parte de Lefertahri gostaria apenas de rir e se deixar levar por uma conversa despretensiosa. Contudo, não há espaço para amizades em uma vida amaldiçoada, ainda mais quando a potencial amiga também é condenada pelo Oráculo de Ghunza e está na forma humana somente quando é a Banshee quem está à solta.

Será que essas brincadeiras são só para quebrar o gelo e me irritar ou...?

Lefertahri afasta o pensamento no mesmo instante.

Se já não havia espaço para romances em sua vida cinco anos atrás, agora é irrevogavelmente impossível.

— Estava rezando aos deuses para não ser recebida com uma pistola — Lefertahri desconversa, levando as mãos à cintura.

Alanis toca em um ponto protuberante perto do cós da calça, um sorriso provocador nos lábios. Se não fosse pelo gesto, a visitante não perceberia o esconderijo da arma.

— Como você já me pediu desculpas, decidi te dar um voto de confiança.

— Sim... Desculpa — Lefertahri pede de novo, o semblante enrijecendo.

— Desculpas aceitas, mas se você repetir, eu *juro* que mudo de ideia.

Alanis rola os olhos, como se entediada. Em seguida, as duas abrem um sorriso tímido e se encaram por alguns segundos. O silêncio se torna incômodo mais rápido do que Lefertahri supõe ser possível.

— Bom, sobre nosso acordo... — ela começa, ansiosa por desfazer o ambiente opressor.

— Ainda está de pé, não se preocupe — dispara por cima da outra.

Lefertahri analisa Alanis com atenção, tentando entender onde se escondeu o sorriso que estampava o rosto da garota segundos antes.

A ruiva abaixa o olhar primeiro.

— Na verdade, eu ia perguntar por que você está aqui... — A relojoeira também baixa a cabeça, mas se força, por mais incômodo que seja, a levantá-la e manter os olhos bem fixos em Alanis. Permite-se, porém, segurar as próprias mãos e enfiar com um pouco de força as unhas dos dedões contra a própria pele. — Te contei meu motivo para querer que fosse embora, mas nunca perguntei sobre você...

— Ah. — Alanis volta a encará-la por um instante antes da sua mão segurar o cotovelo do outro braço. — Bom, meu motivo não é tão altruísta quanto o seu. Eu só vago de cidade em cidade até que desconfiem de mim... Vivo um dia de cada vez. E, sim, eu poderia ir para qualquer país, mas cá estou porque devo ser uma grande idiota em insistir em Caladuna quando é óbvio que todo mundo aqui me odeia. — O tom dela é anormalmente baixo, embora o toque de acidez permaneça.

Lefertahri arregala os olhos. Há tristeza na voz da ruiva? E o que significa o brilho melancólico em seus olhos castanhos? Ele sempre esteve ali?

— De onde você é? — ela pergunta no mesmo volume fraco.

— Porto Aurora.

— Por que não voltou para lá?

— Eu voltei. — Alanis ri de forma amarga. — Mas não tinha mais espaço para mim lá. Talvez nunca tenha tido.

O peito de Lefertahri se aperta.

Presa em sua própria tristeza, jamais parou para refletir de verdade sobre como as vidas de outros amaldiçoados também são tristes e solitárias. Alanis sente-se sozinha e nem ao menos possui um bom motivo para se manter em Caladuna. Lefertahri se questiona por que a outra retornou ao país, por que não permaneceu na Ilha do Desconhecido em vez de passar por todas aquelas provações já que não havia espaço em Porto Aurora para ela.

Com um leve arregalar de olhos, Lefertahri dá-se conta da resposta: Alanis pensou haver tal espaço. Como se fosse possível, o coração da relojoeira se espreme ainda mais e seus ombros encolhem. Ela nunca se revelou para a própria família com medo da rejeição – provavelmente a mesma rejeição a que a ruiva foi submetida mais de uma vez.

— Sinto muito. — Lefertahri não sabe muito bem como confortar a outra, mas sente necessidade de fazê-lo.

Alanis apenas meneia a cabeça. Quando para, é sua versão brincalhona que está de volta.

— Deixa disso. — Ela faz um gesto despretensioso com a mão. — Enfim, não tem nada que me prenda a Évia como você, então vou embora, não se preocupe.

— E se você ficar por um tempo? Já vi que não quer destruir Évia, como aquela Apófis queria…

Lefertahri se interrompe ao perceber Alanis a analisando de cima a baixo, a diversão desaparecendo do semblante dela. Imediatamente se repreende pelas palavras que mal sabe porque disse, pois elas apenas jorraram de sua boca. Encolhe-se e se controla para não recuar um passo cada segundo que passa sem a voz da ruiva lançar-se aos ares.

— Desculpa, não queria ofender… — dispara por fim, incapaz de sustentar a situação por mais um instante sequer.

— Ofender? — Alanis ergue uma sobrancelha, bem teatral. — Você precisa parar de se desculpar do nada. Eu não estou ofendida, apenas surpresa.

— Por quê?

— Porque, de novo, você fez o extremo oposto do que eu imaginava que iria fazer. Minha primeira impressão a partir daquele encontro que você me ameaçou de morte se eu não saísse de sua preciosa Évia vem se mostrando bem equivocada.

— Também não foi assim. — Lefertahri faz uma careta, uma ponta de vergonha subindo por sua barriga.

— Foi exatamente assim. — Alanis ri, entretida.

— Descul...

— Não, lindinha, sem mais desculpas — Alanis a corta. — Algo me diz que seu signo é Árvore Verde, não é possível...

Lefertahri se empertiga. Alanis entende de signos – um gosto peculiar para a imagem que construía dela em sua mente.

— Como você sabe?

— Você me passa a impressão de ser um misto de trouxa com inteligente.

— Era para ser um elogio? — Franze o cenho, os braços já cruzados.

— Não. Era para ser uma análise mesmo. — Alanis dá de ombros.

Lefertahri levanta as mãos aos céus, fitando o ponto mais iluminado entre as nuvens, onde ela assume se desenrolar o eclipse.

— Deuses, você é tão...

— Genial? Maravilhosa? Fascinante?

A visitante rola os olhos, os braços voltando a se cruzar embaixo dos seios. Alanis, por sua vez, gargalha, e o som é o completo oposto da tristeza anterior. Há, inclusive, uma covinha do lado esquerdo do rosto dela – e Lefertahri adora covinhas.

— Bom, eu fico até começarem a desconfiar de mim então... — informa a ruiva ao se recompor. — Ou até você decidir que está na hora de eu partir.

A relojoeira engole em seco, mas espera firmar o timbre para pronunciar:

— Vou pedir isso apenas se sua presença ameaçar a segurança da minha família, tudo bem?

— Claro, claro.

Alanis repete o gesto despretensioso, um sorriso torto nos lábios. Outro arrepio sobe pela nuca da relojoeira. Droga, ela é boa nesse jogo!

— Podemos trabalhar juntas.

— Para? — Alanis soa genuinamente confusa.

— Garantir a segurança de Évia.

— Ah. — A ruiva se vira em direção à caverna, os ombros murchos. — Eu sou adepta à lei do menor esforço, então não garanto que vou — ela faz aspas com as mãos — *garantir a segurança de Évia*, mas prometo que a Dragão não vai causar problemas.

— Justo. — Dá de ombros, tentando conter um sorriso tímido de escapar.

Alanis não diz nada ao caminhar para seu covil, sem olhar para trás. Lefertahri a segue sem hesitar, compreendendo o convite implícito no silêncio, pela primeira vez, confortável.

— Meia hora é bem melhor do que dez minutos. — Alanis leva a xícara de chá à boca e passa a língua nos lábios antes de baixar por completo o recipiente. — Eu sempre esqueço as datas dos eclipses, meio que já me acostumei a só aceitá-los, já que eu sempre estarei aqui acorrentada. Você tem vantagem nisso, sabe. Queria eu que os solares durassem duas horas.

Lefertahri assente, incapaz de contra-argumentar devido à veracidade do fato – ou talvez por estar incomodada com os gestos exagerados de Alanis ao dar um gole na bebida, tornando impossível que a relojoeira desvie o olhar dos lábios da outra.

— Isso é tão injusto! — A ruiva apoia os cotovelos na mesa, e a cabeça na mão. — A Banshee tem eclipses melhores e você não precisa se preocupar em se transformar em humana e terminar nua por aí. Os deuses devem me odiar.

— Pelo menos as pessoas acham dragões legais — rebate Lefertahri, ajeitando-se na cadeira. O chá à sua frente permanece intocado, pois ela é incapaz de beber sem lembrar da performance da ruiva. — A Banshee só causa medo e tristeza.

— Porque as pessoas são burras — Alanis rosna, os dentes aparecendo na careta que se forma em seu rosto. — Um dragão pode matar alguém, uma banshee não. Falando em morte — a postura dela muda de relaxada para algo mais contido —, duas coisas: o garoto que era a Apófis não veio até Caladuna para matar todo mundo. É mentira dos jornais.

— Sério? — Uma sobrancelha de Lefertahri levanta.

No dia anterior, foi noticiado o abate, em Vapólia, da Apófis que atacou Évia e outras cidades. O governo se pronunciou em uma nota afirmando que o amaldiçoado havia retornado ao país para se vingar do Oráculo e dos caladinos. Lefertahri não se questionou sobre a veracidade da informação, pois alguns dos poucos condenados que teve contato no exílio seriam capazes de fugir da Ilha para fazer exatamente isso.

— Sim. — Alanis toma outro gole do chá. — Nós não conversamos muito, mas ele me contou, contra a minha vontade para deixar claro, que estava procurando pelo irmão para se desculpar por algo. Depois disso, pensava em voltar para o Desconhecido.

Os pelos de Lefertahri se arrepiam.

— Corajoso — comenta, o peito pesado pelo destino trágico do rapaz. — E não me surpreende o governo inventar uma história qualquer para justificar o assassinato de um condenado.

— Pois é. Típico desses babacas. — Alanis franze a testa em uma careta.

— E qual era a segunda coisa? — Lefertahri bate com as unhas na mesa, tentando provar a si mesma que está tranquila diante de Alanis.

— Ah, sim. — Ela se empertiga e uma sombra perpassa seu rosto. — Algumas noites atrás vi uma mulher ser atropelada pelo trem.

— Caramba, Alanis. Sinto muito...

— Será que a Banshee prenunciou a morte dela? Você consegue sentir o motivo ou tentar fazer algo para evitar?

Lefertahri abaixa os olhos e lê sem prestar muita atenção os títulos das revistas em quadrinho e livros espalhados pela mesa. Então, pega a xícara pela primeira vez. Leva à boca, ganhando tempo.

— Provavelmente, sim. Não e não.

Alanis a fita por longos segundos, seu olhar penetrante como uma indagação silenciosa. Um suspiro cansado escapa de Lefertahri. Então, explica:

— Eu não sei a lógica por trás do trabalho da Morte, ok? Não sei se define todas com sete dias de antecedência ou se é aleatório, muito menos *sinto* as causas por trás dos óbitos... Só sei que todas as mortes prenunciadas pela Banshee se concretizam. E não posso fazer nada para evitar.

Lefertahri se lembra do seu primeiro ano em Évia, quando descobriu ter a missão de anunciar a morte de um bebê. A angústia tomou conta dela, levando-a de volta à casa da criança nos dias seguintes, determinada a salvá-la. Ela se esforçou para disfarçar sua identidade, apresentando-se como uma assistente social, e descobriu que o menino estava doente e que os pais não tinham recursos para comprar os remédios necessários. Sem hesitar, Lefertahri usou o dinheiro que ganhara consertando relógios para comprar os xaropes e fez questão de estar presente quando a mãe, cheia de gratidão, deu o medicamento ao filho, testemunhando o alívio e a esperança que se acenderam nos olhos daquela família.

Mesmo assim, a alma do bebê foi levada sete dias depois.

Desde então, Lefertahri nunca mais tentou dobrar a Morte. A dor por ter conhecido e se apegado ao desafortunado foi um sol inteiro maior que apenas anunciar o óbito.

— Entendi. — O olhar de Alanis se fixa em um ponto qualquer, denunciando a distância de seus pensamentos. — Foi tão estranha a morte, sabe? A mulher estava simplesmente *dançando* em cima dos trilhos. Ela e uma criança.

Lefertahri abre a boca ao mesmo tempo que as sobrancelhas arqueiam. Um lampejo de perplexidade cruza seu rosto devido ao pensamento aleatório que invade sua mente. Como é possível que o assassinato de um amaldiçoado tenha se tornado tão trivial a ponto de não despertar nas duas a mesma intensidade de emoções que uma mulher atropelada por um trem?

— A criança está bem — explica a ruiva. — Eu tirei o menino dos trilhos pouco antes do... acidente.

— Que corajosa — elogia, sem um pingo de sarcasmo. — Agora entendi porque está me contando isso... Te impactou, né?

Alanis sorri e beberica o chá, a língua dançando pelos lábios em seguida. Lefertahri a ignora e, aproveitando os poucos minutos restantes até a Dragão reviver, aponta para as revistas em quadrinho e para os cadernos jogados na mesa e na cadeira ao lado das duas.

— Gosta de quadrinhos?

— Depende. — Ela se apruma à semelhança da Dragão: pronta para atacar. — Se você disser que quadrinhos são mentirosos e terríveis por mostrarem Caladuna como ela é, ou qualquer outra atrocidade do tipo, vou te expulsar daqui.

Lefertahri ri, desdenhosa.

— Você já ouviu muito isso, né? — Ela pega uma das revistas e a folheia sem grandes rituais. — Não sou fã, mas li alguns. Curto mais o formato de romances, principalmente autores menos conhecidos, mas não acho as histórias em quadrinhos mentirosas. Pelo contrário, denunciam uma realidade que os jornais e a nossa cultura de massa tentam esconder.

Cultura de massa, Lefertahri? Parece uma professora de cinquenta anos falando... Idiota!

— Romances românticos ou romances...

— Suspenses com romance, na verdade — ela se apressa a explicar antes que a vergonha a paralise. — Mas leio um pouco de tudo.

Alanis se apoia na mesa, relaxada.

— Autora favorita? — inquire, a expressão indicando que a resposta moldará a forma como Lefertahri será vista pela outra.

— Moira Byessa. — Sua voz sai trêmula, nervosa diante do julgamento.

Alanis assovia, e o peito de Lefertahri se acalma.

— Boa escolha, mas precisa ler mais quadrinhos. Leva esse aí com você. — Alanis aponta para a revista que a visitante tem em mãos. — É o melhor de T. U. O'Cathor.

— Já li algumas histórias dela. São difíceis de encontrar... Humor ácido, mas bom — comenta a relojoeira, ainda avaliando o papel.

— Nada acima de um bom humor ácido — contrapõe Alanis, recostando-se na cadeira e apoiando os braços atrás da cabeça.

Lefertahri ri. A preferência de Alanis por esse tipo de história, especificamente por T. U. O'Cathor, é tão previsível que chega a ser cômico.

— Isso é tão você — comenta, sem deixar de sorrir.

Por um segundo, ela se assusta com a facilidade com a qual já se sente próxima de Alanis. É fácil conversar com a ruiva quando ela não a está provocando a todo momento. Fácil até demais.

— Feliz que te divirto, lindinha. Viu como é bom não me odiar?

Alanis dá uma piscadinha para a relojoeira, que cora no mesmo instante. Lefertahri bebe mais um gole de chá, lutando para relaxar de novo. A incredulidade toma conta de seus pensamentos enquanto reflete sobre sua situação atual: compartilha um momento agradável com alguém inesperado. Jamais imaginaria estar ali, desfrutando da companhia de uma pessoa que conhece sua versão monstruosa, mas não demonstra qualquer sinal de julgamento ou rejeição.

Um suspiro baixo escapa dos lábios da garota, trazendo alívio aos seus ombros tensos. Há quanto tempo não sente a sensação de relaxamento em seus músculos, como se um peso tivesse sido finalmente retirado de suas costas? Sim, é bom conversar com alguém depois de tanto tempo – mesmo que esse alguém também seja amaldiçoado. Bom, se Alanis parece não se importar com o passado de Lefertahri, ela se permitirá não refletir sobre isso também, pelo menos não por enquanto.

— Bom, melhor eu me prender. O comichão pré-transformação apareceu. — Alanis anuncia e logo se levanta. — E você deve ir, a não ser que queira me ver nua, lindinha.

— Ah.

Lefertahri se ergue em um rompante, as bochechas ardendo de tamanha vergonha. A ruiva nem tenta esconder o riso de divertimento que nasce por causa da sua atitude desengonçada.

— Obrigada pelo chá. — A relojoeira dá alguns passos em direção à entrada da caverna, mas hesita antes de se despedir. Inspira profundamente, enchendo os pulmões de ar fresco, e se volta para Alanis, o rosto uma mistura de curiosidade e expectativa. — Nos vemos no próximo eclipse? — Sua voz carrega um tom de esperança.

A ruiva dá de ombros, mas seu gesto é acompanhado por um aceno de cabeça.

— Acho que sim. — Ela desvia o olhar para a própria unha, como se avaliando se precisaria de algum procedimento estético ou não. — Até porque você precisa devolver o meu quadrinho. Gosto muito dessa história.

Lefertahri baixa o rosto em direção à revista em sua mão esquerda. Já tinha até esquecido que a levaria consigo.

— Perfeito então. Tchau, Alanis.

— Tchau, Lefertahri.

Ela oferece um último sorriso à dona da caverna antes de se afastar de vez.

Do lado de fora, as nuvens continuam soberanas do céu. Lefertahri tem sorte, contudo: assim que sai, testemunha um rastro dos tons avermelhados, roxos e laranjas proporcionados por aquele eclipse raro. Embora o ímpeto seja o de chamar por Alanis, para que ela também presencie o fenômeno, não se demora. A Dragão surgirá em breve e não vai ser bom para ela estar por perto.

O caminho montanha abaixo é solitário, ao contrário da pressa urgente da penúltima vez que passou por ali, com uma cobra gigante em seu encalço. Apesar de sozinha, algo semelhante a alívio lhe acompanha, como se ter-se permitido conversar sem ser a trabalho com outras pessoas a tivesse energizado.

Talvez uma amizade com uma amaldiçoada seja exatamente o que ela precisa.

Lefertahri agarra-se ao breve momento de paz conforme desce a montanha. Ao chegar à base, três rugidos depois, ainda está calma, de uma forma incomum nos últimos anos. Por isso, se presenteia com alguns minutinhos. Antes de seguir em direção à biblioteca da cidade, onde poderá estudar e, quem sabe, resolver o problema do relógio-sentimentos, admira o belo horizonte e o cheiro agradável da floresta. O penhasco da Dragão está do outro lado, mas mesmo se estivesse no ângulo certo, estaria oculto pelas copas das árvores.

Quem diria que Alanis seria uma garota decente no fim das contas.

Lefertahri sorri, um lampejo de felicidade em seus lábios, enquanto sua mente reproduz incansavelmente as palavras trocadas entre elas. Ela se perde nas memórias, mergulhando nas sutilezas das expressões e nas nuances das vozes. Cada detalhe é revivido várias vezes, como se a mente da jovem fosse um projetor de imagens em constante funcionamento.

No entanto, seu devaneio é interrompido quando seus passos a levam a um trecho mais movimentado na cidade. Ali, diante de seus olhos, uma cena trágica se desdobra, como uma pintura sombria mas, ao mesmo tempo, perturbadoramente cativante.

Em cima dos trilhos, há cinco pessoas.

Essas cinco pessoas dançam, semblantes sonhadores em cada um dos rostos.

Observando esses rostos, há meia dúzia de espectadores.

Esses espectadores, por sua vez, conversam entre si com as expressões faciais retorcidas por pena.

Lefertahri se aproxima o suficiente para escutá-los conversando, sem, no entanto, parar de caminhar.

— Alguém salvou o menino, mas a moça morreu — diz a mulher mais velha do grupo.

— Que criança burra! Foi salva e lá está de novo — resmunga um senhor.

— E agora tem mais quatro... — reforça a mulher.

— Isso é tão estranho... — lamenta uma adolescente.

— O que fazemos? Eles não escutam... — comenta um homem trajado como membro da Guarda Presente. — Eles até permitem a gente conduzi-los para fora do trajeto do trem, mas voltam assim que se veem livres de nós.

— Não é melhor amarrá-los em casa? — a mulher indaga.

— A gente já tentou, mas eles se debatem tanto que acabam se machucando... Os médicos acharam melhor mudar de abordagem. Vamos ter uma reunião com eles hoje para ver como proceder — explica o guarda.

— Será que o culpado é um amaldiçoado? — A hipótese é levantada pelo segundo policial do grupo.

— Ouvi boatos de algo vivendo na boca do Ariosto — corrobora o senhor.

Os olhos de Lefertahri se arregalam. Será possível mais um condenado entre eles, em tão pouco tempo? Vasculha suas memórias em busca de um potencial culpado, mas não se recorda de ter lido sobre nenhum poder capaz de obrigar as pessoas a dançarem sem parar.

A jovem se afasta com passos cautelosos, evitando chamar a atenção para si. Antes de partir de vez, seus olhos deslizam sobre os dançarinos, examinando cada figura com uma atenção meticulosa. Ela percebe uma diversidade de idades e gêneros presentes, bem como roupas simples e discretas e outras extravagantes e chamativas.

Não há sentido algum.

Parecem em transe, ela pensa. *Presos em uma insólita coreografia sobre os trilhos.*

Em Caladuna, só se tem certeza sobre uma coisa: ao mesmo tempo que os deuses os abençoaram com terras prósperas, também os amaldiçoaram com a presença de diversos vulcões em seu território.

Por ser um país pequeno em área, as cidades foram construídas próximas a diversas dessas estruturas cônicas ativas. Por isso, o governo investe com frequência em aparatos tecnológicos para frear a destruição quando um deles desperta. O vulcão Ariosto, em Évia, já o fez algumas vezes ao longo da História, sendo três delas conhecidíssimas nos livros didáticos.

Lefertahri Eissa poderia comparar os anos 91 e 92 Pós Sethara's Fúrnis com uma possível erupção do Ariosto. Afinal, a destruição de seu lar tomou proporções catastróficas: além de ter envergonhado o pai no quiz, brigava cada vez mais com uma Onurihs rebelde. Até mesmo a relação amorosa com sua mãe foi abalada por uma notícia inesperada que se tornou a peça final para a derrocada dos Eissa.

A gravidez da terceira filha.

CAPÍTULO 10

O Baile dos Atormentados

Se tem algo que Alanis se empolga mais do que jogos de palavras, quadrinhos e flertar é poder se perder pelo Bazar da Fumaça sempre que ele para na cidade em que ela está morando. O mercado itinerante é o único a oferecer produtos exóticos e incomuns a um preço acessível e, por incrível que pareça, dentro da lei – pelo menos é o que pensam todos aqueles que não fazem as perguntas certas.

Porém, mais do que o tipo de mercadoria disponível, o que atrai Alanis ao local é a atmosfera estrategicamente pensada para transmitir um ar de mistério e aventura. O mercado é sediado dentro de uma estrutura metálica portátil que cria uma espécie de galpão envolto em fumaça branca e iluminado por candeeiros e lâmpadas avulsas a vapor, o que não permite uma visão cristalina do ambiente. Engrenagens, muitas em movimento, decoram as paredes das tendas, bem como objetos grandes posicionados aqui e ali, como a réplica da primeira máquina de escrever já criada, binóculos para todos os gostos, e relógios e mais relógios. Há também maquinários a vapor espalhadas pelo espaço, em tons vibrantes de azul, vermelho e laranja, funcionando como máquinas de chá e café ou até mesmo pipoqueiras. Outro ponto positivo do Bazar da Fumaça é nunca fechar as portas.

Por isso, neste dia, Alanis convidou Mosi para explorar o local à noite, já que ele nunca visitou um mercado como este. A garota não tem outra palavra para classificar a expressão que grudou na face dele desde que adentrou o lugar: maravilhada. Ao avistar uma de suas barracas preferidas, ela puxa o amigo até o estande iluminado por velas, onde há uma coleção de esculturas de cristais.

— Olha que lindo! — Alanis aponta para uma pequena peça de três quadrados alinhados, esculpidos em pérola. — É do seu signo. Leva.

— Vai pagar para mim? — Ele cruza os braços, mas a garota não deixa de notar como ele observa o produto com curiosidade.

— Não, o irresponsável é você. Eu sei que você quer levar.

Mosi revira os olhos, mas sua mão mergulha na bolsa a tiracolo e retira de lá cinco moedas. Entrega as *simpattias* para o vendedor sem nem ao menos negociar. Alanis o observa com um sorriso confiante nos lábios; tinha certeza de que ele não resistiria ao modelo, pois, assim como ela, é apaixonado por signos.

A garota não se demora muito mais no estande de cristais e parte para o seguinte. Duas lojas depois, uma vendedora oferece uma variedade de roupas usadas de marca. Alanis experimenta um vestido adornado com engrenagens e correntes, enquanto Mosi admira as jaquetas elegantes com botões de latão e calças com detalhes em couro. No fim das contas, a garota compra apenas um chapéu novo, todo adornado com ponteiros e hieróglifos num tom fechado de vermelho.

A dupla passeia despreocupada pelo galpão, suas risadas ecoando pelos corredores enquanto exploram as diversas lojas ao redor. Trocam com frequência provocações animadas, alimentando o clima descontraído que os envolve, por mais que, por vezes, Alanis se irrite com algumas pessoas pelo caminho.

Ao avistarem a área de refeições decidem ceder à fome.

— Você ainda vai arranjar confusão com alguém — Mosi comenta assim que conseguem se esgueirar para uma mesa vazia. — Aquele casal ainda está te encarando.

Alanis dá de ombros, sem se preocupar em olhar para trás.

Ela já perdeu a conta de quantas pessoas precisou empurrar ou se esquivar, pois, por algum motivo incompreensível, os visitantes deste ano parecem mais lentos do que o normal e atravancam os corredores a todo instante.

— Da próxima vez não parem no meio do corredor para ficar se beijando.

— Você é a inimiga número um de romance. — Ele ri e morde um pedaço do hambúrguer que acabou de comprar. Alanis se remexe, desconfortável com o tópico e um pouco irritada pela sensação incômoda em sua barriga ao pensar no motivo principal de estar aqui hoje. *Vir aqui para procurar um presente para Lefertahri não significa nada*, reforça a si mesma.

— E você não, né? — ela rebate, pegando o último pedaço do bolo de chocolate que comprou. — Acha que não te vejo por aí trocando olhares com meninos bonitos?

Mosi se engasga com a água que bebia e quase cospe o líquido em Alanis. Lacrimejando, ele leva um dedo erguido aos lábios, pedindo por silêncio.

— Não fala isso alto — pede, vasculhando o entorno.

— Qual é, Mosi, não estamos em Curinto. Ninguém aqui liga para quem você beija ou não.

— Eu não...

— Certo, sei — Alanis o interrompe, impaciente. — Termina de comer, idiota.

— Está de mau-humor, garota louca? — Mosi se recompõe, o sorriso voltando aos lábios. — Para onde foi a animação por estar no tão incrível, mágico e esplendoroso Bazar da Fumaça?

— Vai voltar assim que você terminar de comer e seguirmos para a loja que eu mais gosto. — Os dedos de Alanis tamborilam impacientes na mesa.

— Que loja é essa? Por que tanto mistério?

— Porque para chegar até ela é preciso fazer as perguntas certas, meu caro amigo Mosi.

O garoto enfia os últimos pedaços do alimento na boca de uma vez depois da promessa por algo ilícito.

— Vai se engasgar e eu não vou te ajudar — Alanis revira os olhos.

Sem perder tempo, os dois mergulham ainda mais no coração do mercado. A curiosidade retorna aos olhos do garoto, e eles se deixam levar pelo fascínio do espaço caótico e vibrante, repleto de tendas e estandes que vendem desde petiscos, passando por roupas e utensílios domésticos e chegando a aparelhos tecnológicos e espetáculos musicais. Do lado de fora, o Bazar da Fumaça não revela a verdadeira extensão de suas maravilhas e segredos.

Pouco depois, uma sorridente Alanis aborda um homem alto parado em frente a uma parede, segurando uma pistola de última geração. Ele exala uma aura de autoridade, claramente um segurança do local. Em meio ao ambiente agitado, ela se arrisca a iniciar uma conversa:

— Bonito o dia, não?

Mosi para ao seu lado, os olhos vasculhando o entorno a todo instante. Assim como ela, Mosi detesta figuras de poder.

— Estaria mais bonito, não fosse o mau funcionamento das engrenagens no céu — ele responde, simpático.

Ao seu lado, ela nota as sobrancelhas do amigo arqueando em confusão.

— Pois é. O vácuo moral só será preenchido quando as engrenagens girarem em favor de todos — ela afirma sem titubear. — Empatia acima da simpatia.

De forma sutil e quase imperceptível, o homem desliza a mão para trás, afastando-se da arma que repousa à sua cintura. O ar ao redor dele começa a mudar, e uma névoa densa e enigmática se forma no ponto onde ele recuou ao mesmo tempo que um aroma agradável de maresia envolve o local. Mosi é pego de surpresa pelo rápido aumento do gás na atmosfera e, por isso, tosse e luta para respirar. Mesmo com a face do garoto oculta pela fumaça, ela pode sentir a exasperação dele.

— Lani? O que está acontecendo? — ele quase grita.

Alanis ordena que ele se silencie, mas pega a mão do amigo.

Ela dá um passo à frente, puxando-o consigo. O menino titubeia, mas não para. Então, atravessam um ponto obscuro ao lado do segurança e algo se fecha atrás deles. Mosi xinga alto. Porém, antes que possa reagir mais ao desconhecido, a fumaça densa se dissipa, revelando um corredor estreito, oprimido pelo ar abafado.

Alanis encara Mosi, mas ele está ocupado demais admirando a escadaria ao fundo. O garoto avança com passos tímidos, buscando enxergar o fim dos degraus. Quando ele gira o corpo para a amiga, boquiaberto, ela anuncia, gesticulando de forma teatral:

— Bem-vindo ao verdadeiro Bazar da Fumaça.

— Como é possível? — Mosi questiona, maravilhando-se há minutos desde que alcançou a base da escada. — Como é possível que exista algo no subterrâneo?

Como algo, ele se refere a uma área equivalente à parte de cima repleta de tendas. A diferença está na quantidade das pessoas – menos da metade passeia pelos corredores clandestinos –, na decoração menos extravagante e nas mercadorias expostas sob à fumaça: livros proibidos, pistolas ilícitas, jogos de azar e itens contrabandeados, caros demais para a maior parte da população.

Alanis ri e aproxima a boca da orelha do menino, como se fosse confidenciar-lhe um segredo.

— Caladuna foi construída em cima de restos de outras civilizações, então tem muitos túneis espalhados por aí — ela sussurra. — Pouca gente sabe disso, na verdade.

— Me parece uma informação perigosa — comenta Mosi, reavaliando o local pela enésima vez.

— É uma informação *sigilosa*. Sair por aí espalhando essas coisas pode te trazer problemas, então, não o faça.

— Tá. — Mosi a encara, a testa enrugada. — Mas ainda não me explicou por que me contou sobre os túneis e cidades embaixo da terra... Tipo, por que se arriscar me trazendo aqui? Claramente não é para qualquer um.

Ela dá de ombros, como se a informação fosse velha demais para lhe causar alguma emoção.

— A maior parte do encanto do Bazar da Fumaça está em não saber como o impossível se torna possível. — Mosi ergue uma sobrancelha e abre a boca, mas Alanis o cala com o levantar do indicador. — Eu poderia manter você preso nessa aura de encantamento. Ela é incrível, na verdade, mas você é manipulável e eu trabalho com a verdade.

— Não sou manipulável — ele rebate, os braços se cruzando.

— Você é, sim. — Mosi abre a boca para rebater, mas ela aumenta o tom de voz. — Mas vamos, deixa eu te mostrar a parte subterrânea, onde a magia acontece.

Mosi não se move, uma carranca no rosto. Alanis se vira para ele e cruza os braços, as sobrancelhas arqueadas.

— Quer me dizer algo? — solta, ríspida.

Ele expira forte e passa uma mão nos fios crespos.

— Achei que você tinha me trazido aqui por causa da nossa amizade, mas agora parece que foi só porque você queria me dar uma lição de moral. — Mosi cruza os braços.

— Certo. Quer a verdade? Foi um pouco dos dois — ela dispara. O amigo desarma a máscara de frieza em seu rosto, surpreso com a sinceridade. — Você está em Caladuna há mais de um ano e ainda acredita nas bonitas mentiras espalhadas pela imprensa e pelas artes que chegam ao exterior, que, como já te disse centenas de vezes, só chegam porque o governo financia a internacionalização delas. Dá dinheiro manter a sujeira de Caladuna embaixo do tapete — Alanis explica devagar, embora saiba que soa mais dura do que pretende. Contudo, já passou da hora de Mosi parar de ser mais uma engrenagem acéfala das autoridades. Pelos cinco deuses, o irmão dele foi preso por fazer parte de um grupo rebelde! Não é possível que ele continue ignorante sobre a realidade.

O menino abre a boca e fecha algumas vezes antes de optar pelo silêncio. Alanis o encara de forma inquisitiva, instigando-o a questionar, rebelar-se ou apresentar qualquer reação minimamente reativa.

— Você precisa dizer algo, Mosi — ela fala diante do silêncio. — Precisa parar de aceitar tudo calado.

— Quer que eu brigue com você? — A voz do garoto sai esganiçada, os olhos arregalados.

— Não. Quero que pare de me provocar com brincadeirinhas idiotas e comece a se perguntar sobre as coisas que eu te digo. Melhor, questione tudo que dizem a você. As pessoas mentem e inventam suas próprias narrativas, Mosi. — Alanis cerra o punho e leva o braço com a luva para o peito. — Desvende a verdade por si só.

Assim como eu faço minha vida inteira.

Se Alanis fosse como Mosi, acreditaria que o governo repreende manifestações contrárias a ele em prol do povo. Se fosse como Mosi, não duvidaria de seus pais e avós quando lhe diziam que a amavam depois de uma surra ou de humilhá-la. Se fosse como o amigo, aceitaria as palavras de Inma sobre ela mesma, Alanis, ser a culpada pela própria solidão, não o fanatismo da loira por uma causa que, pelo visto, não é tão diferente assim da estrutura que lutam contra.

Alanis é culpada, sim, mas Caladuna é três vezes mais.

— Anotado, mãe. — Mosi faz uma careta.

A ruiva revira os olhos e suspira, frustrada.

— Às vezes eu esqueço que você só tem quatorze anos e que nessa idade a gente se acha muito inteligente — resmunga, mas antes que Mosi possa protestar, um sorriso brilha em seu rosto e ela aponta para uma barraca metros à frente. — Vamos ali primeiro. Tenho certeza de que vou encontrar algum romance censurado para te dar. — Ela sorri, travessa.

Os dois caminham em direção a uma livraria itinerante, o silêncio pairando entre eles. Alanis percebe a postura mais retraída do amigo, como se estivesse digerindo suas palavras. Respeitando o espaço pessoal dele, ela mantém certa distância. No entanto, quando se aproximam do estande, o espírito brincalhão de Mosi retorna subitamente e ele não consegue conter a curiosidade. Seus olhos vasculham o local com a mesma excitação que pergunta:

— É aqui que compra suas revistas em quadrinho?

— Algumas, sim, mas eu também tenho umas que não são censuradas, pois escondem bem a crítica ao governo... até porque sabem que não tem como censurar tudo, né, então eles vêm há anos difamando os quadrinistas e blá blá blá.

Alanis se segura para não soar grosseira e completar a frase com "você conhece bem as mentiras". Mosi a avalia, pensativo.

— Como descobriu esse lugar? E a senha?

Os lábios de Alanis se contraem, e uma sombra toma conta de seus olhos.

— Uma amiga me contou. — É o máximo que Alanis está disposta a revelar. Ela se esforça para suprimir as memórias de Inma e de tudo que viveram juntas. — Bom, você me perguntou porque estamos aqui. Um dos motivos é que quero procurar um presente para uma amiga.

Há o motivo secundário de descer até lá, mas Mosi não precisa saber. Afinal, o garoto não é muito adepto a armas de fogo e pode não gostar de descobrir que Alanis precisa de mais munição para sua pistola. Então, a garota indica com a cabeça o estande e eles adentram a tenda repleta de livros empilhados, revistas espalhadas, cadernos abertos e pergaminhos com inscrições misteriosas. Quando para, ela apoia a mão com firmeza no ombro do amigo, em um gesto de cumplicidade.

— Se achar algum livro de T. U. O'Cathor ou Moira Byessa, me avisa.

Os dois percorrem os estreitos corredores da tenda, explorando cada seção com entusiasmo. A cada prateleira examinada, suas mãos se enchem de obras literárias e histórias em quadrinhos. Em um momento, Mosi chama por Alanis, que se aproxima, curiosa. O garoto está com uma revista em mãos. A ruiva a reconhece e cerra a expressão, esperando pelo comentário do amigo para decidir como se portar.

— Você diz que quadrinistas não são problemáticos, mas como explica isso aqui?

Mosi encontrou uma das poucas obras que retrata os amaldiçoados por um viés diferente do estimulado pelo governo e pelo Oráculo de Ghunza. O garoto foca nas ilustrações e vira as páginas com avidez, lançando breves olhares inquisidores à amiga. A expressão do amigo ao ver a representação dos condenados na revista em quadrinhos não passa despercebida. Uma mistura de surpresa e desdém se manifesta em seus olhos, mesmo que ele não tenha consciência de que está rejeitando uma parte grande da amiga – mas tudo bem, pois ela também a rejeita, não é mesmo? Ainda assim, uma onda de desconforto percorre o corpo da garota.

Respira fundo e, com um tom suave, comenta:

— Sabe, Mosi, há um pequeno grupo de pessoas que não veem os amaldiçoados como monstros, mas são poucos, mesmo entre aqueles que se opõem ao governo.

— Por que alguém os enxergaria diferente? Amaldiçoados foram condenados por serem pecadores, Lani.

Ela apenas assente, sem vacilar com a máscara de seriedade que adotou.

— Pois é. Não sei também, mas existem outras revistas boas. Não precisa ler essa se não quiser. — Alanis força o sorriso e desvia o olhar para as prateleiras, tentando abafar a dor que aquela reação lhe causa. — Olha só essa edição aqui, que linda.

A quadrinista coloca uma das revistas que carrega consigo na mão do amigo. Mosi devolve a história sobre os amaldiçoados e passa a analisar o novo quadrinho. A garota o observa, lutando para não vacilar com seu sorriso. Ela se pergunta como seria se pudesse revelar sua maldição ao garoto, se ele a aceitaria como é, ou se a afastaria de sua vida como tantos fizeram. O pensamento paira no ar por todo tempo enquanto eles exploram a tenda, mas Alanis decide guardar suas inquietações para si mesma.

No fim das contas, compra para si uma revista em quadrinhos de distopia, que retrata duas mulheres precisando sobreviver a uma Caladuna ainda mais hipócrita depois de o governo ser bem-sucedido em banir a arte do país. Compra também uma edição de colecionador comentada e sem censura do livro mais famoso de Moira Byessa e uma biografia de T. U. O'Cathor para Lefertahri – antes de partir, decide pegar mais um exemplar deste último, dessa vez, para si mesma. Presenteia, ainda, Mosi com duas revistas em quadrinho menos ácidas, ideais para iniciantes. Ele aceita sem reclamar e adquire por conta própria três romances proibidos, bem diferentes dos que está acostumado a ler.

Tudo pela bagatela de quinze *simpattias*.

Alanis ama o Bazar da Fumaça.

— Feliz que decidiram vir para cá de última hora — comenta Alanis com a vendedora ao entregar-lhe o dinheiro.

— Pois é, mudamos a rota ao escutarmos sobre o fenômeno estranho que está acontecendo aqui em Évia. — Ela guarda as moedas e sorri para os fregueses. — Queríamos ver de perto.

Alanis e Mosi se entreolham.

— Qual fenômeno? — o menino pergunta, embora ambos já imaginem do que se trata.

— Ah, vocês sabem. As danças macabras nos trilhos e as mortes estúpidas... A imprensa não tem noticiado, mas a fofoca já se espalhou por aí. Sabem como tem sido chamado esse episódio? — A vendedora se aproxima dos dois, que o fazem também.

— Como? — instiga Alanis.

— O Baile dos Atormentados — ela sussurra e então se afasta. — Combina bem com a loucura que Caladuna vem se transformando desde o episódio do Pecado Alquímico, não é mesmo?

A tentativa de roubo da Sethara's Fúrnis, fórmula secreta dos deuses, é o evento mais marcante de Caladuna e não há nada comparável na história do país. Afirmar que algo se assemelha ao Pecado Alquímico é, inclusive, desaconselhado, uma vez que o governo se esforça para o passado não se repetir. Portanto, Alanis percebe, a vendedora citá-lo de forma tão casual só demonstra o quanto são confiantes de que o subsolo do Bazar da Fumaça não é conhecido por simpatizantes das autoridades.

Alanis concorda, mas se afasta, reflexiva. Se pessoas de fora de Évia – pessoas como as que frequentam aquela parte do Bazar da Fumaça – já tomaram ciência das danças, logo o governo precisará agir. Se isso acontecer, a atenção da imprensa e da população vai se direcionar para a cidade, ainda mais depois do ataque tão recente da Apófis. Por consequência, a polícia precisará agir em relação aos boatos que ignoram, como o de uma banshee vagando toda noite e um dragão escondido na montanha perto do Ariosto.

Ela engole em seco.

Uma coisa é certa, porém: Baile dos Atormentados encaixa perfeitamente bem para nomear os pobres dançarinos que se multiplicam a uma velocidade surpreendente por Évia.

Em Caladuna, preza-se pela liberdade individual dos cidadãos – o que significa que o governo é responsável apenas por garantir as condições sociais básicas ao assegurar a boa reputação e atratividade do país.

Para Alanis Dilan, tal decisão política a afeta de formas quase opostas.

Em um caso, permite que ela possa amar quem quiser, sem julgamento moral do governo, como acontece em Curinto. No outro, certifica-se de que ela jamais maculará a imagem do país ao condená-la a passar metade do seu dia em uma forma bestial que pode ser morta, sem represálias, por qualquer cidadão. Afinal, os condenados não devem retornar à Caladuna.

Foi sob esse contexto que ela conheceu Inma. Bom, antes de ser amaldiçoada.

Depois do fiasco do jantar em comemoração ao Destino, Alanis fugiu de casa. Já deveria tê-lo feito antes, pois as ruas, por mais cruéis que fossem, acolhiam-na melhor como lar: os cuidadores do Centro de Ajuda a alimentavam, enquanto outras crianças e adolescentes forneciam acalento uns aos outros.

Inma surgiu em sua vida como uma tempestade de verão: rápida e arrebatadora.

Alanis já ouvira falar da Engrenagens a Vácuo, uma organização com meios nem sempre legais que tinha como missão preencher o vazio moral que a sociedade decadente de Caladuna vinha se transformando ao focar em garantir condições de vida básicas somente para uma seleta elite. O que Alanis ainda não sabia era que a organização tinha ganhado tanta força na capital que agora criava células em cidades menores.

Como Porto Aurora.

Ao ser flagrada por policiais roubando relógios de banqueiros na praça principal da cidade, Alanis jamais imaginaria ser resgatada por um membro da Engrenagens a Vácuo.

— Você possui boas habilidades, mas falha no principal — dissera Inma ao levar Alanis para jantar logo após tirá-la da prisão.

— O que seria o principal?

— Não tem um sistema por trás de suas ações, um poder para garantir que você continue tomando o que é dos cidadãos por direito.

— E você tem? — Alanis provocara. — Vai me dizer que é filha do primeiro ministro?

— Melhor.

Inma sorrira para ela, deixando à mostra os dentes incrivelmente brancos. Foi naquele momento que Alanis se apaixonou, inflamada pela confiança exacerbada que a outra exalava. De repente, seus lábios se tornaram os únicos que ela gostaria de beijar; os olhos azuis, os únicos que gostaria de se perder; e o cabelo loiro-acinzentado, o único que gostaria de acariciar.

— Faço parte da Engrenagens a Vácuo e estou de olho em você há um tempo, Alanis Dilan.

CAPÍTULO 11

Esse seria um bom momento para o relógio-perigo funcionar

> Estudiosos afirmam que os unicórnios da deusa Morte são os menos letais e mais amigáveis entre as opções de criaturas que o Oráculo de Ghunza pode transformar um condenado. Esses animais possuem pelos e chifres feitos de cristal, cujas propriedades são capazes de ajudar na cura de alguns tipos de feridas e doenças (ver mais sobre as propriedades de cura no capítulo 10.3).
>
> No entanto, também possuem uma habilidade sombria, bastante conhecida devido ao histórico de amaldiçoados que a usa contra humanos: a capacidade de sugar a energia vital de seres vivos. Estudos iniciais indicam que essa habilidade está relacionada à presença de uma substância no cristal dos unicórnios, que age como um agente parasita capaz de extrair energia de organismos vivos. Ainda não se sabe ao certo como essa substância age no corpo humano, mas evidências preliminares sugerem que ela causa danos no sistema nervoso e leva à exaustão energética em casos extremos.

Lefertahri termina o capítulo sobre unicórnios e fecha o livro com um baque. Está há cinco horas na Biblioteca Pública de Évia, rodeada de publicações de diversos tipos sobre o Oráculo de Ghunza, os animais de estimação dos cinco deuses e criaturas sombrias no geral.

Não há uma linha sequer sobre um monstro que faça pessoas dançarem até a morte.

Nesta manhã, as manchetes do jornal finalmente voltaram a atenção para o assunto que assombra a cidade. Afinal, é impossível ignorar a presença constante de mais de três dezenas de pessoas dançando e girando nos trilhos, dia e noite. A situação se torna ainda mais intrigante quando os policiais, com grande esforço, conseguem retirar os dançarinos da linha do trem, apenas para testemunharem novas figuras metros adiante, desafiando todas as tentativas de controle. Empresários e trabalhadores já reclamam dos atrasos e cancelamentos de locomotivas comerciais, causando alguns milhares de *simpattias* de prejuízo.

O verdadeiro terror dessa dança desenfreada é, contudo, na visão de Lefertahri, o impacto na vida das pessoas comuns. Quatro vidas já foram tragicamente ceifadas por atropelamentos e uma mulher de apenas vinte e três anos sucumbiu à fadiga extrema provocada pela dança macabra. Nos hospitais, os profissionais de saúde se deparam com pelo menos sete casos semelhantes e, mesmo quando os dançarinos são amarrados para impedir o retorno deles aos trilhos, continuam se contorcendo em seus leitos até se machucarem.

Um irrevogável baile de atormentados, como haviam apelidado.

Lefertahri joga o corpo para trás e levanta os braços, liberando os músculos retesados. Quando volta a observar as dezenas de livros na mesa da biblioteca, seu olhar recai em um pergaminho que encontrou mais cedo, colado pelos murais da cidade. Nele, há uma nota do governo sobre o episódio.

Cansada, ela relê o comunicado com mais atenção em busca de alguma informação oculta que tenha deixado passar.

Prezados cidadãos de Évia,

Diante dos recentes eventos relacionados às pessoas dançando sem motivo aparente nos trilhos da cidade, gostaria de fornecer informações importantes para garantir a segurança e o bem-estar de todos. É compreensível que a presença desses dançarinos cause preocupação em nossa comunidade; porém, asseguro a todos que estamos tratando esse assunto com a máxima seriedade e urgência. Uma equipe multidisciplinar, composta por especialistas em saúde, segurança e investigação, já foi mobilizada para investigar a origem e a natureza desse fenômeno.

Neste momento, solicito que a população evite se aproximar dos trilhos ferroviários e mantenha uma distância segura dos dançarinos. O perigo representado pela proximidade dos trens é real e pode resultar em acidentes graves. Já intensificamos a segurança nas áreas afetadas, implementamos medidas de controle para evitar incidentes e mobilizamos equipes médicas para prestar assistência aos dançarinos que apresentam fadiga extrema ou condições relacionadas.

Reforço a solicitação de que a população permaneça calma e confie nas medidas de segurança adotadas pelas autoridades competentes. Estamos trabalhando incansavelmente para encontrar uma solução para essa situação e garantir que nossa querida Évia retorne à normalidade o mais rápido possível. Caso tenha qualquer informação relevante sobre o fenômeno, é seu dever como cidadão reportá-la de modo a auxiliar nas investigações.

Juntos, superaremos esse desafio e restauraremos a tranquilidade em nossa cidade.

Atenciosamente,

Uggo Oissa, prefeito de Évia

Uma ruga de preocupação surge na testa de Lefertahri. A biblioteca, normalmente um refúgio, agora parece um lugar opressivo. O comunicado não revela nada de novo, mas deixa claro que o governo olhará para a pequena Évia com mais atenção – e o governo prestando mais atenção em Évia é uma faca de dois gumes. Por um lado, pode significar uma ação mais efetiva para resolver o Baile dos Atormentados. Por outro, as autoridades podem, enfim, descobrir a verdade sobre a banshee que assombra a cidade.

Não à toa, o evento sobrepuja o quebra-cabeça que é o conserto do relógio-sentimentos da O'Shea e se torna a maior fonte de estresse e insônia de Lefertahri – que, inclusive, esfrega os olhos tentando afastar o sono. Há anos ela tomou para si o dever de defender Évia contra outros amaldiçoados e, ao mesmo tempo, se manter distante dos holofotes. Agora, está de mãos atadas.

Que droga de criatura é você?

Ponteiro pula no colo de Lefertahri e ronrona. Nos últimos dias, o furão tem caminhado com ela pela cidade, já que adquiriu a péssima mania de roer os pouquíssimos móveis de madeira da casa na árvore.

— Você está certo, precisamos voltar — sussurra a jovem, levantando-se.

Com Ponteiro nos ombros, ela caminha para o balcão na entrada, os braços doendo devido ao peso de tantos livros. A bibliotecária, vestida com um traje adornado com pequenas engrenagens e um par de óculos de aviador, cumprimenta Lefertahri com um sorriso. Enquanto a mulher termina de catalogar os exemplares que a menina consultou, a relojoeira observa as luminárias a gás que lançam uma luz amarelada aconchegante pelo ambiente.

Liberada, ela se despede da bibliotecária com um aceno e deixa o local, as engrenagens da porta rangendo enquanto se fecham atrás dela. O furão lambe sua bochecha de vez em quando conforme vagam pela cidade em direção à floresta. Há um silêncio incomum no ambiente, quebrado apenas por conversas baixas e aflitas. Lefertahri capta o teor das mesmas sem grandes esforços.

Ele de novo. O Baile dos Atormentados.

A garota aumenta a velocidade dos passos, seu coração acelerado em angústia. Não apenas ela está em perigo de ser descoberta, mas também as dezenas de pessoas que dançam sem motivo e correm o risco de serem atingidas por um trem ou morrer de cansaço. A situação é terrível por qualquer ângulo que analise.

Mas piora.

Próximo à saída de Évia, o som inconfundível de um dirigível preenche o ar, fazendo Lefertahri erguer os olhos para o céu. Até mesmo Ponteiro se agita em seu ombro, chilreando baixinho. Os olhos da garota percorrem o horizonte, mas nenhum anúncio ecoa pelos megafones. O dirigível apenas paira por ali, movendo-se de forma serena sobre a cidade, como se avaliasse cada detalhe dela.

Como se buscasse por algo.

Lefertahri prende a respiração e se encolhe no mesmo lugar. Só volta a andar quando o veículo some no horizonte. Agora, cada passo que dá até a floresta é calculado para não ser rápido nem devagar demais. Somente quando as árvores se tornam densas, ela corre, com Ponteiro agora em seu colo.

Ao chegar em casa, joga-se no colchão e lá fica, parada.

A atenção do governo já está sobre Évia.

A Banshee, ou melhor, ela, está em perigo.

Droga, droga, droga, droga, droga...

Onde errou? O que não via?

Uma angústia esmaga seu peito e aumenta de intensidade à medida que a enxurrada de pensamentos cresce a cada batida de coração, a cada respiração ofegante.

Só escalona, minuto a minuto.

Ao cair da noite, Lefertahri espera que, pela primeira vez, o trabalho da Banshee a acalme, desvie sua angústia para outro lugar. Contudo, a aflição em relação ao dirigível e ao pergaminho com o comunicado não diminui. Pelo contrário, ganha intensidade como uma chama que se aviva ao entrar em contato com essência de fogo.

Pelos deuses, tenham misericórdia!

Lefertahri quer gritar. Teria gritado, se pudesse; se tivesse controle do próprio corpo.

De fato, sua agonia tem uma nova causa: o futuro será terrível.

Há o dobro de mortes a serem prenunciadas esta noite.

A majestosa Lua Colosso banha a cidade com seu brilho prateado. Em um beco escuro, escolhido estrategicamente por Lefertahri para sua transformação em forma humana, ela se rende à contemplação do céu noturno. Seus dedos se entrelaçam uns aos outros em sintonia com a incerteza que a consome por dentro, mesmo que relute em admiti-la.

De repente, um vislumbre fugaz de movimento captura sua atenção, e seus olhos se iluminam com uma mistura de surpresa e deleite ao avistar a figura de Alanis emergindo das sombras. Os fios ruivos-alaranjados da jovem reluzem sob o luar, e um sorriso irrompe no rosto de Lefertahri diante da visão. Entretanto, o sentimento é acompanhado por uma pontada de medo. Ela está feliz demais por se encontrar com a outra – e isso é assustador.

— Olá, lindinha. — Alanis recosta-se na parede, um timbre divertido na voz.

— Não tinha certeza se te veria hoje — confessa Lefertahri, aproximando-se para enxergá-la melhor. Alanis optou por um chapéu verde-musgo, decorado com engrenagens, e um macacão preto assimétrico, bem largo, principalmente na parte de baixo. — Como me encontrou?

A recém-chegada se empertiga e também encurta a distância entre as duas. Param a centímetros de invadir o espaço pessoal da outra.

— Não é tão difícil assim seguir o canto da Banshee, sabe. Confesso que atravessar paredes atrapalha um pouco te seguir por aí, mas, no geral, é bem fácil. Como ninguém nunca te achou?

Uma sombra se sobrepõe ao brilho no rosto de Lefertahri.

— Acho que ninguém nunca se preocupou em procurar de verdade pela Banshee.

— Sobre isso... — Alanis puxa uma das marias-chiquinhas para frente e passa a mão por ela. — Sabe que...

— Sim, eu sei — Lefertahri dispara antes que a outra termine a frase. — O governo está de olho em Évia agora.

— O que significa que nem eu nem você estamos seguras — complementa a quadrinista, sem rodeios. — Precisamos sair da cidade por um tempo. Sabe disso, não sabe?

A relojoeira recua um passo, as sobrancelhas arqueando antes de se juntarem em uma compleição cansada.

— Sim...

Alanis ri alto, e Lefertahri a encara, confusa.

— Foi mais fácil do que imaginei. Achei que fosse precisar usar toda uma argumentação com fundamentos lógicos e emocionais sobre o tema.

Lefertahri cruza os braços, bem apertados sobre o peito, e se encolhe. Levanta a cabeça somente quando sente um toque inesperado no ombro.

— Está tudo bem?

Ela é tomada pela surpresa ao perceber um tom de voz incomum nas palavras de Alanis. Há preocupação genuína, como se a ruiva desejasse protegê-la.

Mesmo desconcertada, a relojoeira cede à sensação boa que brinca em seu estômago e inspira fundo, preparando-se para compartilhar suas inquietações.

— Há dois dias a Banshee canta para o dobro de pessoas toda noite. Não dá nem tempo de ir em todas as casas... Algo de ruim vai acontecer.

— Já está acontecendo. O Baile dos Atormentados... A Banshee não foi nos trilhos?

Lefertahri nega com a cabeça.

— A Banshee é guiada até o lar da pessoa que vai morrer, não até onde ela está à noite. — Alanis assente e coloca a mão no queixo, o olhar fixando-se em um ponto qualquer atrás da outra. — Você sabe que criatura está fazendo isso? Nunca li nada do tipo. — Lefertahri complementa, as palavras atropeladas devido à urgência da pergunta.

Alanis mantém o semblante rígido. Quando a ruiva meneia a cabeça, a relojoeira afunda em si mesma. A angústia que a acompanha há dois dias a arrebata e, de repente, o ar parece escasso e quente demais.

— Tenho medo de sair de Évia e deixar minha família à mercê do Destino... — Lefertahri esfrega as mãos uma na outra em uma tentativa de enxugar o suor que as impregna.

— Não há nada que possa ser feito. Você mesma disse que não é possível driblar a Morte — contrapõe Alanis, um misto de empatia e aspereza na sentença.

— Eu sei, mas...

— Mas nada. — Alanis a interrompe. — Você só pode ajudar sua família se estiver viva, então se quiser continuar fazendo isso, é melhor vir comigo para outra cidade. Não vamos conseguir viajar juntas, pois, sabe como é: amaldiçoada de dia e você à noite — ela ri de seu humor ácido —, mas podemos traçar um plano que ajude as duas e, de preferência, não envolva me manter acorrentada enquanto uma apófis me ataca.

— Já pedi desculpas, eu não queria... — Lefertahri desanda a falar, o cenho retorcido em preocupação.

Alanis ri alto antes de disparar:

— Lefertahri, é brincadeira.

Quando ela vai parar de se arrepiar com o jeito que seu nome sai dos lábios da ruiva? Já tem dezessete anos, não há espaço para sensações infantis e felicidades efêmeras do tipo. Está agindo como uma boba.

— Ei, é brincadeira — Alanis reforça, e o sorriso divertido dá espaço a uma careta de preocupação. — Sei que essa situação te assusta... me assusta também... — confidencia, endireitando o tronco. — Acabei de perceber que te contei sobre gostar de quadrinhos, mas você não me contou o que mais gosta de fazer.

O rosto de Lefertahri cai um pouco para a direita, os olhos semicerrados.

— Anda, me conta — insiste.

— Bom, minha família sempre consertou relógios... então eu meio que também gosto disso.

Lefertahri luta para controlar sua respiração, desejando parecer calma e composta diante de Alanis. A ideia de confidenciar algo tão pessoal a outra pessoa sempre provoca uma torrente de vergonha e apreensão em seu ventre. Memórias constrangedoras do quiz que participou quando criança explodem em diferentes direções.

— Por isso você tem três... Agora tudo faz sentido — reflete a quadrinista, os braços cruzados de forma despretensiosa, contrastando com a postura retraída que Lefertahri costumava adotar quando o fazia. — Sempre pensei em você como riquinha, sabia? Mas você é muito mais humilde do que aquele bando de idiotas que desfila por aí ostentando relógios dos pés à cabeça. Me fala, que tipo de relógios são esses que você tem?

Lefertahri se move sem perceber, deixando transparecer surpresa diante do comentário. Ela disfarça o melhor que pode ao passar uma mão pelo cabelo, prendendo-o atrás da orelha, enquanto a outra puxa os relógios para a frente. Os três objetos estão presos por uma corda extensível em seu vestido, que se ajusta em tamanho conforme necessidade.

Um a um, ela explica:

— Esse é um relógio-horas, o primeiro que meu pai me deu. Este outro é um relógio-clima, o primeiro que eu consertei. E este aqui é um relógio-perigo, o último que ganhei do meu pai. — Lefertahri controla a vontade de chorar ao pensar no homem, mantendo a compostura, mas o peso da saudade em seu coração é inegável.

— Que legal! Esses de perigo são caros, não são? — Alanis estende a mão em direção ao objeto, mas seus dedos param a centímetros do metal enegrecido, com detalhes intrincados e gravuras que parecem dançar ao longo da superfície. O mostrador é protegido por uma tampa sólida. — Posso tocar?

Lefertahri anui, e Alanis o pega e leva para perto do rosto. No entanto, a corda revela-se curta demais e a relojoeira perde o equilíbrio, cambaleando para a frente com o puxão repentino.

— Desculpa! — Alanis solta o objeto e estende os braços para amparar Lefertahri. Os dedos da ruiva se fincam com força no ombro da outra, que desvia o olhar para o chão, como se procurasse por algo. As bochechas da relojoeira esquentam e, de repente, o beco parece mais abafado do que o normal. Será por que, embora a textura dos dedos da garota seja mais áspera do que imaginava, é também mais gentil e firme?

Lefertahri ergue o olhar e segura o risinho inconveniente que ameaça escapar ao dar de cara com a boca da quadrinista perigosamente perto da sua. Desta distância, é possível sentir o hálito quente e cheiroso de Alanis. Antes que a situação fique ainda mais constrangedora, a garota interrompe o contato entre as duas, abraçando o próprio corpo.

— Não são baratos, mas já foram mais caros — explica com a voz trêmula, sem comentar o incidente. — Hoje alguns modelos têm preços acessíveis. Eles são bem úteis, mas o meu não funciona mais. O dispositivo responsável pela fumaça quebrou e a peça para consertar é antiga e cara.

— Tinha esquecido que esse modelo sai fumaça. Muito legal, mas uma pena que não funcione mais. — Alanis responde rápido, a feição séria.

— Sim, a fumaça sai em cores diferentes de acordo com o nível de perigo que o portador se encontra. — Lefertahri se esforça para não desviar o olhar para o chão de novo.

— Como o relógio sabe disso? — Alanis leva a luva presa em seu braço ao queixo, pensativa.

— Eu não sei fabricar relógios, existe toda uma técnica pouco disseminada por trás, mas, de acordo com o fabricante, esse modelo analisa bem o ambiente, as pessoas em volta e as sensações do portador para definir o nível de periculosidade.

— Que interessante. Já reparou que seu rosto se ilumina quando você fala sobre relógios? — Ela sorri sem mostrar os dentes. Lefertahri retribui, sem jeito. — Eu só tenho esse relógio-horas mesmo, mas queria comprar uma bússola. Ajudaria na mudança para as novas cidades.

A relojoeira leva uma mão ao peito e abre a boca.

— Não fale uma blasfêmia dessas! — repreende em um tom pitoresco, embora haja um fundo de verdade no ultraje. — Bússolas não são relógios. Elas apontam o Norte e foram criadas com bases filosóficas e tecnológicas diferentes.

Alanis levanta os braços, rendendo-se.

— Justo, justo. Me perdoe pelo meu erro.

— Olha, Alanis admitindo estar errada! Algo me diz que isso não acontece com frequência.

— Não mesmo, porque, no geral, eu estou certa. — Lefertahri revira os olhos, incrédula. — Mas sei admitir quando não tenho o conhecimento de algo. E, sobre relógios, com certeza você sabe mais, pois é especialista. Inclusive, poderia ficar horas ouvindo você dissertar sobre a diferença de um relógio e uma bússola.

Alanis dá uma piscadela.

E lá está ela flertando de novo.

— Você é impossível. — Lefertahri ri, nervosa. — Queria eu ser especialista — confessa, o fracasso com o relógio-sentimentos vindo à tona.

— Mas é claro que é!

— Para isso, eu precisaria ir à universidade aprender a fabricar e, bem, não é possível na minha atual condição. — Seus ombros afundam ao explicar o óbvio.

— Você pode aprender sozinha. Não precisa da universidade.

— Não é tão simples assim…

— Claro que é. Eu escrevo histórias em quadrinho sozinha e aprendo na prática as técnicas de escrita e desenho. É só analisar como outros autores fazem.

Lefertahri arregala os olhos.

— Por essa não esperava. Então quer dizer que você não é apenas leitora, é também escritora.

Dessa vez, é Alanis quem abaixa o olhar. Lefertahri sente um quentinho percorrer sua barriga ao não ser a única a se envergonhar ao longo da conversa.

— Bom, mais ou menos. Eu tenho a mania de começar várias histórias ao mesmo tempo, então ainda não terminei nenhuma…

— Bom — Lefertahri diz, confiante —, você já tem o diagnóstico, certo? Na relojoaria, essa é a primeira fase para um reparo bem-sucedido. Agora é avaliar as opções que tem para consertar o que não está funcionando.

Algo se ilumina no rosto da ruiva, como se a ideia, por mais óbvia que seja, crie um mar de opções para a resolução do problema.

— Muito bom, Lefertahri. Me deu uma excelente ideia. Está fazendo por merecer os livros que comprei para você no Bazar da Fumaça… ah! É isso! — A voz de Alanis aumenta diante da empolgação, a covinha se acentuando no rosto. — Você já foi lá? Eles vendem peças usadas de relógios por um preço mais em conta.

Lefertahri congela.

— Você comprou presente para mim? — ela sussurra, ignorando por completo a parte sobre o Bazar da Fumaça, que, não, ela nunca visitou.

Quando criança, seus pais falavam que somente pessoas de índole ruim frequentavam o local, então deveria ser evitado. Lefertahri aceitou o ensinamento como uma verdade inquestionável, mas diante da decisão de Alanis de ir até o Bazar da Fumaça, surgem duas possibilidades: ou a ruiva possui má índole, ou seus pais foram vítimas de um preconceito infundado em relação ao local. No entanto, a relojoeira não deseja ponderar sobre essas opções agora. A revelação de que Alanis comprou livros para ela ainda está fresca em sua mente, e é isso que mais importa no momento.

— Sim — confirma a ruiva, como se não significasse nada. E não deveria mesmo, pois amigas presenteiam amigas. Elas são amigas agora, certo? — Vou te entregar no próximo eclipse solar se vier me visitar, para que você consiga levar para casa.

Casa.

Uma pontada de angústia emerge das profundezas de Lefertahri, apesar do assunto animado entre elas. A sensação golpeia seu peito com uma intensidade avassaladora, fazendo-a hesitar por um instante. Em um movimento brusco, decide mudar de assunto.

— Falando nisso, precisamos falar sobre como vai ser agora que o governo...

Lefertahri nunca termina a frase.

No segundo seguinte, uma dor excruciante percorre seu corpo.

Ela grita e se debate, mas não consegue se mexer.

Seu corpo queima, arde, vibra. Em meio ao tormento, vislumbra o olhar amedrontado de Alanis. A boca da ruiva se mexe, mas as palavras são incompreensíveis. Há fumaça ao redor dela.

Dor. Muita dor.

A quadrinista dispara para longe, sumindo no breu da noite, enquanto a relojoeira permanece em seu martírio. Algo a prende no lugar, mas não parece físico, parece... o que parece?

Segundos depois – ou talvez minutos, quem sabe até horas –, Lefertahri perde a consciência.

Em Caladuna, o Oráculo de Ghunza amaldiçoa uma vez por ano os considerados culpados. Estes, portanto, deverão viver durante o dia ou a noite na forma de um dos animais de estimação dos cinco deuses.

Enquanto o Destino é protegido por dragões e apófis, a Morte cuida de banshees e unicórnios. A Vida, por sua vez, gosta de brincar com criaturas quiméricas. Por isso, cerca-se de krakens terra-mar, um monstro enorme com tentáculos feitos de raízes e folhagem. Além de ser capaz de se mover por terra e água, controla as árvores para atacar inimigos. A Vida brinca também com púcas, um ser travesso e ágil que conta com uma pelagem escura e um par de chifres que lembram os de um bode.

Já o Tempo criou os anacrons e os cronokelpies para serem seus companheiros. O primeiro é uma aranha gigante com a habilidade de mergulhar outros seres vivos em ilusões temporais. O segundo é um majestoso cavalo de pelagem brilhante, que pode controlar o fluxo do tempo ao seu redor, permitindo-o se mover mais rápido ou mais devagar do que os outros.

Por fim, o Elementos prefere animais banhados a metal e que controlem os quatro elementos da natureza. Por isso, é rodeado por benus com penas metálicas intransponíveis e por golens feitos de ferro oxidado, que não param de atacar até que destrua os adversários.

Foi sob o ataque de um destes golens que Amarna nasceu.

A irmã mais nova de Lefertahri Eissa chegou em meio ao tumulto de não saber se a casa da família seria vítima da fúria do amaldiçoado. As garotas e o pai protegeram a mãe como podiam, enquanto uma médica se esforçava para garantir um parto seguro no porão da residência.

No fim das contas, deu tudo certo.

Amarna nasceu bem, com um peso saudável e sem complicações ao mesmo tempo que o golem foi morto pela polícia com uma enxurrada de fogo. Jornais por todos os cantos de Caladuna fizeram matérias no dia seguinte explicando o ponto fraco da criatura, caso um semelhante ressurgisse, e alertando sobre não tentar controlá-la com água, pois só a fortalece.

Mesmo com as duas vitórias, aquela noite é lembrada por Lefertahri como o início do pesadelo de sua mãe.

E do seu também.

CAPÍTULO 12

Por justiça, incendiarei o mundo

A expressão de pura dor no rosto de Lefertahri não sai da mente de Alanis.

Range os dentes e abafa um grito em sua caverna. Que droga aconteceu? Ela se aproximou rápido, determinada a resgatar a outra das garras daquele ataque estranho, mas antes que pudesse fazê-lo ou identificar o responsável por jogar a densa fumaça no beco escuro, a sonolência tomou conta de seu corpo. O torpor crescente foi o sinal de alerta para partir antes que o sonífero espalhado pelo ar a fizesse ser capturada também.

Não se deixaria ser levada. Não de novo.

Desde que retornou para seu penhasco solitário, Alanis tem feito de tudo para tirar Lefertahri da mente. Ela mergulha nas páginas de livros, tenta trabalhar em uma de suas histórias, antigas ou novas, e se entrega a exercícios físicos vigorosos, esperando cansar-se o suficiente para esquecer os gritos esganiçados que ecoam em sua cabeça. Até mesmo a meditação foi tentada, mas não demorou a perceber que a quietude só alimenta seu frenesi interno. O silêncio torna-se um campo de batalha, onde sua própria mente a agride, lançando imagens e pensamentos caóticos contra ela a todo instante.

Agora, sentada no colchão, apoia os cotovelos contra as coxas, sua mão dando suporte à testa. Seu cabelo solto é um caos de fios rebeldes, que caem por todos os lados. A respiração continua ofegante, teimando em não se acalmar mesmo após inúmeros exercícios de controle, e o ambiente ao redor é apenas um embaçado escuro, sua visão turva sem os óculos que ela já não sabe onde deixou.

— Que merda, Lefertahri!

Alanis urra e soca a própria coxa.

Por que sua vida precisa ser sempre uma bagunça, digna de uma peça trágica de grande sucesso do antigo teatro curintano? Já não basta ser amaldiçoada e conviver com um dragão tempestuoso, agora precisa presenciar a captura de uma das duas pessoas que tem o mínimo de apego? E logo Lefertahri, que, por mais que tente, é incapaz de fazer mal a alguém. Se Mosi fosse preso, pelo menos seria por ter feito algo fora da lei de fato – embora ser uma condenada e vagar por Caladuna não esteja exatamente liberado no código penal.

Essa porra é uma puta injustiça!

Alanis encara a luva da sua mão fantasma, uma careta formando-se de imediato.

Não. Não vai ficar parada esperando algo ruim acontecer com a doce Lefertahri.

Levanta-se, resoluta. Então, caminha até a entrada da caverna e encara as duas luas, cerrando o punho esquerdo e levando o outro até o peito.

Tendo somente os astros como testemunhas, promete a si mesma aquilo que jurou que havia sido deixado para trás. Ignora o semblante fechado de Inma que desponta em sua mente. Ela não entenderia, mas e daí? A garota não pode mais repreendê-la.

— Por justiça — murmura, os dentes cerrados — incendiarei o mundo quantas vezes for necessário.

Em Caladuna, o primeiro encontro de um casal não costuma terminar em beijo.

O reconhecimento dos caladinos como simpáticos se estende por toda a esfera social. Isso significa que inícios de relacionamentos são repletos de cortejos e presentes antes de começarem as juras de amor eterno. Namoro, inclusive, é assunto sério. Casamentos, nem se fala. É raro encontrar pessoas que tiveram mais do que três parceiros durante toda a vida.

Por isso, Alanis jamais imaginou encontrar seu primeiro amor na prisão, com quase quatorze anos.

Desde que Inma a resgatou e a convidou para ingressar na Engrenagens a Vácuo, as duas não se separaram mais. Em pouco tempo, Alanis caiu na graça de sua sogra – ninguém mais, ninguém menos que a líder da liga – e, como neófita, começou a realizar missões de inteligência para o grupo. De um dia para o outro, passou de uma simples pecadora sem-teto-e-fora-da-lei a uma pecadora fora-da-lei-e-rebelde, membro da principal organização contrária ao poder vigente.

Ela adorava aquilo.

E adorava ainda mais colher informações e executar serviços simples ao lado dela.

De Inma Welshan.

Inma era dois anos mais velha e exemplar em tudo que fazia: habilidosa com números, bons conhecimentos históricos, excelente na oratória e senso de justiça aflorado. Assim como a mãe, era obcecada pela causa.

Então, no dia em que Inma pegou seu rosto com tamanha delicadeza e o beijou como se nada mais importasse, Alanis não teve outra escolha senão dar-se por vencida: estava irrevogavelmente apaixonada por ela.

— Acho que estamos namorando, né? — perguntou, tímida de um jeito que só a filha da líder conseguia fazê-la se sentir.

— Claro, Alanis Dilan. — Inma a encheu de beijos na boca, bochechas e pescoço. — Eu te amo.

— Eu também te amo — Alanis respondeu.

Havia, enfim, felicidade em sua vida.

CAPÍTULO 13

O canto atormentado da Banshee

Em um primeiro momento, uma onda de náusea a invade. Em seguida, o gélido toque da superfície contra sua pele provoca arrepios pelo seu corpo. Os formigamentos decorrentes de horas mantendo-se imóvel começam a se manifestar logo depois, como pequenas agulhas percorrendo cada fibra de seu ser. Somente quando as últimas lembranças conscientes ressurgem, Lefertahri ergue-se de forma abrupta, o coração descompassado no peito. Seu rosto oscila de um lado para o outro enquanto ela tenta absorver o máximo possível de detalhes do ambiente ao seu redor, consciente de que pode ser apagada a qualquer instante.

Quatro paredes espelhadas cercam-na em um cubículo que se fecha sobre ela como garras de dragão, refletindo sua imagem em todos os ângulos. A visão de si mesma em 360º apenas intensifica a náusea, e Lefertahri luta contra a vontade de vomitar ali mesmo, no piso branco de porcelanato. Não há móveis para se agarrar, nada para aliviar a sensação de claustrofobia que toma conta dela. Seu peito ribomba com batimentos acelerados e suas mãos ficam úmidas de suor. Desesperada, ela se lança contra um dos espelhos, deixando seu corpo deslizar até o chão em um baque alto. Enfim sentada, encolhe-se o máximo que pode, o olhar escondido entre os braços.

Em meio a um suspiro trêmulo, a jovem tenta acalmar a si mesma com repetidas afirmações vazias. Suas próprias palavras desmoronam diante de sua falta de convicção. Afinal, o ambiente opressivo em que se encontra só pode pertencer a uma entidade governamental. No fundo, reconhece a verdade: sabe por que está ali e a perspectiva de retornar a Évia é apenas uma esperança distante.

Lefertahri engole o choro. Embora não consiga ver nada do lado de fora, tem certeza de que cada um de seus passos está sendo minuciosamente monitorado. A constatação só intensifica o desespero que a asfixia. É como os ponteiros de um relógio, para sempre sufocados em meio a números e a engrenagens apertadas. Com um coração desolado, ela agarra com força os dois relógios que foram presentes de seu pai, buscando um mínimo de conforto para sustentá-la durante as provações iminentes que enfrentará.

Por favor, por favor, por favor...

Por favor, o quê? Ela nem mesmo sabe o que pedir aos deuses. Liberdade? Perdão? Justiça? Misericórdia? Sua única esperança recai sobre o anoitecer, quando a Banshee ressurgirá e poderá atravessar as paredes espelhadas. Sem um eclipse na noite seguinte, Lefertahri poderá ao máximo tentar guiar os instintos da criatura para fora da cidade, reforçando em sua mente o perigo real que manter-se ali representa.

Isso, esforça-se para se animar. Depois que fugir, pode dar um jeito de contatar Alanis. Precisa apenas manter-se viva até a oportunidade surgir.

O rangido da porta camuflada do outro lado do cubículo vem quarenta e cinco minutos depois, de acordo com o relógio-horas de Lefertahri. Ainda lutando para manter o desalento sob controle, ela ergue a cabeça e fixa as íris castanhas nas duas figuras à frente. Na verdade, três.

Seus olhos se arregalam com o reconhecimento do homem que antes julgou ser um protetor de animais. Agora, sua expressão é mais rígida e descortês, muito diferente da apresentada no primeiro encontro. Ele veste roupas em tons neutros, ostentando o símbolo triangular do governo ao lado da icônica coruja com chifres que representa o Oráculo de Ghunza. Com ele, uma mulher de pele clara e olhos tão profundos que parecem abismos, prontos para engolir qualquer traço de esperança, está vestida com o mesmo uniforme.

Não há dúvidas. São policiais-cientistas da Comissão de Estudos dos Amaldiçoados de Ghunza (CEAG).

E, no ombro da mulher, está Ponteiro.

Lefertahri abre a boca, mas a fecha em seguida. Palavras são insuficientes para expressar a mistura de decepção e frustração que a consome. Ela não precisa nem pedir explicações, pois a verdade está escancarada em sua frente: foi ludibriada, e o furão foi peça no plano que a capturou. Provavelmente já a monitoravam há semanas e apenas esperaram o momento certo para prendê-la em flagrante.

Para prender a Banshee de Évia.

— Nenhuma pergunta? Sem exclamação de surpresa? Sem ressentimento pelo *Ponteiro*?

A voz do homem, outrora tão amigável, adquire um tom odioso à medida que escancara o escárnio ao pronunciar o nome do furão. Agora revelado como um policial-cientista, até mesmo o sorriso torto em sua face desperta em Lefertahri uma mescla de raiva e medo. Ela se mantém calada. Mesmo que não estivesse tomada pelo pavor, a mera ideia de confrontar verbalmente alguém tão imponente como ele seria suficiente para silenciar qualquer palavra que ousasse sair de seus lábios.

É a mulher quem a desperta da raiva:

— Você sabe porque está aqui, não sabe, Lefertahri Eissa?

Seu nome pronunciado com aquela voz profunda, suave e cheia de autoridade faz um arrepio atravessar seu corpo – um bem diferente do que ocorre quando é Alanis quem o fala. Lefertahri persiste no silêncio, receosa de abrir a boca e dela sair apenas um grito de puro terror.

— Sabemos que você é a Banshee — a mulher continua. — Muito corajoso da sua parte retornar para a cidade onde nasceu. Sua família está envolvida nisso?

— Não! — A negativa sai antes que ela possa se controlar. — Eles não sabem que estou aqui.

Sou uma covarde que nunca teve coragem de tentar contato com nenhum deles.

— Então por que está aqui? Por que não permaneceu no exílio? — A mulher mantém a cadência tranquila e confiante. Ao seu lado, o homem a analisa, impassível, e Ponteiro apenas fareja o ambiente.

Lefertahri se encolhe mais, as lembranças da ilha dos amaldiçoados invadindo sua mente. Os condenados pelo Oráculo de Ghunza não são os únicos monstros a habitar aquelas terras verdejantes e opulentas. Como explicar o quão terrível é aquele lugar para alguém nem sequer cogitar viver lá?

— Lefertahri, se não cooperar, vou precisar usar outros métodos para te fazer falar. Acredito que nem eu, nem você, queremos chegar a esse ponto, certo?

A jovem nega com a cabeça, o peito se apertando diante da ameaça. Antes de responder, espreme os olhos, impedindo a enxurrada de lágrimas de escorrer pelas bochechas.

— Eu só queria ficar próxima da minha família... Eu não quero machucar ninguém! Se a Banshee matasse, eu não teria vindo, mas ela só prenuncia as mortes... eu... eu faço de tudo para proteger a cidade... fui eu quem impediu o ataque da Apófis e...

As palavras de Lefertahri são recebidas com olhares incrédulos. O silêncio pesa sobre ela, e uma sensação de opressão toma conta de seu peito diante da impotência.

Eles nunca vão acreditar na verdade. Nunca vão acreditar nela.

Ninguém acreditaria em alguém com o passado igual ao seu.

Lefertahri até cogita mentir, mas é tão ruim nisso que apenas complicaria a sua já difícil situação. Além disso, para quê inventar algo? Nada do que diga vai tirá-la dali em liberdade, quiçá sairá com vida.

— Está ciente de que sabemos que você é a responsável pelas danças nos trilhos, Lefertahri?

A jovem inclina a cabeça para o lado. O questionamento paira no ar. Eles não podem estar falando sério, podem?

— O quê? — pergunta em um sussurro esganiçado. — Vocês acham que sou eu, quer dizer, a Banshee que está atiçando o Baile dos Atormentados?

— Não, Lefertahri, não achamos. — É o homem quem responde, balançando a cabeça. — Nós *sabemos* que é você.

Impossível.

Sua mente é tomada por um turbilhão de pensamentos que a arrastam em várias direções, enquanto uma ansiedade avassaladora a sufoca.

— Banshees não fazem ninguém dançar até a morte — rebate, seca, uma sobrancelha se arqueando em incredulidade.

Lefertahri leva as mãos à boca, ciente de que utilizar um tom rígido com os policiais pode não ser a escolha mais sensata. Ela sente uma vontade incontrolável de se mover, como se o movimento pudesse de alguma forma dissipar a angústia que a afoga.

— Não tente nos enganar, garota. Não fomos aceitos na CEAG apenas por sermos bons policiais — retruca o homem, a voz mais agressiva do que nunca. Ele não precisa verbalizar que são especialistas nos animais de estimação dos cinco deuses. É de conhecimento geral a dupla formação dos agentes daquela comissão. — Nenhuma outra criatura teria capacidade de iniciar o Baile dos Atormentados.

— Seria mais fácil um anacrom ou uma púca serem responsáveis por isso do que uma banshee, embora não existam registros de qualquer situação parecida causada por eles antes — Lefertahri rebate, a voz trêmula enquanto ela busca por argumentos racionais que sustentem sua afirmação. Seus olhos percorrem o ambiente, tentando encontrar uma saída, e seus dedos, inquietos, brincam com os relógios presos ao vestido.

— Mas não tem nenhum dos dois na cidade, tem? — A mulher inquire, uma sobrancelha levantando.

Não tem, mas...

— Uma púca foi criada pelo Oráculo há uns dois meses. Não poderia ser ela? — Lefertahri se abraça, os dedos suados cravando-se em sua pele com força.

A mulher nega.

— Não teve tempo hábil para ela chegar em Caladuna.

— Mas ela não foi a única criada nos últimos anos...

— Lefertahri — o homem a interrompe, firme. — Não tente nos enganar.

— Não estou tentando, eu juro que não estou!

As lágrimas enfim escorrem pelo rosto da menina e ela prende um soluço na garganta.

— Talvez ela esteja falando a verdade — pondera a mulher, levando uma mão aos lábios.

O rosto da prisioneira se ilumina com o comentário. Por um milagre, a policial lhe dá o benefício da dúvida. Talvez nem precisasse escapar como Banshee à noite, talvez apenas a peçam para retornar à Ilha do Desconhecido, talvez...

— O que quer dizer? — O homem se vira para a companheira, ranzinza.

O furão pula para o ombro dele, e o coração de Lefertahri se desmancha mais um pouquinho diante da traição. Ela se questiona sobre o papel de Ponteiro na operação. A jovem tem conhecimento limitado sobre a habilidade dos furões em serem treinados e usados pelas autoridades; só se lembra que sua mãe adorava essas criaturas quando não havia sucumbido a uma dor tão terrível – dor causada por ela.

Culpada.

Lefertahri sente espasmos nas mãos e nos pés, como se quisesse escapar de si mesma.

— Talvez ela nem saiba que faz isso, já que não tem acesso aos dados — informa a policial.

Os dois a analisam, reflexivos. Lefertahri tensiona os ombros, seu corpo se contraindo em resposta à atenção indesejada.

— Você sabia que quase 80% dos dançarinos nos trilhos vem das casas que você cantou nos últimos três meses? — o homem solta de forma ríspida.

— Quê?

Uma ruga aparece na testa de Lefertahri, enquanto uma sensação sufocante a envolve, como as ondas agitadas do mar. Ela luta no meio desse turbilhão, sentindo-se afogar em suas próprias angústias, sem saber se encontrará forças para nadar à superfície. De repente, o ar ao seu redor se torna escaldante, dificultando sua respiração, e labaredas queimam sua pele. O ambiente se enche de um calor opressivo, como se alguém tivesse intencionalmente alterado a temperatura para cozinhá-la viva.

A náusea também retorna, violenta e avassaladora. Mesmo sentada, seu corpo perde o equilíbrio e ela tem a sensação de cair em um vazio invisível. Gira o rosto em uma tentativa de conter o impulso de vomitar, mas é tarde demais. Seu corpo se curva contra sua vontade e ela libera todo o conteúdo amargo e ácido de seu estômago, o gosto desagradável impregnando-se na sua boca.

— Vamos mantê-la em observação por uns dias — informa a mulher, uma careta de nojo na face. Passos ressoam pelo ambiente, indicando que ela está prestes a deixar o cubículo. — Precisamos entender se pegamos a amaldiçoada certa e, se sim, como se deu essa mutação na banshee.

Lefertahri baixa a cabeça, os olhos fixos em um ponto distante, sem enxergar de verdade. Hesitante, sussurra:

— Se for realmente a Banshee, ela vai sair daqui à noite e... vai criar mais dançarinos? Mas não é possível que seja a Banshee, é?

Ela certamente saberia se a criatura em que sempre se transforma tivesse algum poder além de anunciar óbitos em nome da Morte. Não saberia? Pelos cinco deuses, já não basta uma família perder alguém depois do canto da criatura sombria, ainda precisa lidar com um transe macabro de um familiar dançando apático, sem consciência da realidade e sem perspectiva de retornar ao normal?

Seria possível ser ela esse tempo todo?

Não, não pode ser. Não pode...

— Não se preocupe, menina, você não vai sair daqui — anuncia o homem com uma voz fria e autoritária. Um sorriso sádico se forma em seus lábios. — Nossa cabine é projetada para resistir a seres incorpóreos. A Banshee vai ficar bem quietinha aqui dentro.

A relojoeira congela, imobilizada pela torrente de emoções que a assola. Cada batida em seu peito é um cruel lembrete de sua impotência. Por outro lado, uma frágil chama de alívio crepita dentro dela, como se afastasse momentaneamente o peso de prever mortes e o fardo de ser a potencial causadora das danças fatais.

A sensação, porém, é eclipsada em um piscar de olhos por uma angústia persistente. Lefertahri está aprisionada pelo governo. Qualquer vestígio de esperança é como o reflexo inexistente da Banshee.

Encolhida em seu cubículo, Lefertahri treme quando seus captores se colocam de frente para ela mais uma vez. Seus olhos suplicantes buscam qualquer brecha que possa explorar na dureza daqueles rostos impiedosos, qualquer sinal de compaixão. A jovem sabe que sua liberdade dependerá da sua competência em convencê-los, em encontrar as palavras certas que penetrem a humanidade dos dois.

— Por favor, não...

Com a voz trêmula, articula suas súplicas. Implora para não a levarem à cadeira marfim, prometendo obediência inquestionável e até mesmo o seu regresso à ilha, se assim quiserem. Oferece-se, ainda, para compartilhar seus conhecimentos sobre banshees e outras criaturas, disposta a responder qualquer pergunta que tenham.

— Eu conto o que quiserem, só por favor, a cadeira não...

No entanto, seus argumentos desvanecem no ar à medida que o homem e a mulher trocam olhares cúmplices e cheios de indiferença. Os dois policiais-cientistas estão fascinados pelo material coletado do corpo de Lefertahri.

O homem a puxa pelo braço. Incapaz de reagir, a garota deixa-se levar.

Seus últimos fragmentos de esperança são dilacerados quando, enfim, senta-se na cadeira marfim mais uma vez.

Em Caladuna, preza-se pela produtividade, é claro.

Não à toa, trabalhadores que sucumbem aos males da mente são considerados fracos e indignos, seres vis até que recobrem o juízo. Por isso, não é incomum famílias esconderem os diagnósticos de ansiedade e depressão de seus familiares.

Ninguém quer tamanha vergonha entre os seus.

Os Eissa optaram por esse caminho. Engana-se, contudo, quem pensa que foi por vergonha. Ao contrário da maioria, o Eissa pai teve medo de sua esposa ser maltratada por conhecidos caso descobrissem a depressão pós-parto decorrente do nascimento de Amarna.

Assim, enquanto seu pai lidava com o sustento integral da família e pagava por profissionais para ajudar a esposa, Lefertahri tomou para si o dever de cuidar da irmã recém-nascida sozinha, já que Onurihs continuava rebelde e a mãe rejeitava a bebê.

Durante seis meses, Lefertahri Eissa abdicou do seu sono e das responsabilidades com a escola e com a relojoaria em dedicação à Amarna.

Preferiria, contudo, não tê-lo feito.

CAPÍTULO 14

BOOM!

À medida que Alanis se aproxima dos últimos degraus, as vozes ao seu redor crescem em consonância com sua própria determinação, seu semblante rígido e olhos semicerrados revelando o espírito resoluto que arde em seu interior. O subsolo do Bazar da Fumaça parece menor que das outras vezes que o visitou, ela constata ao parar de frente para as tendas que se espremem entre centenas de pessoas. Não que o aumento de transeuntes no local seja surpreendente, pelo contrário, é um movimento natural conforme rebeldes antigos descobrem o mercado itinerante em suas cidades e novos rebeldes ganham acesso às lojas ilegais.

Alanis só espera que o maior volume de pessoas não atrapalhe seus planos.

Ela atravessa os corredores abarrotados por longos minutos, vigilante a qualquer movimento suspeito. No entanto, parece ser invisível, já que ninguém lhe dedica nem sequer um olhar. Mais do que nunca, a discrição será fundamental. Não à toa, optou por aquele conjunto bem padrão que quase nunca usa e esconde no fundo de suas bolsas de viagem: vestido e corpetes pretos, combinados com uma blusa de manga comprida abotoada – bem no estilo que Lefertahri gosta de vestir. Seus cabelos ondulados caem em cascata pelas costas, exibindo uma serenidade que contrasta com sua verdadeira natureza. Dessa vez, não há espaço para suas peças coloridas e excêntricas, pois deseja ser apenas uma perfeita caladina fazendo compras.

Alanis enfim para em um balcão discreto, localizado nos confins do Bazar. O lojista, perdido em seus próprios pensamentos, parece mais interessado em desfrutar de um cigarro do que em atender os raros clientes que se aventuram a parar em sua loja especializada em ampulhetas. Afinal, em uma era em que os relógios movidos a vapor dominam o mercado com suas inúmeras opções, relógios de areia tornam-se relíquias esquecidas, meros adornos de tempos passados considerados fora de moda pela alta sociedade.

Alanis pigarreia, e o homem bem magro e enrugado lhe abre um sorriso.

— Olá, querida. Em que posso ajudar? — Ele repousa o cigarro em um cinzeiro, soprando a fumaça residual de seus lábios para longe da garota. O cheiro incomoda as narinas de Alanis, mas ela esconde o desgosto em prol de ser bem-sucedida em sua tarefa nesta noite.

— Olá. — Ela se esforça para abrir um sorriso simpático. — Me disseram que você é um fabricante de relógios aposentado. Confirma?

O homem ergue uma sobrancelha e vacila na expressão afável por um segundo.

— Confirmado — diz, como se avaliando se é a resposta que deseja fornecer ou não. O sorriso retorna em seguida. — Em que posso ajudar? — repete, mais incisivo.

— Quero informações. Informações sobre uma tal de eletricidade.

O homem arregala os olhos e leva um dedo trêmulo à boca, um som sibilante escapando por entre seus lábios apertados. Seu olhar ansioso percorre o ambiente por um tempo até que, enfim, libera um suspiro ao constatar que não há ninguém próximo o bastante para escutá-los.

— Não diga essa palavra em voz alta, menina. É um segredo industrial da O'Shea, e apenas de mencioná-la pode resultar em sérias penalidades financeiras.

— Pode ficar tranquilo que não tenho interesse nenhum em roubar segredos industriais de empresas milionárias. — Alanis rebate, ríspida. Então, apoia os cotovelos sobre o balcão e aproxima o rosto do dele, sem cessar o contato visual. — Mas pode ter certeza de que não saio daqui sem a informação que preciso.

— Não fabrico relógios há muitos anos, então lamento não poder te ajudar. Meu interesse agora está no *vintage*, nas ampulhetas. — Ele se afasta e se vira para trás, pegando dois modelos dos relógios de areia nas mãos, um ornamentado com ferro fundido e outro repleto de hieróglifos talhados. — Olha essas belezinhas...

Com uma expressão imperturbável, Alanis desliza uma pequena bolsa de moedas sobre o polido balcão. Ao constatar que captou a atenção do homem, ela abre o saco e despeja as *simpattias* na frente dele, o tilintar de dezenas de moedas despertando um brilho novo nos olhos verdes do lojista.

— Eu sei que ninguém liga mais para essas quinquilharias que você vende, então suponho que isso deva cobrir o custo das informações — pronuncia com uma segurança calculada, sem soar arrogante. — Agora, me diga tudo o que sabe sobre eletricidade.

O homem apanha as moedas com destreza e as faz girar por entre os dedos, examinando cada detalhe com um olhar perspicaz. Por um breve instante, divide a atenção entre as *simpattias* e a jovem diante dele. Há uma ansiedade palpável em seu semblante, expressa por novas rugas em sua testa já macilenta.

Com uma longa expiração e um fechar de olhos demorado, ele assente.

— O que quer saber?

— Tudo. — Alanis sorri, vitoriosa.

— Eu vou assassinar com requintes de crueldade esse moleque se ele não aparecer em dez minutos! — esbraveja Alanis, puxando o cabelo com a mão.

Um som sarcástico irrompe no ar, e Mosi surge na entrada da caverna, com uma mochila de tamanho médio pendurada nas costas.

— Deu para falar sozinha?

— Finalmente! — Alanis levanta os braços em direção aos céus.

O garoto revira os olhos e cruza os braços.

— É aqui que você mora? — Ele adentra o local, varrendo o ambiente com um olhar crítico. — Um tanto sombrio, apertado e, bem, macabro, não acha? Quando você mencionou morar próximo ao Ariosto, imaginei aquelas cabanas de madeira antigas, não o covil de alguma criatura sombria.

E coloca criatura sombria nisso.

— Mosi, eu falei sério. Se você aparecer por aqui de novo...

— Você não se responsabiliza se me matar em um ataque de fúria — ele interrompe, com desdém. — Já entendi.

Não entendeu, não.

Ela não tem a intenção de permanecer no local por muito mais tempo após esta noite, de qualquer maneira.

— Trouxe minhas encomendas?

Mosi examina as revistas em quadrinho de Alanis espalhadas pela mesa, suas mãos deslizando delicadamente sobre as capas coloridas, quando escuta a pergunta. Então, trava o movimento dos dedos e levanta a cabeça devagar.

— Sim, mas quando você me pediu para pegar as encomendas, eu não fazia ideia de que seria um arsenal de explosivos. — Seu tom soa acusatório *demais* na opinião da garota.

Ela coloca a mão na cintura.

— Fica tranquilo. Sua participação aqui já terminou. Pode ir para casa.

Alanis é mais ríspida do que gostaria, mas não quer envolver Mosi além do necessário. Afinal, além de convocá-lo até lá, solicitou sua ajuda para buscar as dinamites encomendadas de um fornecedor antigo no movimentado Bazar da Fumaça. Para seu azar, o mercado itinerante partiria no início desta tarde, impedindo a entrega diretamente para ela, já que a mercadoria não ficou pronta nos dias anteriores. E, pela manhã, sua transformação em Dragão a mantém indisponível.

— Olha, eu sei que você é estressada e grosseira naturalmente, mas hoje está além da conta. Um simples "obrigada" não seria demais, sabe? — Alanis abre a boca, mas Mosi eleva o tom de voz. — Você sabe que não gosto de armas e mesmo assim peguei essas drogas para você. E se acha que nunca percebi a pistola que carrega embaixo dessa roupa larga é menos inteligente do que pensei.

As palavras de Mosi atingem Alanis como um soco, não tanto pelas verdades atiradas com raiva, mas pelo insulto de ser chamada de burra. Ela não tem nada além de seu cérebro, com um QI acima da média dos caladinos – e, por isso, é a esse aspecto que se apega na hora de responder.

— Falou o garoto que mente para si mesmo sobre não gostar de homens só porque no país onde nasceu isso é proibido — dispara, os dentes à mostra. — Você tem a oportunidade de ser e amar quem quiser... Caladuna é uma merda, mas pelo menos faz o mínimo ao respeitar as escolhas individuais de cada um quanto ao amor! E você simplesmente não aproveita isso! Existe burrice maior?

Mosi a encara por alguns segundos, a boca entreaberta. Em um gesto brusco, ele tira a mochila das costas e a arremessa contra uma cadeira. Sem dizer uma palavra, ou nem sequer olhar para trás, irrompe caverna afora, deixando um rastro de tensão no ar.

O coração de Alanis dispara em seu peito, mas ela permanece imóvel. Agora não é o momento para dar atenção aos sentimentos frágeis do adolescente. Sua mente está focada na missão que a aguarda. Resgatar Lefertahri é sua prioridade absoluta. A relojoeira está presa há vinte e sete noites. Alanis nem ao menos sabe se ela ainda vive! Não, Mosi e sua sensibilidade ficarão para depois.

— Aguenta firme, lindinha. Estou a caminho... — murmura como um mantra.

Alanis engole em seco e corre até a mochila. Com movimentos rápidos e precisos, ela a abre e começa a avaliar a mercadoria, verificando com cuidado a qualidade do material e a quantidade presente. Satisfeita com o resultado, prepara-se para partir. Do bolso de seu macacão preto, retira uma máscara de mesma cor e a coloca sobre o rosto. Em seguida, pega algumas moedas e frutas e as enfia na mochila. Por fim, seus dedos tocam sua cintura, confirmando a presença da pistola e das munições.

Dispara noite adentro, agradecendo por não estar chovendo.

Nos dias anteriores, a Alanis rebelde, membro da Engrenagens do Vácuo voltou à vida. E ela fez questão de se lembrar de todos os ensinamentos de Inma e sua ex-sogra sobre colher informações sem ser notada. Foi exemplar, mais espectral que uma banshee, embora não tenha sido uma tarefa fácil, já que o governo ainda mantém sob sigilo a captura de Lefertahri. Precisou acionar diversos contatos e cobrar favores de alguns lojistas rebeldes no Bazar da Fumaça, mesmo sob o risco de ser dedurada por algum deles, até encontrar a primeira pista que a conduziu a um balcão supostamente abandonado. Monitorou-o durante dias.

Colhendo rastros de informação aqui e ali, compreendeu que os miseráveis do governo usaram um tipo novo de energia, desenvolvida pelo fabricante de relógios mais moderno, a O'Shea. A empresa fabricou baterias para alimentar um circuito que controla os ponteiros e a exibição das informações no visor por meio de vibrações em pedras de quartzo conduzidas por eletricidade, mas Alanis não gravou todos os detalhes, muito menos o que significam algumas daquelas palavras. Gravou apenas se tratar de uma tecnologia de ponta, pois, até então, a energia térmica e os mecanismos de engrenagens, molas e outros componentes mecânicos eram os responsáveis por fazerem os relógios funcionarem.

De qualquer modo, ainda há poucas informações sobre essa nova invenção do governo à base da energia criada pela O'Shea. O ex-fabricante de relógios que subornou no Bazar da Fumaça, contudo, acredita se tratar de uma tecnologia que produz correntes elétricas capazes de entrar em contato com qualquer partícula de água em um ser vivo, ferindo-o.

Alanis só não compreendeu, ainda, porque Lefertahri não escapou como Banshee, uma vez que a criatura sombria é incorpórea. De qualquer modo, o fato é que a garota não fugiu de seu cativeiro e a ruiva se recusa a deixá-la à mercê da boa vontade de pessoas que odeiam os condenados.

Por isso, ao se agachar atrás do muro que protege o balcão considerado abandonado, Alanis possui apenas um plano em mente. Nos vinte minutos que se seguem, ela o prepara com cuidado, evitando fazer ruídos ou movimentos que denunciem sua presença na propriedade. Depois, afasta-se o suficiente para garantir sua segurança, mas ainda mantendo uma distância estratégica que lhe permita correr em direção à construção quando o momento certo chegar.

Então, um estrondo.

Alanis observa com um sorriso de satisfação as chamas lambendo a entrada do balcão.

Em Caladuna, simpatia é a característica mais valorizada e estimulada pelas políticas governamentais. Nos grandes centros, nenhum turista ou cidadão honesto será destratado. Há, inclusive, leis que coíbem com multas altíssimas aqueles que forem desagradáveis em uma situação de conflito.

Alanis Dilan aprendeu na Engrenagens a Vácuo que simpatia é uma qualidade superestimada.

— O vácuo moral só será preenchido quando as engrenagens da justiça girarem em favor de todos. Esse é o nosso lema — disse-lhe Inma logo nos primeiros dias de Alanis na liga. — E essa é a senha para reuniões secretas, mercados clandestinos e tal: empatia acima da simpatia. Não conte para ninguém ou... Já sabe.

— Para os subterrâneos do Bazar da Fumaça também? — Alanis se empertigou, eufórica, mesmo diante da ameaça velada.

— Para os subterrâneos do Bazar da Fumaça também — repetiu Inma com um sorriso.

— Mas empatia e simpatia não são a mesma baboseira? — Alanis questionou minutos depois, ao refletir sobre a senha, não escondendo a careta de desgosto. Certo dia, uma mulher, no Centro de Ajuda aos Necessitados, havia lhe dito o quanto ela era empática.

— Não. — respondeu Inma, firme. — Nova lição: embora simpatia e empatia descrevam formas de se relacionar com as emoções e sentimentos dos outros, têm significados diferentes. A simpatia, que o governo quer nos fazer acreditar ser o suprassumo das qualidades que alguém pode ter, é a capacidade de sentir pena, compaixão ou solidariedade, mas sem necessariamente entender os sentimentos ou a perspectiva daquela pessoa. Já a empatia é o que move a Engrenagens, Alanis. Somos fiéis à capacidade de nos colocarmos *no lugar do outro*. Isso traz uma conexão muito mais profunda, percebe?

Alanis assentiu, mas não compreendeu a diferença entre os dois conceitos. A assimilação das palavras de Inma veio dias depois ao presenciar a esposa de um ministro, que a jovem seguia em uma missão de inteligência, interagindo com uma criança com fome em um mercado de rua.

— Pobrezinho — a mulher disse, a compleição triste ao analisar a magreza do menino. — Por favor, deem comida e algum dinheiro para que ele possa se alimentar pelo resto do mês —pediu aos seus seguranças.

Alanis, por sua vez, acompanhou a criança das sombras e, quando ela ficou sozinha, já alimentada e com dinheiro, a jovem enfim se aproximou. Pelas horas seguintes, preocupou-se em conversar com o menino sobre sua família, preferências alimentícias e educação. No fim das contas, levou-o até o Centro de Ajuda e o apresentou à senhora que a protegera uma vez.

A mesma que a chamara de empática.

— Droga — reclamou para si mesma. — Ela estava certa.

Naquele dia, Alanis teve certeza de fazer parte da Engrenagens a Vácuo.

— Empatia acima da simpatia — repetiu antes de dormir naquela noite.

CAPÍTULO 15

O universo em um toque

A primeira vez que tiraram Lefertahri do cubículo espelhado, ainda no primeiro dia, seu coração vacilou ao se animar por, talvez, ser liberada. A sua mente inquieta, porém, sabia ser a esperança de uma tola. Nos milhares de cenários que criou sobre o que fariam com ela ali dentro, ser interrogada por policiais usando máquinas diferentes era o mais provável.

Ela só não antecipou o quanto doeria.

Queriam estudá-la. Muito.

Até então, as pesquisas empíricas feitas em banshees foram à distância, pois não havia como capturar seres incorpóreos. Agora, com a maldita invenção que dá choque em todo corpo de Lefertahri, seja na forma humana ou na espectral, os cientistas possuem mais material para analisar.

Horas após a primeira visita do homem e da mulher, eles conduziram Lefertahri para fora da sala. Cabisbaixa, ela os seguiu em silêncio. Ao sair, confirmou suas suspeitas sobre a vigilância constante no cubículo: o espelho revelava uma visão unidirecional, permitindo que tudo que ocorresse do lado de dentro fosse observado do lado de fora. Em seguida, captou os detalhes exuberantes do laboratório, com tons de madeira e cobre, e todo coberto por tubos e engrenagens. Por fim, seu olhar recaiu sobre uma cadeira marfim, adornada com correntes nas áreas dos braços e das pernas.

Lefertahri engoliu em seco quando exigiram que ela se sentasse ali.

Descobriu estar certa de recear o local, pois, durante a hora seguinte, gritou.

Toda vez que o formigamento intenso, súbito e agudo percorria sua pele, seus braços, pernas e cabeça se contraíam involuntariamente, em um contorcionismo agoniante. Enquanto os testes prosseguiam, vislumbres de súplicas por misericórdia e perdão, escapando de si mesma, vagavam por sua mente e pelo ambiente.

No segundo dia, o homem e a mulher retornaram. Foi quando, enfim, seus torturadores ganharam nome: Ra Comarc e Aineith. Lefertahri também descobriu que os dois são formados em Biosciências e Criptozoologia, o que explica a vaga na CEAG, a organização governamental responsável por conter e estudar os condenados. Não à toa o nome da mulher lhe era familiar. Já havia visto entrevistas dela na imprensa.

Naquele dia, Lefertahri implorou para não ser conduzida à temida cadeira marfim. Argumentou sobre acatar todas as ordens sem questionar, ciente de sua condição como prisioneira. No entanto, os olhares dos dois recaíram sobre os materiais coletados do corpo da garota, mostrando-se muito mais fascinantes do que qualquer oferta que a jovem pudesse fazer.

Assim, retornou à cadeira marfim.

Dia após dias. Na forma humana e na espectral.

Em todas elas, Lefertahri gritou. E gritou. E gritou.

Na décima terceira noite, pela primeira vez, pensou que talvez fosse melhor morrer.

O pensamento a corroeu, mas cravou-se em sua mente como uma presença persistente. Por mais que tenha vivido uma vida miserável nos últimos cinco anos, essa consideração nunca havia se revelado como uma alternativa. Apesar da tristeza que a acompanhava, Lefertahri descobria pequenos lampejos de prazer em sua própria existência, resistindo bravamente à escuridão que ameaçava engolfá-la por completo. Afinal, encontrava encanto em passar seus dias rodeada por relógios ou perdendo-se nos labirintos que os prédios tortos e escuros de Évia formam ou, ainda, vagando por horas e mais horas pelas livrarias e bibliotecas da cidade. Até mesmo a casa na árvore, apesar de sua aversão à vida rural, encontrava um lugar especial em seu coração.

Mas ali, acorrentada, todas essas coisas parecem simples demais para sustentar mais uma hora de Ra Comarc e Aineith estudando a composição da Banshee. Pelas conversas paralelas que Lefertahri captou, um novo estudo revelera que as banshees não são completamente incorpóreas, pelo menos não aquelas amaldiçoadas pelo Oráculo de Ghunza. Contatou-se que elas retêm aspectos essenciais do corpo humano, mesmo que em uma escala infinitesimal, o que explicaria tantos relatos descrevendo o toque de uma banshee como úmido. Mesmo não compreendendo os pormenores da explicação, Lefertahri assimilou que essa água residual é a responsável pela dor que percorre suas entranhas sempre que entra em contato com eletricidade.

Ela grita quando outra corrente elétrica queima seu corpo, vinte e sete dias depois. Agarra-se à imagem do pai acariciando seu cabelo, Onurihs recebendo o mesmo carinho da mãe. Em meio à agonia, tenta extrair forças dos sorrisos radiantes que iluminam os rostos deles, das lembranças pouco vívidas, mas aconchegantes, que aqueles momentos trazem.

Falha.

A dor é tão intensa, que lhe consome por inteiro.

Ela deveria ter fugido assim que percebeu os sinais de o governo colocando sua indesejada atenção em Évia, mas optou por esperar pelos eclipses para executar seu plano de fuga junto de Alanis.

Alanis.

Outro grito excruciante, outro debater inútil.

Como estará a Dragão?, força-se a pensar. *Se for tão astuta quanto parece, já deve ter escapado da cidade.*

Ra Comarc e Aineith questionaram Lefertahri sobre a Apófis, confirmando a hipótese de que o amaldiçoado foi assassinado pelo governo à contragosto da CEAG, que também gostaria de studa-lo mais de perto. A relojoeira não citou Alanis uma vez sequer. Como os policiais-cientistas não sabem da existência dela e acreditam que os boatos sobre um dragão nas montanhas são, na verdade, confundidos com a atividade da Banshee, é mais fácil omitir essa parte da história.

— Aumente a intensidade, Aineith.

Dor. Gritos. Formigamento. Convulsão.

Lefertahri só quer que pare.

Ra Comarc havia informado que dessa vez seria mais intenso, preparando-a para seu calvário – como se ela pudesse ser preparada para suportar tal tormento. É noite com eclipse, ele explicou, o que poderia fornecer dados inestimáveis para o estudo sobre as banshees condenadas.

Ela se contorce e puxa seus braços e suas pernas. Não há como fugir das correntes.

Onurihs, papai, mamãe, Alanis, livros, relógios...

Lefertahri luta para se atar a qualquer fio de raciocínio que a distraia da dor.

Nenhum deles é firme o suficiente.

Outra corrente.

Ela grita.

Aineith e Ra Comarc conversam entre si, embalados pelo suave som de uma caneta rabiscando o papel. Lefertahri busca refúgio nesses ruídos de realidade. A conversa, a escrita, as máquinas a vapor funcionando, uma mosca voando próxima a seu ouvido e...

BOOM.

Abre os olhos no exato momento em que a corrente elétrica cessa abruptamente. Uma onda de tontura a envolve na sequência, como se a gravidade tivesse enlouquecido. Em meio à vertigem, Lefertahri avista Ra Comarc e Aineith desaparecendo em um ponto distante atrás dela. Outras vozes ressoam junto a dos dois, vozes que ela nunca escutou antes. Ao longo de quase um mês em cárcere, a garota não avistou mais ninguém além de seus torturadores.

Algo estranho está acontecendo, ela percebe. As vozes parecem se distanciar.

Por quê?

Uma ânsia de vômito a atinge de repente. Ela fecha os olhos, mas o mundo ainda rodopia. Por instinto, tenta levar as mãos à boca, mas as correntes bloqueiam o movimento. No segundo seguinte, vira a cabeça para o lado e despeja a comida do dia no chão. O gosto metálico lhe dá vontade de golfar de novo.

Há barulho atrás dela – e ela só agradece por ser longe o suficiente para não se tornar insuportável à sua cabeça sensível, que já lateja.

— Lefertahri?

Ótimo, tudo que precisa é ouvir coisas. Está enlouquecendo, sem dúvidas. Como se Alanis fosse se arriscar por ela, ir até lá por ela. Lefertahri apenas se balança, devagar, buscando aliviar a presença insistente da voz da ruiva em sua mente, ao mesmo tempo que tenta controlar a náusea que ameaça se intensificar. Ela se pergunta quanto tempo Ra Comarc e Aineith demorarão. Tudo o que deseja é voltar para a sala espelhada e mergulhar em um sono profundo durante o resto do eclipse até o retorno da Banshee.

Está tão cansada.

— Lefertahri?

— Alanis, saia da minha mente — cicia, raivosa. Não basta ser torturada, agora precisa lidar com alucinações.

— Lefertahri!

Um toque urgente prende as bochechas da jovem e ela instintivamente se encolhe, surpresa pela intensidade do contato. Até agora, os policiais-cientistas se mantiveram distantes da violência física. Ela só torce para que esse gesto não marque o início de um novo padrão de comportamento.

— Por favor — sussurra, sem nem saber ao certo o que pede.

— Ei, sou eu, Alanis — a voz responde, gentil.

— Não é não, você está longe daqui, em segurança. Não está? Eu espero que sim.

Lefertahri permanece de olhos fechados, com medo de que, se abri-los, o mundo girará ainda mais rápido.

— Tahri, abre os olhos. Sou eu. De verdade.

Ela nega, mas o toque retorna às suas bochechas. Dessa vez, de forma gentil.

Devagar, Lefertahri cede ao pedido, consciente de que sua sanidade está se esvaindo após tantos dias de confinamento em um cubículo e sendo objeto incessante de estudos. No entanto, se está à beira da loucura, por que não abraçar a alucinação de ter Alanis ao seu lado? É preferível mergulhar nesse delírio do que suportar a cruel realidade que a cerca, de qualquer modo.

Alanis parece mais real do que suporia sua mente ser capaz de simular.

— Você é tão linda — sussurra Lefertahri, os olhos fixos na alucinação. — Mas você sabe disso. Deve ouvir isso sempre. Se eu pudesse, tocaria no seu rosto agora. E te beijaria.

Alanis-alucinação abre o sorriso torto que sempre desperta sentimentos que não deveriam existir dentro da outra. O cabelo ruivo-alaranjado não está preso pelas tradicionais marias-chiquinhas, mas, sim, por um coque apertado.

Lefertahri pula quando estrondos ribombam pelo ambiente. Há dezenas de vozes também, e ela as sente em seu peito. Tão próximas, mas, ainda assim, parecem separadas dela por uma parede.

A jovem joga a cabeça para trás, o movimento instigando outra onda de náuseas. Então, retorna para o ponto fixo à frente. Para sua surpresa, Alanis-alucinação ainda está ali.

— Você... está aqui de verdade? É real? — ela pergunta, uma pitada de vergonha infiltrada em sua confusão.

Ao mesmo tempo, Alanis diz:

— Precisamos sair daqui agora. Já, já eles descobrem um jeito de abrir essa porta maldita. Sabe onde estão as chaves da corrente?

A voz da ruiva ecoa com urgência, enquanto Lefertahri hesita, ponderando se está imersa em um sonho vívido ou não. Apesar das dúvidas, decide responder. Afinal, mesmo que tudo não passe de um devaneio, a possibilidade de encontrar liberdade em uma realidade alternativa é suficiente para justificar sua cooperação.

— Naquela mesa. — Tenta apontar para uma bancada à direita da melhor forma que a corrente permite.

Alanis dispara até o local e volta segundos depois, um sorriso amplo nos lábios.

— Não achei que essa parte seria tão fácil.

Alanis enfia a chave nas correntes com uma força beirando ao exagero. Em questão de segundos, tanto os pulsos quanto os tornozelos de Lefertahri estão livres do jugo opressivo. A relojoeira mexe os membros libertos várias vezes, os olhos arregalados acompanhando cada movimento.

— Eu estou livre? — Uma sensação sussurra em sua mente que sua voz está arrastada, mas Lefertahri não se importa. Afinal, está livre. Certo?

— Consegue andar? — Alanis toca o ombro da outra com sua luva rendada, e é nesse instante que Lefertahri nota a pistola em sua mão. Um reflexo imediato faz com que ela dê um passo para trás, mas a ruiva a puxa de volta, seu rosto agora mais sério do que antes. — Preciso que se esforce para andar. Eu te dou cobertura. Ah! — A ruiva puxa a mochila para a frente e a abre com agilidade. De dentro, tira uma capa preta com um capuz. — Toma. Coloca isso na cabeça. — A relojoeira obedece.

Se Alanis é uma alucinação, é das boas. Lefertahri está livre por causa dela!

A relojoeira se levanta, meio desajeitada, e dá passos hesitantes antes de recuperar o equilíbrio. Alanis-alucinação encosta nela, oferecendo o ombro como apoio. Com a ajuda, Lefertahri recupera a confiança, permitindo-se caminhar com passos mais firmes. Juntas, atravessam o laboratório, até que seus olhos se fixam em uma porta escancarada que havia passado despercebida.

Não é para ela que Alanis aponta.

— Vamos pelo tubo de ventilação, ok? — Ela indica um buraco perto do chão na parede, em um canto pouco iluminado, perto da porta. — É apertado, mas estou com você.

Lefertahri acena, sem entender completamente o significado das palavras. Apenas obedece e se abaixa, rastejando pelo espaço estreito e enferrujado. Cada centímetro percorrido é uma vitória contra a escuridão e o desconforto. Sua respiração vacilante faz par à tontura que insiste em não a abandonar; o ar empoeirado, com um leve toque de mofo e ferrugem, não ajuda em nada. Enquanto a ansiedade a envolve, pulsando a cada som que ressoa pelo tubo de ventilação, Alanis-alucinação sussurra palavras reconfortantes, guiando-a com gentileza. Não há curvas no caminho, exceto por uma à esquerda.

Ao se levantar, Lefertahri avalia o lado de fora de uma construção velha, cuja cor vermelha desbotou ao longo dos anos. O galpão parece fundir-se com o horizonte, envolto em uma névoa de fumaça que se ergue em espirais e se mescla às nuvens carregadas de chuva. O cheiro acre de queimado penetra as narinas da garota, enchendo seus pulmões com um odor insuportável.

Contudo, mesmo zonza e confusa, Lefertahri experimenta uma sensação genuína de liberdade. E se a liberdade é real, então Alanis, ao seu lado, com um sorriso no rosto e a arma pronta, só pode ser igualmente real. Certo? As bochechas da relojoeira esquentam e ela sente o impulso de fugir da ruiva. Pelos deuses, não bastasse ser torturada por dias, precisava *mesmo* confessar, sem querer, o quão atraente a considera? E ela ainda disse em voz alta que queria beijá-la, não disse? Quanta humilhação uma única pessoa pode passar em tão pouco tempo?

— Como...? — tenta formular alguma frase, mas é difícil. Sentimentos demais lutam por atenção dentro dela, desde alívio e felicidade até vergonha e pânico.

Vozes irrompem de algum lugar à esquerda.

— Depois. Precisamos sair daqui — Alanis esbraveja, erguendo a pistola em direção à movimentação na lateral do galpão. — Corre o máximo que puder. Eu te guio. Agora!

Apesar do corpo exausto, Lefertahri se lança à frente. A cada movimento, ela luta contra a dor e a tontura que a consomem. Logo precisará descansar, mas se esforça para manter-se à frente de Alanis. Em poucos passos, avista uma grade com um buraco tortuoso, indicando que alguém o abriu sem permissão. Passam pelo rombo e, alguns metros adiante, as residências tradicionais surgem à vista. Telhados planos, janelas pequenas e adornos de ferro fundido dão forma ao cenário diante delas.

Lefertahri cambaleia diversas vezes, esforçando-se para manter-se de pé, mas Alanis está sempre ao seu lado, oferecendo apoio com palavras doces e um ombro amigo. A quadrinista a guia por um labirinto de ruas escuras, estreitas e repletas de odores ruins. Em um momento, a ruiva para uma carruagem com um grito e paga um punhado de *simpattias* para que o cocheiro as leve alguns quarteirões adiante. Descem do veículo minutos depois e logo adentram em outro, que as conduz mais alguns metros adiante. O trote do cavalo não ajuda em nada o enjoo da relojoeira.

Vinte minutos em completo silêncio depois, saltam do transporte e Alanis avisa que percorrerão o resto do trajeto a pé. Sem perseguidores à vista, a tranquilidade momentânea engana, mas Lefertahri está ciente da volatilidade da situação. Seu peito arde e a respiração é um desafio à parte, mas ela persiste no ritmo acelerado do seu caminhar.

— Direita e depois esquerda — direciona Alanis quando Lefertahri ameaça desistir.

A relojoeira a fita com cuidado. O olhar da ruiva é firme, seguro, e sua postura, ereta, carrega uma convicção que parece ser forjada de experiências passadas. Lefertahri é tomada por uma súbita consciência de que não conhece praticamente nada sobre a pessoa atrás dela. Alanis compartilhou apenas um fragmento de sua origem em Porto Aurora, mas o que há além disso? Que caminhos ela trilhou naquela cidade? Por que o Oráculo de Ghunza a condenou? O que faz além de escrever histórias em quadrinho?

Lefertahri retorna ao trote, exausta e ofegante. Refletirá sobre o passado de Alanis em outro momento. Por ora, precisa manter-se focada em alcançar a segurança, e isso exige toda a energia que lhe resta. Metros à frente, ela enfim decifra onde está. Esta parte da cidade é tão familiar quanto as linhas de suas próprias mãos. Cada passo que dá, cada curva que faz, confirma o destino final: a caverna da Dragão. Inclusive, é um plano bem óbvio, Lefertahri percebe.

Elas seguem pela Quinta da Lava Seca até a entrada da trilha que leva ao refúgio de Alanis. Assim que chegam na floresta, decidem dar-se um breve descanso.

Lefertahri aproveita para se hidratar. Uma careta de desgosto distorce seu rosto quando a água fresca desce por sua garganta, evidenciando o sabor amargo de um enjoo recente. Antes de beber mais, faz questão de limpar o gosto metálico do vômito que se impregnou em suas papilas gustativas. Em seguida, Alanis lhe entrega comida e, enquanto a relojoeira devora dois pães e uma banana inteiros, a ruiva procura algo em sua mochila. De dentro dela, retira um pacote de balas refrescantes, e os olhos de Lefertahri brilham de desejo. Sem hesitar, agarra o pacote e se entrega às balas com vontade.

— Imaginei que fosse querer... Eu vi o vômito, sabe — explica Alanis, sem um pingo de julgamento na voz. Lefertahri estranha a própria reação, pois a timidez não a domina ao escutar tal comentário. — Mas não demore muito, já já o eclipse termina e precisamos garantir que a Banshee não vá à cidade esta noite — continua, estudando o local a todo momento, em busca de qualquer sinal de emboscada.

— E como eu vou fazer isso? — Leferthari questiona, mais preocupada que irritada, embora o tom saia ácido.

— Que nem eu lidei com a Apófis. Você vai precisar usar tudo que tiver para convencer a Banshee de que não é seguro para vocês irem até a cidade.

Lefertahri assente com uma expressão vaga, seu consentimento carente de convicção. Alanis decide encerrar o breve descanso. Vinte minutos se passam com passos mais comedidos, embora ainda apressados, até as duas enfim pisarem no penhasco que se estende diante da caverna. Os olhos da relojoeira se enchem de lágrimas ao fixar o céu e um sorriso frágil se forma, carregado de uma mistura de gratidão e alívio.

Livre. Está livre.

Sem mais testes. Sem mais espelhos. Sem mais choques.

Tudo graças a Alanis, que, sem qualquer obrigação, escolheu ser sua salvadora.

Lefertahri se vira em direção à garota, e seus olhares se fixam um no outro. Nas íris castanhas da ruiva, há um lampejo incomum de acanhamento e, antes mesmo que a relojoeira capte por completo o significado do brilho inédito, a quadrinista desvia o rosto para o lado. Então, uma brisa sussurra entre elas, e um arrepio percorre a espinha das duas, fazendo-as se encolherem e abraçarem os próprios braços. O ambiente mergulha momentaneamente em um breu com as chamas das grandes velas na entrada da caverna dançando em resposta ao vento. Antes que a coragem abandone Lefertahri por se lembrar de ter se declarado à outra, ela avança um passo e envolve a mão da ruiva com delicadeza.

— Alanis. Obrigada — começa, a voz trêmula — Obrigada por se arriscar por mim, por não ter me abandonado. Obrigada, de coração, obri...

Não dá tempo de terminar a sentença.

Pois Alanis encurta a distância entre os lábios das duas.

O beijo é urgente e intenso, como um raio de sol que rompe as nuvens em um dia chuvoso. As mãos de Alanis deslizam com destreza pelas costas de Lefertahri, puxando-a para mais perto, enquanto seus corpos se entrelaçam em um abraço faminto. A relojoeira arqueja e se derrete nos braços da quadrinista, a realidade superando em muito todas as fantasias anteriores. Os lábios de Alanis são mais delicados do que qualquer seda que já tenha tocado; a pele, tão suave quanto a carícia de uma pluma; e, mesmo depois do resgate emocionante, um perfume de qualidade permanece impregnado no corpo da ruiva.

Elas se fundem cada vez mais, como se fossem ímãs incapazes de resistir à atração um do outro. Lefertahri tenta encontrar uma explicação para tamanha intensidade, mas é como se o tempo se curvasse em torno delas, como se uma energia excitante percorresse todo seu corpo.

Por alguns minutos, Lefertahri experimenta todo o universo em um toque.

E, mesmo após a morte do eclipse, o beijo das duas ainda vive.

Elas vivem.

Alanis tropeça para a frente quando tudo que lhe resta é a umidade de uma banshee. Ao se ajeitar, um sorriso suave permanece em seu rosto, e Lefertahri não consegue deixar de sentir o vínculo inegável que se formou entre as duas amaldiçoadas.

Em Caladuna, há uma compreensão tácita sobre bons filhos: ajudam em casa e são estudiosos. Se não tirarem boas notas na escola, mas demonstrarem esforço, ganham o benefício da dúvida até a idade adulta, quando precisarão provar seu valor como cidadãos respeitáveis em um emprego excelente. Se não ajudarem em casa com as tarefas domésticas, as chances de serem condenados pelo Oráculo de Ghunza triplicam, ameaçam as mães – e ninguém quer arriscar.

Lefertahri Eissa sempre foi uma boa filha.

Até não ser mais.

Cuidar de uma recém-nascida, preterida pela mãe depressiva e pelo pai ausente que lutava para garantir o sustento da família, se mostrou uma tarefa mais desafiadora do que ela previu. Logo, as nove horas de sono regradas foram resumidas a seis, às vezes cinco. O horário reservado para repassar as matérias da escola se transformou na hora do banho de Amarna – e, às vezes, de suas cochiladas à tarde, que começavam a fazer parte de sua nova rotina.

A primeira nota baixa foi um baque para a família.

— Está se transformando na Onurihs, Lefertahri! Que droga! — esbravejou sua mãe, as olheiras e o semblante cansado cada vez mais comuns em seu rosto.

Seu pai tentou ser mais gentil, mas a decepção era visível em seus olhos grandes e castanhos:

— Tudo bem ir mal em uma prova, Tahri, mas da próxima vez estude mais, tudo bem? — pediu, um sorriso fraco nos lábios. Em seguida, saiu de casa para uma entrevista em busca de seu terceiro emprego.

De cinco horas dormindo, o número caiu para três depois daquilo.

CAPÍTULO 16

Com carinho, Tahri

O corpo de Alanis ainda palpita de euforia ao se deitar. Não é apenas o sucesso no resgate de Lefertahri que a envolve em um frenesi, mas também o que aconteceu depois com a garota. Beijá-la não estava nos planos, muito mesmo sentir como se um enxame de borboletas tivesse escolhido fazer um ninho bem no meio do seu estômago – e ela nem tem certeza se borboletas fazem ninhos! Nos últimos dias, há coisas demais que Alanis não sabe ao certo, na verdade. Só sabe que, se continuar assim, sua frustração entrará em erupção na mesma intensidade do Ariosto no passado.

Como foi que Lefertahri passou de uma riquinha chata para alguém beijável? Certo que ela é bonita, inteligente, atraente, decidida, interessante, empática, resiliente e altruísta, mas daí a sentir uma centena de asas de borboletas batendo dentro dela? Um salto gigantesco para se dar em uma noite. Bom, em algumas noites, se for sincera consigo mesma. Já se passaram mais de dois meses desde que elas se conheceram, mas os flertes e provocações eram só uma forma de implicar com a outra por conta da arrogância forçada. No entanto, algo mudou desde então... O que antes era apenas uma ideia distante de um beijo, motivada por pura atração física, se tornou uma necessidade.

Como isso aconteceu?

Alanis bufa, tomada pela frustração e pelo cansaço que é incapaz de se livrar devido aos sentimentos conflituosos dentro dela. O sol está prestes a dominar o horizonte, e ela mal terá três horas de sono. Não que se arrependa de, depois do eclipse, ter seguido a Banshee, de modo a garantir que Lefertahri fosse bem-sucedida em incitar sensações ruins à criatura quanto a se dirigir até a cidade. Para surpresa de Alanis, a tarefa foi mais fácil do que antecipou – e é essa facilidade que a preocupa. A Banshee percorreu a floresta sem hesitação, prenunciando a morte de animais selvagens, quando o normal seria o seu instinto a guiar em direção aos seres humanos, os favoritos da deusa da Morte. Ou seja, driblar esse ímpeto sem grandes esforços, com Lefertahri sendo, provavelmente, muito convincente nas sensações e pensamentos que transmitiu à criatura sombria que habita seu corpo, comprova que os dias de cativeiro deixaram marcas profundas.

Alanis sufoca um urro de dor. Queria ter podido ajudá-la antes, mas, para garantir a liberdade das duas na operação, precisou ser racional, mesmo que seu coração implorasse por impulsividade. Libertar a Banshee durante a noite e esperar que ela seguisse os seus comandos não era uma opção viável. Não, ambas precisavam estar na forma humana e, infelizmente, mesmo doze dias após a captura de Lefertahri, quando ocorreu o eclipse solar, as peças do quebra-cabeça ainda não estavam todas encaixadas na mente da ruiva – além disso, dez minutos não seriam suficientes para concretizar a libertação do cativeiro. O que mais frusta Alanis é que seguir uma linha racional, como costuma fazer para afastar qualquer culpa que possa surgir diante de situações além de seu controle, não funciona agora.

Ela morde os lábios com força.

Essa tática só falhou uma vez. Com Inma.

Não posso ter outra Inma em minha vida.

Alanis cai em um sono leve e turbulento, assombrada pelo rosto da garota loira. Acorda pouco depois com o som insistente do relógio, lembrando-a do amanhecer. Mais irritada do que nunca, caminha, em silêncio, em direção a uma gruta mais abaixo na montanha – seu novo refúgio, onde as correntes a esperam. Para garantir a segurança de Lefertahri durante o próximo mês, até o próximo eclipse lunar, Alanis preparou sua prisão em um ponto distante da entrada da caverna, permitindo que a relojoeira se mova sem o risco de arder em chamas.

O plano explicando em detalhes os próximos passos, inclusive, foi deixado por ela em um caderno aberto em cima da mesa de madeira. Na noite anterior, comunicou também à Banshee sobre o objeto e espera que Lefertahri tenha escutado sob a pele da criatura. A confirmação do entendimento se manifesta quando Alanis retorna à caverna sob o manto da noite, após a Dragão dormir quase todo o dia.

Há uma resposta da relojoeira no caderno, escrita com uma caligrafia preguiçosa.

> Alanis, obrigada por se arriscar por mim. De verdade. Sério, eu não sei como te agradecer. Sei que estou sendo repetitiva, mas é porque jamais imaginei que alguém pudesse fazer algo do tipo. Pensei que fosse ficar para sempre nas mãos do Ra Comarc e da Aineith – inclusive, creio que seja importante trocarmos informações, certo? Esses são os nomes dos policiais-cientistas que me capturaram e, bom, fizeram diversos estudos em mim e na Banshee. Eles integram a CEAG e confirmaram a nossa suspeita sobre o assassinato do menino que era a Apófis.

Prefiro não entrar muito em detalhes sobre meu cárcere, se não se importar.

Enfim, tive muito tempo para refletir sobre como você me encontrou, então imagino que você talvez já tenha essa informação ou parte dela: o governo desenvolveu uma tecnologia nova capaz de capturar seres incorpóreos, o que me coloca em uma situação bem complicada, já que, ao contrário da Dragão, a Banshee não tem como se defender – percebi agora que a maior defesa dela era o medo das pessoas se aproximarem por sua "morbidade". O que quero dizer é: precisamos tomar muito cuidado. Eu preciso, no caso.

Isso me leva ao próximo ponto: tenho medo de ficar aqui por um mês. O seu plano faz muito sentido e confesso que não consegui pensar em nenhuma alternativa a ele, mas um mês tão perto do governo... há boatos circulando por Évia sobre uma criatura vivendo no Ariosto e eles pensam se tratar de mim, então as chances de eles somarem um mais um é enorme. Será que não conseguimos antecipar nossa viagem de trem?

Eu sei que disse que não pensei em nada, mas eu pensei, sim, só que acho a ideia bem ruim. Em vez de irmos juntas até Vapólia durante o próximo eclipse lunar, viajamos ainda essa semana e fazemos trajetos maiores na forma humana. O problema é que precisaríamos ir separadas, eu de dia e você, à noite. Podemos combinar os locais de encontro. Não sei... é arriscado, mas... desculpa, só estou com medo.

Certo, estou escrevendo e escrevendo e escrevendo, tudo isso para evitar tocar no assunto principal, porque sinto vergonha dele. Ok, lá vai: Ra Comarc e Aineith estavam convencidos de que era a Banshee quem, de alguma forma, enfeitiçou as pessoas para dançarem nos trilhos dos trens. Eles fizeram um estudo e parece que em quase 80% das casas onde ela cantou, os familiares que não eram alvo do prenúncio de morte se dirigiram para o Baile dos Atormentados depois... E, aos poucos, conforme os dias passavam comigo lá presa, a Banshee foi pressentindo menos mortes... então talvez signifique que eles estavam certos. Não sei, mas...

E se eu for um monstro pior do que pensava?

Você se arrependeria de ter me beijado?

Alanis risca e joga fora várias páginas do caderno ao longo de cinco horas. Relê a mensagem de Lefertahri outras dez vezes.

É difícil encontrar as palavras e o enfoque certos para respondê-la quando há tanto a ser dito. Frustrada, repassa o estoque de comida, confere quantas *simpattias* têm no relógio-bolso que comprou em uma de suas idas ao Bazar da Fumaça, coloca

Ra Comarc e Aineith em sua lista de pessoas que não teria problema de matar e analisa de novo o mapa de Caladuna em busca de alternativas para atenuar o medo pertinente de Lefertahri.

Falha tentativa atrás de tentativa – já havia traçado diversas hipóteses ao longo das vinte e sete noites em que ficaram separadas. Então, pouco antes do nascer do sol, Alanis respira fundo e decide escrever o que vier na sua cabeça, sem ruminar demais os pensamentos. O que sai em uma bonita letra cursiva é:

Lefertahri,

Já reescrevi esse bilhete umas cem vezes e me dói admitir isso, mas a verdade é que, assim como você, estou com medo (mas se você contar isso para alguém, vou dizer que você é louca). Brincadeira (mas nem tanto).

Ah, inclusive, adorei sua letra.

Já que elogiei sua caligrafia, talvez seja o momento de dizer que eu jamais pensaria em você como um monstro e essa sua hipótese (absurda) não me faria me arrepender de ter te beijado. Vou precisar interromper aqui meu raciocínio, que já não está dos melhores, para te dizer que deixei os livros que comprei de presente para você no Bazar da Fumaça em cima do colchão, assim você tem algo para passar o tempo. Espero que goste (depois me conta o que achou da leitura).

Voltando ao beijo... Eu gostei. Você gostou?

Confesso que ainda estou me acostumando com isso. Não sei muito bem como me sentir a respeito só que... foi bom. Muito bom. Ah, não precisa escrever me dizendo o quanto meu beijo é bom, caso sinta vergonha. Eu sei que beijo muito bem, lindinha.

Por mais que eu queira gastar páginas e mais páginas falando sobre como seus lábios são incrivelmente macios, precisamos falar sério. Dói afirmar isso, mas ainda acho indicado seguirmos com o meu plano. Podemos, se preferir, variar as grutas onde prendo a Dragão, para despistar possíveis espiões. A ideia que você deu já tinha passado pela minha mente, mas consigo pensar em um milhão de formas de isso dar errado.

A não ser que você prefira seguir seu rumo sozinha... Nesse caso, não terei escolha a não ser aceitar sua decisão.

Vou precisar me despedir aqui. O sol chega em menos de trinta minutos e ainda tenho que me acorrentar.

Ah, o caderno preto com estampa de uma chinchila contém informações que reuni para te resgatar. Tem bastante coisa sobre o governo e a nova tecnologia dele. Inclusive, parece que tem relação com relógios e, como você adora relógios, pode se interessar ainda mais (depois me explica sobre eletricidade, porque foi difícil acompanhar o raciocínio da minha fonte em relação a esse tema).

Até breve, lindinha. Espero que pense em mim – pode ter certeza de que eu pensarei em você.

Dessa vez, Alanis não se entrega ao sono durante todo o dia, seu coração batendo em um ritmo anormalmente acelerado. A expectativa de encontrar uma carta de Lefertahri à noite é como um abraço reconfortante e cheio de espinhos ao mesmo tempo.

Seu rosnado interior reverbera no horizonte, em forma de rugido.

Alanis se repreende pelo descuido. Não é interessante agitar a Dragão, pois a criatura eufórica é sinônimo de barulho. No entanto, é uma tarefa desafiadora quando, se não é a doçura de Lefertahri que a tira do eixo, é a insinuação persistente de Inma que ecoa em sua mente, relembrando-a dos problemas que acompanham o ato de se apegar a alguém. Está encurralada entre os sinais de seu coração e a racionalidade de suas lembranças.

É imperativo encerrar os flertes direcionados a Lefertahri o mais rápido possível e comunicar-lhe o erro que foi beijá-la. Sim, é isso que vai fazer, ainda hoje. Alanis reafirma essa determinação ao voltar à caverna, na forma humana. Sem perder tempo, senta-se à mesa, ainda nua. Em cima dela, o caderno está aberto e, nele, há um novo texto ao lado do seu.

Alanis,

Confesso que o autoelogio do seu beijo me arrancou boas risadas. Não se cansa de flertar, não? ~~Aposto que faz isso com várias pessoas.~~ Bom, como você já fez o favor de se elogiar, não o farei por medo de você se tornar ainda mais insuportável. Mas saiba que também gostei ~~(estou morrendo de vergonha~~

Ah, e obrigada pelos livros! Eu adorei. Assim que avançar na leitura, vou deixar aqui meus comentários. E você se importa de eu ler alguma obra sua? Fiquei curiosa com os cadernos ao lado, mas não bisbilhotei ainda. Posso?

E eu jamais deixaria você para trás. Bom, acho que se houver qualquer sinal de que nos descobriram, a gente avisa a outra e damos um jeito de sair daqui então. Inclusive, no caderno de chinchila, escrevi algumas coisas que descobri enquanto presa, além de deixar explicações mais técnicas sobre relógios e eletricidade, como pediu.

Senti falta de você comentar algo sobre a Banshee ser a criatura que causa o Baile dos Atormentados... Gostaria da sua opinião.

Acho que escrevi demais da última vez e acabei te entediando, então termino por aqui.

Ansiosa pela sua resposta. Ah, se puder me acompanhar um pouco à noite de novo... Eu posso não conversar, mas gosto da sua companhia.

Também pensei em você a noite inteira.

Com carinho,

Tahri

Alanis relê o bilhete com um sorriso no rosto, três vezes seguidas. Veste-se e acata ao pedido de Lefertahri, saindo da caverna com apenas uma vela na mão. Na escuridão da mata, cada minuto parece uma eternidade até que finalmente o canto melancólico da Banshee alcança seus ouvidos por entre as árvores. Encontra a criatura pouco depois e, embora os olhos da Banshee não cruzem com os dela, Alanis consegue sentir satisfação emanando da relojoeira.

Se Lefertahri está feliz, é o que importa.

Cinco horas antes do amanhecer, Alanis retorna à caverna, eufórica. No horizonte, uma singela nuvem de fumaça se eleva em direção ao céu, perto do Ariosto. Um pequeno rastro de raiva atinge Alanis ao avistar a possível caça ilegal naquela parte da floresta, mas a pontada de indignação logo se esvai, pois sabe que não possui o poder necessário para intervir, muito menos tempo ou vontade. Afinal, seu único desejo é fazer o oposto do que havia planejado naquela manhã.

Então, segura a caneta tinteiro com cuidado e, sorrindo, derrama seu coração no papel:

Lindinha,

Flertar é um estado de espírito. Não consigo controlar, ainda mais perto de você. Inclusive, sabia que seus olhos são como relógios cuco, cheios de mistérios que anseio por desvendar? Certo, parei.

Consigo imaginar você revirando os olhos agora. Você fica encantadora quando faz isso.

Enfim, adorei caminhar contigo hoje à noite, mesmo a Banshee não me dando bola. Mas preciso admitir que, por mais macabra que seja a voz dela, é bem bonita, sabia? No fundo, é uma doce melodia.

Fico feliz em saber que você não me deixaria para trás. Eu também não te deixaria. E você não me entedia. Pode escrever o quanto quiser. E, bom, pode ler minhas histórias também... não tem nenhuma finalizada, porque possuo o péssimo hábito de sempre começar um projeto novo antes de finalizar os antigos.

O que você está fazendo comigo, Lefertahri? Não sabia que o canto da Banshee tinha o poder de fazer outras pessoas se apegarem a ela (brincadeira).

Não comentei sobre a Banshee ser a culpada pelos idiotas dançando nos trilhos porque acho isso uma hipótese absurda (eu escrevi isso, não escrevi?). Não há registro algum relacionado a essa capacidade e já cansei de pesquisar sobre amaldiçoados nos últimos anos. Pelo contrário, não teve um pesquisador que afirmou que o canto das banshees verdadeiras pode produzir um efeito positivo, tipo acalmar almas amedrontadas? Enfim, eu saberia se fosse uma banshee a causadora dessa confusão toda. Mais parece um anacrom, talvez até uma apófis, do que você (mas também não vejo como ser nenhum deles).

Tira isso da cabeça. Você não é um monstro. ~~Eu que sou.~~

Não falei antes, mas já que o assunto voltou: você pressentiu várias mortes naquele dia, porque, de fato, elas aconteceram. Um maquinista desgraçado achou por bem atropelar na semana seguinte à sua captura, lindinha, centenas de pessoas por estar irritado pelos trilhos bloqueados há tantos dias, atrasando as entregas e, por isso, o pagamento dele. Foram mais de cem pessoas mortas de uma só vez, mas você não tem nada a ver com isso. Os óbitos por esgotamento também vêm aumentando, mas não há uma explicação plausível ainda para o fenômeno. Talvez seja uma criatura nova. Ou talvez uma dessas invenções do governo tenha dado errado e agora eles precisam pôr a culpa em alguém. E quem melhor para culpar do que uma condenada pelo Oráculo de Ghunza?

Eles nos odeiam.

Mas você não é um monstro. Entenda isso de uma vez por todas. Uma mulher tão bonita e doce assim jamais poderia ser monstruosa.

Obs: adorei o complemento às minhas pesquisas. Respondi com outras provocações. Pode comentar por lá?

No dia seguinte, Alanis está tão empolgada para mergulhar na resposta de Lefertahri que quase cai da cadeira, como se o chão tivesse dado um pequeno solavanco. Mas ela não se importa. Tudo o que deseja é sentir o conforto das palavras que vai ler assim que se acomoda no assento.

Lani,

(Posso te chamar assim? Já que você me deu um apelido, posso te dar um também, né?)

Li hoje a história da Soraya e estou encantada com a profundidade. Por que você não termina? Ela é incrivelmente boa e o seu traço mais rústico combina demais com a atmosfera pós-apocalíptica. Sério, foca em terminar seus projetos. Sei que dar início a novos sonhos é sempre muito empolgante, mas aprendi com meu pai que é quando concretizamos os iniciados que compreendemos a verdadeira felicidade por ter feito algo nosso, mas que, na real, é para o mundo, para melhorar a vida de outra pessoa. Experimenta.

Bom, me recomenda a leitura de amanhã? De uma história sua.

Sobre o maquinista, estou chocada. Eu não fazia ideia! Inclusive, finalmente encontrei alguns jornais embaixo da bagunça ao lado da cama e me inteirei um pouco sobre o mundo. Isso do Baile dos Atormentados é uma loucura. Estou preocupada... E se minha irmã, meu pai ou minha mãe forem contagiados? E se for, sei lá, uma doença? Não sabemos nada sobre isso. Pelos cinco deuses, não sei nem se eles ainda estão vivos!

~~*Vou tentar não surtar com essa preocupação, prometo, mas se tivesse como descobrir*~~

E obrigada por dizer que não sou um monstro, mas, bem, não fui condenada à toa... Não precisamos falar sobre isso. Imagino que você também não queira, mesmo sabendo que sua condenação foi injusta. Afinal, não há pessoa mais justa e leal que você, Lani.

Sobre a Banshee, não estou convencida da inocência. Talvez Ra Comarc e Aineith tenham me abalado mais do que gostaria... é uma hipótese, visto os pesadelos que tenho toda noite, mas, bem no finzinho da noite de ontem, a Banshee me deixou livre para guiá-la, pois seu instinto não previu mais nenhuma morte nas redondezas – inclusive, isso é engraçado. Nunca havia parado para pensar no "raio de cobertura" do pressentimento dela. Eu poderia ir à cidade, mas ela não quis. Não sei se querer é a palavra certa, mas, de todo modo, acabei de me dar conta que não sei tudo sobre a Banshee e, pelo visto, ninguém sabe, pois nunca li nada a respeito desse comportamento. Ah! E conheço esse estudo que você citou. É do Antoniel O'mansh, e ele cita, sim, que presenciou banshees verdadeiras acalmando pessoas, mas ninguém nunca aceitou essa informação como verídica. Agora que você lembrou disso: e se essa possibilidade, na verdade, reforçar que uma banshee tem a capacidade de influenciar as emoções das pessoas?

Significaria que ela pode mesmo ser a causadora da dança da Morte.

Enfim, consegui me esgueirar para a caverna e te encontrei dormindo. Você é adorável até roncando (brincadeira. Ou não). Mas fica tranquila, fui embora pouco depois, porque percebi que estava invadindo sua privacidade. Desculpa por isso.

Terei o prazer da sua companhia hoje de novo?

(Respondi suas provocações no caderno de chinchila.)

Com carinho,
Tahri

Alanis se veste e dispara em direção à floresta.

Durante os próximos dez dias, repete o ritual: ir até a caverna assim que se transforma em humana, ler a carta deixada por Lefertahri e sair para acompanhar a outra enquanto ela cumpre com o dever de ser agente da Morte.

Em Caladuna, grandes usinas movidas a vapor pontilham a paisagem urbana, ao passo que trens e dirigíveis atravessam os céus e as ruas estão repletas de carruagens a vapor ou bicicletas. O país é um centro de conhecimento e descobertas científicas, com universidades e instituições de pesquisa renomadas em todo o mundo. Não à toa, é famoso por seus avanços tecnológicos na área de Biosciências e Relojoaria Científica, bem como abrigar um extenso e atrativo polo comercial.

No fim das contas, Caladuna é um país de contrastes, uma nação marcada por fumaça e sombras, onde a luta pela justiça social se mistura com a busca pelo conhecimento e com a gentileza de seus cidadãos que atrai milhares de turistas todos os meses.

Aos quatorze anos, Alanis Dilan já deveria estar acostumada com o ônus de viver em um país como este. Se fosse tão esperta quanto julgava ser, e talvez um pouco menos empática, teria evitado roubar maçãs próxima aos policiais de Porto Aurora – principalmente no ano em que instaurou-se uma política mais dura em relação ao crime de subtração em grandes centros urbanos.

Contudo, se não o tivesse feito, não seria Alanis Dilan, membro da Engrenagens a Vácuo – seria apenas mais uma cidadã silenciada pela cultura opressora a qual estava sujeita.

Quando Alanis se deparou com um menino só pele e osso, furtar meia dúzia de maçãs no mercado da praça era o mínimo que poderia fazer. Esse mínimo deveria sempre andar acompanhado com a máxima de nunca – jamais! – ser pega pelas autoridades.

Alanis falhou em garantir o mínimo.

Ela foi flagrada pela ala da polícia chamada Patrulha de Contenção Urbana (PCU), também conhecida como A Patrulha do Medo.

Alanis e o menino foram levados para a prisão. Lá, em apenas uma hora, desejou conhecer a Morte pessoalmente.

Primeiro, houve o interrogatório em meio a tapas e xingamentos.

Depois, o motivo pelo roubo foi extinguido com uma bala no meio da testa.

Por fim, garantiram que a garota nunca mais subtraísse nada dos outros.

Alanis gritou quando cortaram fora sua mão direita.

CAPÍTULO 17

Culpados não merecem amor

A convivência com Alanis por meio da troca de cartas diárias tem ajudado a diminuir o medo que Lefertahri sente em permanecer em Évia, além da frustração por não ter informações atualizadas sobre sua família. Embora ainda seja estranho não poder voltar para sua antiga casa na árvore, onde seus pertences estão, a garota se consola ao saber que tudo o que tem verdadeiro valor está sempre com ela. Ao lembrar-se disso, seus dedos instintivamente encontram os três relógios presos em seu vestido, os quais ela suplicou para que não fossem separados dela durante o cativeiro. Apenas por um gesto de humanidade, seus torturados acataram ao pedido.

Os dias arrastam-se lentamente, e as opções para passar o tempo tornam-se escassas. Lefertahri já vasculhou quase todas as revistas e livros disponíveis na caverna, devorando cada palavra com vontade. Até mesmo as palavras-cruzadas preparadas por Alanis para entretê-la, em um caderno com estampa de garças-eiaxoras – as favoritas da Dragão, como a ruiva contou em uma das cartas – agora estão todas preenchidas. Apesar disso, a situação tem sido tolerável, dentro das circunstâncias. Alanis se esforça para fazer Lefertahri sentir-se bem, e só a lembrança do doce beijo que compartilharam a preenche de um sentimento tão bom que a tristeza vem com menos intensidade. Antes do resgate, a quadrinista até fez questão de comprar algumas roupas adequadas ao tamanho da relojoeira, garantindo seu conforto pelas próximas semanas.

No entanto, é durante os preciosos momentos de descanso que tudo desmorona. Desde que Alanis a salvou, Lefertahri não tem tido um único dia livre de pesadelos. Não bastasse sentir sua pele queimar com a lembrança das correntes elétricas percorrendo seu corpo, também é obrigada a lidar com a amargura e a vergonha por se sentir uma tola. Saber que um simples furão foi o elo que levou à revelação de sua identidade é um tormento.

Inclusive, a própria ausência de Ponteiro é uma lâmina de dois gumes, cortando as emoções de Alanis de maneira ambígua. Às vezes, uma onda de saudade a envolve e a faz recordar com carinho os breves momentos compartilhados com o companheiro peludo, que despertava memórias felizes de sua infância. Em outros instantes, ela se esforça para sufocar tais sentimentos, pois a traição do animal ainda é uma ferida aberta em seu coração.

Lefertahri comenta sobre suas angústias em algumas cartas para Alanis.

Às vezes sinto que a Banshee se alimenta principalmente de mim. A tristeza me segue como uma sombra. Nunca me deixa em paz. Parece que estou presa num labirinto de sentimentos ruins, e a felicidade é o prêmio para quem encontrar a saída; porém, esta saída é inalcançável.

Se eu pudesse criar qualquer relógio, seria um que me desse a chance de consertar meus erros. Afastei minha família e fui condenada pelo Oráculo. Os poucos amaldiçoados que conheci se sentem injustiçados, mas eu... eu sou culpada, Lani. Tudo o que eu gostaria era de poder voltar no tempo e ter o amor dos meus pais e da minha irmã de novo.

Tive outro pesadelo hoje. Acordei tremendo e gritando. Só quero que eles parem.

A resposta de Alanis é sempre categórica, como:

Li em algum lugar que falar sobre o que nos atormenta ajuda. Pode compartilhar comigo seus pesadelos e sentimentos, sempre que quiser (prometo que não vou julgá-los). Consigo pensar em umas dez formas de você transformar, ao menos os pesadelos, em algo cômico em vez de pavoroso. Pode me contar sem censura. Eu aguento.

Lefertahri tenta se convencer do contrário sempre que o pensamento surge em sua mente, porém, cada vez mais, Alanis Dilan se torna a âncora que a mantém ligada à realidade, uma conexão perigosa, porém irresistível. Como se desconectar se é impossível esquivar-se dos sorrisos bobos e dos arrepios que a tomam sempre que se lembra da ruiva? Nas cartas, transbordam evidências do carinho e da preocupação que Alanis nutre pela relojoeira, não transbordam? Além disso, a quadrinista dedica preciosas horas de sua rotina para estar ao lado da Banshee, todas as noites, e não hesita em compartilhar pensamentos em voz alta, sabendo que Lefertahri a escuta mesmo aprisionada sob a criatura sombria.

Lefertahri se xinga.

Está ameaçadoramente perto de entregar seu coração à Alanis.

Como isso aconteceu com alguém como ela, adepta à segurança acima da aventura?

Abafando os próprios medos, Lefertahri passa a compartilhar os pesadelos com a outra. Desde então, não importa quão tenebrosa seja a cena descrita, Alanis sempre a responde com palavras reconfortantes:

> Depois eu que sou criativa, lindinha. Olha só o que você sonhou. Porém, lamento informar que seu problema seria muito fácil de resolver caso fosse real. Um porco gigante, atacando você e a sua família, morreria rapidamente ao se deparar com a Dragão. E pode apostar que podendo escolher entre humanos e um bom lombo suíno, a Dragão prefere o lombo!

Lefertahri não teve experiências significativas no quesito amor quando mais nova. Contudo, não pode estar louca. Alanis sente algo por ela, não sente? Se não sentisse, não a escreveria com tanta ternura sempre que um fulgor de coragem permite à relojoeira ser ousada e escrever sentenças como:

> Hoje sonhei com você e não tive pesadelos. Foi como se você os impedisse de me alcançar. Sério, obrigada, Lani. Você é minha heroína até nos sonhos.

> Fico feliz em saber que consegui afastar seus pesadelos e te trazer um pouco de segurança, pelo menos nos seus sonhos. Parece que meus superpoderes funcionam até mesmo quando estou dormindo! Quem diria, não é mesmo? Devo admitir que fiquei com um sorriso bobo no rosto ao ler suas palavras. É um prazer ser <u>sua</u> heroína.
>
> A propósito, você comentou sobre a tentativa dos fabricantes de desenvolverem um relógio-comunicação no caderno da chinchila e achei fascinante a hipótese de poder ouvir a voz de outra pessoa em um ponto tão distante. Tenho certeza de que se a ideia vingar, os dirigíveis com

megafones serão aposentados. Sem contar que seria ótimo poder ouvir sua voz mesmo distante fisicamente de você.

Droga, queria não ser amaldiçoada, ou pelo menos, me transformar em um monstro no mesmo turno que você. Sinto falta do seu riso tímido. O que você fez comigo, Lefertahri Eissa?

Lefertahri anseia pelo eclipse solar de hoje, mesmo que dure apenas dez minutos. A expectativa de ouvir a voz pomposa de Alanis, de perder-se em seu envolvente perfume e acariciar sua pele suave é arrebatadora. A possibilidade de um beijo entre elas paira no ar, e essa ideia faz com que as bochechas da garota ardam devido a um calor súbito e intenso.

Na carta anterior, Alanis explicou como encontrar a gruta onde prendeu as correntes, já que a ruiva cumpriu com a promessa de mudar de local com frequência a fim de despistar qualquer um que não devesse encontrá-las. Dez minutos antes do início do eclipse, Lefertahri se posiciona diante da entrada, a uma distância segura das chamas furiosas da Dragão e respeitando o espaço pessoal de Alanis.

Dez minutos depois, Alanis grita:

— Um minuto!

Lefertahri ainda está apertando as próprias mãos e remexendo os dedos sem parar quando a ruiva surge à sua frente, um sorriso maroto no rosto e os fios soltos às costas.

Ela quer enroscar os dedos nas ondas de Alanis e nunca mais soltar.

— Oi — Lefertahri sussurra, falhando em não desviar o olhar.

— Você fica tão fofa quando tímida. Se tivesse usado essa abordagem em vez de tentar me expulsar de Évia, poderíamos ter nos beijado antes. — Alanis coloca a mão na cintura e apoia o peso do corpo em uma perna, o rosto de lado e os lábios ainda curvados para cima.

Lefertahri balança o vestido, sentindo o calor envolvê-la com uma intensidade repentina. Há uma súbita mudança do clima, como se o sol tivesse aumentado sua força em questão de minutos. Como pode o dia esquentar tanto em tão pouco tempo e ainda piorar quando Alanis se aproxima com um passo suave, estendendo a mão para pegar a da outra? Assim que se encontram, os dedos finos da ruiva acariciam, meigos, a pele escura da relojoeira. Um leve arrepio percorre a nuca de Lefertahri, e ela desvia o olhar, envergonhada pelo movimento súbito com o corpo devido ao calafrio inesperado.

— Ouvir sua voz é bem melhor. Eu adoro as cartas, não me leve à mal, mas pessoalmente… — A quadrinista deixa a frase suspensa no ar.

Lefertahri nota um brilho diferente nos olhos da outra, uma expressão encantada que não existia ali antes – a mesma expressão que ela encontra espelhada em seu próprio rosto, refletido nas íris da ruiva. Nesse momento, algo se desbloqueia dentro dela. Seus gestos se tornam mais soltos, suas palavras fluem com facilidade, como se a presença de Alanis ativasse uma engrenagem secreta dentro dela, permitindo que suas emoções se derramem de forma espontânea.

— Lani, eu... — Lefertahri toca o braço da outra, mas logo interrompe o contato. Em seus olhos, um misto de frustração e hesitação dissipa o encanto presente momentos antes. Balança a cabeça e desvia o olhar, um queimar incômodo nas bochechas comprovando o quão perto estava de revelar um sentimento que mudaria tudo entre elas.

— O quê? Você pode contar para mim, Tahri — Alanis pede, a testa franzida em preocupação.

— Nada, besteira minha.

— Lefertahri... — Alanis diminui ainda mais a distância entre as duas e toca o rosto da outra com delicadeza.

Fica difícil para a relojoeira raciocinar com os lábios dela tão próximos assim.

— Eu... — A respiração quente de Alanis roça o pescoço da garota, e todos os pelos do seu corpo se eriçam. — Eu...

— Você... — Alanis instiga, beijando o ponto entre o pescoço e o ombro de Lefertahri.

— Eu te amo — despeja de uma vez, junto de um gemido.

Alanis se afasta no mesmo instante, os olhos espremidos como se não tivesse entendido o que foi dito.

— Amar? — As palavras escapam em um sussurro quase inaudível, enquanto o olhar intenso permanece fixo na garota à frente, a testa franzida.

Lefertahri engole em seco e congela, incapaz de articular qualquer resposta coerente. Uma sensação estranha finca em seu estômago. Faz esforço demais somente na tentativa de organizar os próprios pensamentos, embora um deles se sobressaia.

Você fez merda.

Alanis dá dois passos para trás. O coração de Lefertahri reclama alto em resposta.

— Desculpa? — Uma careta de dor estampa sua face.

— É muito cedo para falar de amor, Lefertahri. — A voz de Alanis é carregada de aspereza, combinando com a expressão dura em seu rosto.

O impacto daquelas palavras rasga o peito da relojoeira. Não deveria doer tanto assim, deveria? Ela tenta se recuperar, seus olhos buscando desesperadamente por uma resposta que amenize a tensão sufocante entre elas.

Não a encontra.

— Desculpa — repete, urgente, o timbre carregado de remorso.

Seu coração ameaça se despedaçar.

— É muito cedo — reforça Alanis. — Não queria ter passado essa impressão... Melhor eu ir, o eclipse está acabando.

Sem nem sequer olhar para trás, ela dispara para dentro da escuridão da gruta. Lefertahri não se mexe, os olhos vidrados no ponto em que a ruiva desapareceu. Três minutos se arrastam em um silêncio delirante, como se a relojoeira não estivesse fisicamente ali. De repente, um rugido selvagem rasga o ar. A garota não se move de imediato, ainda presa em seu próprio estupor. É apenas no segundo rugido, mais alto, que a jovem se recompõe. Ela ajeita as próprias roupas e, vacilante, dá os primeiros passos em direção à caverna.

Nenhuma lágrima cai de seu olho naquele dia.

Porém, quando o manto da escuridão envolve a paisagem, o instinto irresistível da Banshee a conduz em direção à cidade.

Lá, seu canto reverbera mais triste do que nunca.

Em Caladuna, culpados não merecem amor.

Esse axioma se embrenha em todas as esferas da vida dos caladinos. Porém, são poucos os que, de fato, o sentem na alma.

Lefertahri Eissa é uma dessas pessoas. Aos doze anos, a jovem descobriu do pior jeito o que é não merecer amor. Descobriu que até mesmo boas filhas podem se tornar péssimas filhas em uma única noite.

Chovia quando aconteceu. O Eissa pai tinha viajado a trabalho, e a Eissa mãe havia piorado naquela semana. Onurihs não aguentava mais o choro desenfreado de Amarna, então Lefertahri levou a bebê para dormir em sua cama, enquanto ela estudava para a prova no dia seguinte.

Às quatro horas e trinta e sete minutos, ela despertou de um sono que nem se lembrava de ter abraçado.

Já era tarde demais quando se deu conta do erro fatal.

Amarna jazia sem vida embaixo dela, sufocada pelo peso do seu corpo.

Pior do que suportar o próprio grito desesperado, o choro acusatório da mãe, e a expressão vazia da irmã, foi identificar decepção nos olhos de seu pai quando ele retornou.

CAPÍTULO 18

EM GUERRA DE SILÊNCIO, A VERDADE É A PRIMEIRA VÍTIMA

Alanis resvala os dedos sobre as páginas gastas do caderno que tem usado para se comunicar com Lefertahri nos últimos dias. Há uma ansiedade palpável no ar enquanto ela busca confirmar se a sensação rascante em sua garganta tem motivos reais para existir. No entanto, a realidade é inescapável: não há nenhuma resposta da relojoeira nesta manhã, apenas o silêncio das páginas em branco.

A garota sente uma pontada de desapontamento ao perceber que não será sensato procurar pela Banshee na floresta, apesar de seu coração ansiar por isso. Sua reação diante da declaração de amor não era o que Lefertahri esperava. Na verdade, nem ela mesma anteciparia sua saída dramática. Porém, como lidar com o turbilhão de sentimentos que a invade diariamente?

Há momentos em que ela apenas se rende à euforia avassaladora de desfrutar da companhia de Lefertahri. É tão fácil conversar com ela, tão natural. Nesses momentos, os flertes se tornam intensos e as mensagens carinhosas são verdadeiras pérolas da literatura quando apreciadas por aqueles sensíveis à arte. No entanto, há dias em que as lembranças de Inma a esmagam – mas essa parte é fácil esconder por trás de belas palavras.

Droga, ela pensa. *É óbvio que Lefertahri interpretou mal meus sinais.*

Alanis derruba a mesa com força devido ao pensamento seguinte. Cadernos e revistas se espalham pelo ar, folhas voam em todas as direções, uma vela cai ao chão, derramando cera derretida, e uma caneta tinteiro rola pela superfície, deixando rastros de tinta por onde passa. Seu grito de frustração ecoa pelo ambiente, carregado de emoções que não tem certeza se consegue lidar.

E se fosse ela quem estivesse menosprezando os sinais?

Não importa, no fim das contas. Estragou tudo, como sempre.

O desaparecimento do brilho nas íris de Lefertahri ainda a persegue quando ela mesma cerra seus olhos castanhos. Com um suspiro, recolhe do chão o caderno onde trocam as cartas e o segura com cuidado. A lateral dele está marcada por traços de tinta preta agora, os quais ela ignora por completo. Alanis acaricia as páginas já preenchidas, deixando-se envolver pelo carinho embutido em cada palavra que Lefertahri dedicou a ela.

Porém, é só quando folheia despretensiosamente as páginas finais, que encontra alguns rascunhos na caligrafia da outra. Um parágrafo, bem rabiscado, chama sua atenção. Com as mãos trêmulas, ela se esforça para decifrar a mensagem oculta.

Engole em seco quando consegue.

> Na noite em que fui condenada, aceitei que nunca mais seria merecedora do amor de alguém. Perdi o amor dos meus pais e da minha irmã. Perdi o amor-próprio. Tenho certeza de que jamais recuperarei o da minha família. Mas trocar confidências com você, Lani, tem me mostrado que, contra todas as verdades que nos fazem engolir, talvez culpados mereçam, sim, amar e serem amados.

Alanis fecha o caderno com força antes que as lágrimas degradem ainda mais as páginas que testemunham o coração das duas. Ela se abraça, a cabeça encaixada nos joelhos, amaldiçoando-se por ser uma covarde, uma idiota egoísta.

O que eu fiz?

Na noite seguinte, nenhuma carta de Lefertahri chega.

Nem na próxima.

Muito menos na depois dessa.

Preocupada com a relojoeira, Alanis decide dar o primeiro passo na guerra de silêncio.

> Minha doce Lefertahri, sinto falta das suas palavras e até mesmo do canto incompreendido da Banshee. Escuto apenas o rugido longínquo do Ariosto, protestando contra o nosso silêncio.
>
> (Sim, eu amo um drama, como percebeu?)
>
> Podemos conversar?

Na noite seguinte, Alanis tropeça no pé da cadeira e quase cai em cima de tudo quando detecta palavras novas no caderno aberto, pouco abaixo do seu bilhete. Por sorte, as únicas vítimas do acidente são alguns lápis, que rolam pelo chão da caverna.

Estou preocupada. Não consigo guiar os instintos da Banshee e ela está decidida a cantar para humanos. Já é o quinto dia que ela vai até a cidade, mas não adentra muito por falta de tempo. Não sei o que fazer. Não posso voltar para as mãos de Aineith e Ra Comarc. Estou com medo.

Alanis xinga alto.

— Como assim, Lefertahri!? Por que não me avisou!?

Ela corre até a mala onde guarda as roupas e procura pelas vestes e máscara pretas. Suas mãos reviram as peças, espalhando algumas pelo chão, até encontrar as mesmas que usou no dia do resgate da outra. Enfia-se dentro delas com agilidade e, enquanto ajusta a máscara sobre o rosto, confere a presença da pistola em sua coxa. As duas luas parecem emanar um brilho mais intenso do que nas noites passadas quando ela irrompe da caverna com a bicicleta ao lado, como se soubessem que precisam ajudá-la a encontrar o caminho até Lefertahri.

A cada pedalada que Alanis dá montanha abaixo, uma enxurrada de emoções e cenários desastrosos a alvejam. Por um lado, uma onda de revolta a inunda ao lembrar-se da omissão de Lefertahri, alimentando seu desejo profundo de esganá-la por sua escolha leviana. Por outro, a preocupação se infiltra em cada fibra de seu ser, fazendo suas pernas bambearem e falharem. A mera ideia de a relojoeira ser capturada por causa dela faz Alanis xingar o universo aos berros, dividida entre a necessidade de matar Lefertahri por sua imprudência e a angustiante opção de se entregar no lugar dela se for necessário.

Porra, Lefertahri! Porra!

Alanis alcança a base da montanha em uma velocidade impressionante, quase na metade do tempo habitual. Ao alcançar a trilha que conduz ao centro de Évia, sua respiração acelerada mistura-se com o latejar em sua canela e o suor que encharca sua nuca. Normalmente, dedicaria alguns minutos para recuperar o fôlego, mas a gravidade da situação não permite tal luxo. Cada minuto desperdiçado pode ser crucial para Lefertahri, determinando se ela voltará a ver a luz do dia. Com isso em mente, Alanis empurra seus limites físicos e mentais, concentrando-se apenas em seguir em frente.

Durante todo o trajeto, tenta se convencer de que está tudo bem. A relojoeira se dirige até a cidade há cinco dias, o que é de fato apavorante, mas talvez os policiais tenham desistido ou até mesmo ido embora de Évia, à procura da garota em outras cidades. Talvez nem se importem em procurar entre os moradores mais afastados, na região rural conhecida como Quinta da Lava Seca. Essa esperança preenche o coração de Alanis, enquanto imagina a Banshee restringindo sua visita apenas àquele bairro.

Embora Lefertahri não tenha revelado muitos detalhes sobre seu paradeiro, a pista de não adentrar muito Évia sugere que ela esteja vagando apenas pela área próxima às montanhas que levam ao Ariosto.

Ao avistar o primeiro telhado plano e os jarros com samambaias e lírios-do-vale ornando jardins de tamanho considerável, ela estaciona a poucos metros de uma quinta, a mão repousada na pistola. Se Lefertahri estiver por ali, o canto da Banshee será audível, mesmo que sua visão esteja prejudicada devido à iluminação fraca proveniente dos poucos postes de luz do bairro. Alanis concentra-se, um silêncio absoluto enquanto permanece imóvel como uma estátua, por cinco minutos antes de os dedos dos seus pés se moverem sem que ela possa controlar.

— Tahri? — ela chama em um meio-termo entre um sussurro alto e um grito baixo.

Não há vestígio algum da melodia da Banshee.

O ambiente é ocupado apenas pelos cantos vagos e mal definidos de pássaros e insetos. A criatura não está ali. Lefertahri não está ali. O peito de Alanis se contorce, e ela controla uma ânsia de vômito no último segundo de a comida do dia retornar ao mundo.

Talvez ela esteja mais para dentro da Quinta da Lava Seca... Por isso não a escuto. Sim, é isso. Só pode ser isso.

Alanis corre até a bicicleta e pedala por quinze minutos, atravessando umas sete casas até se dar por vencida – por ali, é comum os terrenos serem grandes e as residências, afastadas entre si. Então, para de novo. Escuta o ambiente com atenção, os braços cruzados e os lábios espremidos. Aguarda.

Cinco minutos.

Sete minutos.

Dez minutos. Doze. Quinze.

Alanis tapa a boca com a luva rendada que esconde o punho sem mão e grita, algumas lágrimas escapando de seus olhos.

Nada da Banshee.

Uma luz se acende dentro da quinta mais próxima. É a deixa para Alanis se esgueirar para longe. Então, ela se afasta sem rumo, vasculhando o entorno em busca de qualquer sinal do ser espectral. Será que entendeu a pista de forma equivocada e a relojoeira se referia à outra parte da cidade? Mas qual? Ela gostaria de ter conversado mais com Lefertahri. Se a conhecesse mais a fundo, talvez tivesse a resposta.

Não ousa pensar na hipótese que ameaça esgueirar-se até sua mente.

Não é tarde demais, não é!

Alanis desce da bicicleta e se escora em uma árvore com tronco grosso e respira fundo, os olhos cerrados. Quando era membro da Engrenagens a Vácuo, os mais experientes reforçavam sempre o quanto *contraprodutivo* é se desesperar em uma situação difícil. São em momentos como esse que o raciocínio lógico se faz mais necessário. E Alanis é inteligente, ela é ciente disso. E, acima de tudo, odeia pessoas burras, o que torna inadmissível ser impulsiva em decorrência do desespero que a comprime.

Pensa, pensa, pensa...

Lefertahri escreveu que não consegue mais guiar os instintos da Banshee. Mas ela não estava guiando a criatura nas últimas semanas, estava? Pelo que se lembrava das cartas, a própria Banshee não tinha vontade de afastar-se da floresta. Por que isso mudou?

Alanis abre os olhos, um fio de raciocínio ganhando espaço entre as dezenas que se formam. Embora nem ela nem Lefertahri refiram a si mesmas como a Dragão e a Banshee, respectivamente, os estudiosos afirmam que apenas uma alma habita os corpos humano e amaldiçoado. A quadrinista detesta a hipótese de que os monstros não são seres separados com vidas próprias, mas, sim, manifestações dos condenados. Porém, seguir por este fio pode ser crucial para desvendar o paradeiro da Banshee.

Se a criatura sombria e Lefertahri são uma só, para onde Lefertahri iria, mesmo sem se dar conta?

O Baile dos Atormentados, Alanis pensa, erguendo-se do chão em um rompante. *Sim, sim,* ela se move, eufórica. *Como está magoada, cedeu, mesmo que sem querer, à própria vontade de ver os dançarinos sobre os trilhos...*, estanca os dedos no queixo. *É, para ter certeza de que não é a culpada! É a cara dela fazer isso.*

Por sorte, a primeira estação de trem é perto da Quinta da Lava Seca.

Alanis dispara de volta ao ponto por onde veio, abandonando qualquer preocupação com a discrição. Sua única prioridade é o bem-estar da relojoeira. Sim, a salvará quantas vezes forem necessárias, será sua heroína sempre que precisar, mesmo com as emoções confusas que habitam sua mente. Não, seu coração não está disposto a perdê-la.

Talvez Lefertahri não seja outra Inma.

Talvez Lefertahri esteja certa e duas condenadas mereçam, sim, reencontrar o amor.

Alanis acelera o ritmo, cada pedalada marcada por uma batida de seu coração.

Afoita, depara-se com os trilhos minutos depois. Há dançarinos sobre eles. Dezenas.

Seu rosto se ilumina ao identificar uma silhueta translúcida deslizando por entre a multidão. É quando para de escutar o próprio temor e distingue a melodia sem letra que abraça a cena. Linda. Triste. Expressiva. Cativante para todos que ousam experenciar o canto da Banshee sob outra perspectiva.

— Lefer...

Alanis é interrompida quando, de súbito, a música se transforma em um guincho agudo de dor. A garota puxa a pistola no mesmo instante, já tendo na mira as duas figuras indesejadas. Ainda assim, é impossível evitar seu peito de se comprimir ao notar a Banshee se contorcer, presa a mesma máquina que a capturou antes.

Em Caladuna, as condições dos presídios de segurança máxima para criminosos e das casas de detenção para os que aguardam julgamento são ruins, mas, surpreendentemente, os locais não são superlotados. O receio de ser condenado à maldição do Oráculo de Ghunza ou de cair nas mãos da Patrulha do Medo são o suficiente para manter muitos pecadores na linha.

Depois de conter o sangue jorrando de seu punho mutilado, Alanis Dilan foi encaminhada a uma cela solitária na casa de detenção. Lá poderia ter cedido ao pânico que a esmagava, mas a raiva se mostrou uma presença ainda mais poderosa.

Aceitando-a como aliada, Alanis manteve-se sã.

Isso não vai me parar, faço parte da Engrenagens a Vácuo, repetiu a si mesma ao longo dos três dias que permaneceu enclausurada. Com atenção, Alanis observou a movimentação dos policiais e não foi difícil identificar o rangido e o tremor que a porta da sua cela fazia sempre que a comida malcheirosa era levada até ela. Na sexta noite, ela cansou de esperar por um resgate de Inma ou qualquer membro da liga, mesmo sem um plano bem definido. Apenas se recusava a aceitar a derrota.

Então, aproveitando a menor quantidade de policiais na casa de detenção devido às comemorações do aniversário do Tempo, a garota agiu. Com toda sua força, chutou a porta enferrujada de sua cela. Na quinta tentativa, ela cedeu. Usando somente de sua intuição para tentar chegar à entrada, disparou pela instalação, rezando aos deuses para não esbarrar com alguém nos corredores. Quase falhou dezenas de vezes, precisando se esconder dentro de armários e portas destrancadas.

Em um desses desvios, constatou que o Destino a escutou.

Por sorte, terminou dentro de um pequeno depósito de materiais inflamáveis. Havia muita "essência de fogo", extraída das vulcônias, planta que cresce ao redor do Ariosto. O óleo é usado com frequência para produzir munição e outros dispositivos para as autoridades – então Alanis decidiu que faria bom uso do ingrediente.

Com raiva, a garota agarrou um galão e espalhou o líquido pelo depósito e pelo corredor vazio. Em seguida, acendeu um fósforo e o atirou no rastro de essência de fogo, que lambeu em chamas bem rápido.

O fogo alcançou o depósito em segundos.

A explosão foi violenta, mas Alanis já havia disparado para longe, o coração acelerado rezando aos deuses para que encontrasse um abrigo. Foi derrubada pela ferocidade da detonação, mas ganhou apenas pequenos arranhões e marcas roxas pelo corpo com a queda. Minutos depois, em meio a gritos de carcereiros e de alguns prisioneiros desafortunados, Alanis encontrou a saída. Aproveitou o caos para sumir em meio à multidão, rumo à liberdade e à companhia dos rebeldes.

As chamas no centro de detenção arderam por horas antes de serem controladas.

CAPÍTULO 19

Estamos um relógio quebrado

O coração de Lefertahri dói ao caminhar em meio ao Baile dos Atormentados, com tantos dançarinos alheios à realidade, os olhares vazios e os sorrisos deslocados em seus rostos. Não é raro atravessarem-na, ignorando por completo a umidade que resta em suas peles depois do contato. E como poderiam, já que não percebem nem a si mesmos?

Por vezes, a Banshee oferece sua melancolia à noite em forma de melodia – um acontecimento incomum e perturbador. Afinal, não é normal que a mensageira da Morte prenuncie o óbito de alguém no meio da rua. O instinto da criatura sempre a guia para o local onde o destinado para morrer reconhece como lar. Portanto, cantar ali significa que muitos deles já adotaram aquele ponto como sua nova morada, fato que desperta sensação ainda pior na garota.

Seria mesmo ela a culpada por algo tão cruel?

Junto da tristeza, o peito de Lefertahri acumula temor. A Banshee se dirige até lá noite após noite desde a briga com Alanis. Embora seja uma região que agora os moradores de Évia evitam devido à multidão imersa na insólita coreografia sobre os trilhos, como se o fenômeno fosse contagioso para todos que se aproximam, ainda assim permanece dentro dos limites da cidade.

Àquela hora da madrugada, apenas um trem, não muito cheio, parte em direção a Alun. Lefertahri teme a longa locomotiva a vapor, pois pode ser notada por algum dos passageiros, principalmente quando ela precisa desacelerar para não atropelar ninguém. Às vezes, quando não há policial por perto para dispersar a aglomeração, o veículo até mesmo precisa parar e aguardar que os bailarinos dancem para fora dos trilhos.

Lefertahri especula que ao longo do percurso do trem há diversos pontos onde os dançarinos se reúnem, tornando difícil para a polícia intervir e liberar a pista a todo momento. Na noite anterior, por exemplo, o local estava notavelmente mais vazio, sugerindo que as autoridades haviam recolhido muitos dançarinos durante o dia e os encaminhado, de forma coercitiva, para hospitais ou Centros de Ajuda aos Necessitados. Lefertahri, alheia às últimas notícias veiculadas pelos jornais, também tem a sensação de que o assunto em questão está sendo tratado com menor ênfase pela imprensa. A ausência de jornalistas nas redondezas apenas reforça essa percepção, até porque é uma prática comum do governo coibir a disseminação de informações do tipo.

A discrição sobre o tema é bem-vinda por ora, embora preocupante no geral. Afinal, Évia pode ser uma cidade pequena em um país de proporções igualmente modestas, porém o fato de não terem conseguido conter um acontecimento tão estranho por tanto tempo revela a incapacidade do governo em lidar com o Baile dos Atormentados. Ser discreto, contudo, não significa que não estejam agindo. Por isso, ainda persiste o temor de que Ra Comarc e Aineith estejam à sua procura. Se alguém mencionar aos cidadãos locais onde o canto da Banshee tem se concentrado nos últimos dias, será apenas uma questão de tempo até eles a encontrarem.

Lefertahri se repreende por não ter comunicado a Alanis sobre o problema antes. Contudo, a dor da rejeição ainda esmaga seu peito toda vez que se lembra do pavor refletido nas íris castanhas da ruiva à menção da palavra "amor". Mas não pode culpar a quadrinista por se assustar, pois foi apressada demais em sua declaração. Pelos cinco deuses, a relação entre as duas ainda é muito recente, com apenas dois meses de conversa e três meses desde que se conhecem.

Mas por que Alanis precisava tornar tudo ainda mais complicado? Será que não poderia ter reagido com um pouco mais de compreensão diante da declaração desajeitada de amor de Lefertahri? E ainda tem o bilhete, escrito como se o que aconteceu entre as duas não fosse nada, apenas um jogo. Como pode a relojoeira ser tão ingênua? Se estivesse na forma humana, suas bochechas queimariam de vergonha com as lembranças.

Determinada a romper com o ciclo de autotortura, a garota se força a direcionar a atenção para o mundo real. A Banshee está cantando, mas a relojoeira não identifica o dono do chamado. Pelos olhos da criatura sombria, observa os dançarinos com perspicácia. Os semblantes vazios dos participantes do Baile levantam dúvidas. Será que, assim como ela, também se atormentam em suas mentes ou a aparente felicidade em meio ao transe que os envolve é real para eles? A jovem questiona-se, lutando para compreender o verdadeiro significado do ritual em que estão imersos e como pode ajudá-los a retornar à realidade. Por outro lado, anuviar-se por completo dos problemas às vezes soa como uma vantagem.

Seus devaneios são interrompidos quando um grito a alcança.

— Ra, agora!

Lefertahri congelaria se pudesse, mas a Banshee faz isso por ela ao detectar o perigo. O canto lúgubre cessa frações de segundos antes, como se a criatura tivesse cogitado seguir seu instinto de fugir dali. Porém, o som dá espaço a um guincho agudo. A relojoeira se lembra bem da sensação de ter cada pedacinho seu fritando com choque elétrico. Mesmo na forma espectral, a dor é intensa.

Ra Comarc e Aineith a encontraram.

Numa agonia repetitiva, seus membros se encontram, mais uma vez, inertes. O desespero em seu peito se transforma em um lamento ensurdecedor da Banshee. É uma sensação dilacerante, como se sua essência estivesse sendo fragmentada. Ela luta para escapar, em vão. O tempo se distorce devido ao tormento, e ela sabe que, embora pareça uma eternidade, apenas alguns segundos se passaram desde o início da tortura.

Os dançarinos continuam dançando e dançando e dançando.

Um pensamento aflitivo atravessa a mente de Lefertahri em meio à dor. Alanis ficará preocupada quando ela não retornar. Um lampejo de remorso surge, e ela deseja que tivesse se despedido de maneira mais afetuosa do que a resposta que escreveu antes de partir naquela noite. Agora, é tomada pela sensação aguda de que as palavras não ditas podem ser seu último legado.

Um estrépito corta o ar. Depois, outro.

Dois outros guinchos se juntam ao da Banshee instantes antes de o choque se findar de repente. O corpo espectral da criatura é a única coisa que mantém Lefertahri em pé, e a dor intensa permite apenas que seus olhos vagueiem pelo ambiente, incapazes de fixarem-se em algo.

— Aineith, não é? Você tem dez segundos para largar o controle antes que termine como seu companheiro.

Essa voz.

— Lani? — Lefertahri tenta dizer. Para sua surpresa, os olhos se arregalando, o sussurro desliza pelos lábios da Banshee. — Como...?

É difícil terminar a frase, mas a jovem percebe que não importa como Alanis a encontrou, muito menos como ela mesma conseguiu pronunciar o apelido da garota estando sob controle da criatura sombria. O que importa é que a ruiva está ali – e, se está ali, é porque se empenhou em achá-la. Uma sensação vigorosa de alegria se alastra dentro dela, e Lefertahri deseja correr em direção à quadrinista, abraçá-la, beijá-la.

Seu corpo não a responde.

— Dez, nove, oito, sete... — Alanis conta, a voz um pouco abafada, parando ao lado da Banshee.

A garota possui uma expressão ainda mais rígida do que no dia que resgatou Lefertahri. O cabelo está oculto pela veste preta, uma máscara cobrindo todo o rosto com exceção dos olhos. Ela fita Aineith com um brilho raivoso, assassino. Ao lado da policial-cientista, há uma pistola abandonada no chão e a mão dela está manchada de vermelho, totalmente deformada, o braço caído rente ao tronco.

Lefertahri baixa o olhar, e é quando se dá conta de Ra Comarc espatifado no chão. Um frio percorre sua espinha ao testemunhar o sangue jorrando de seu peito, os olhos desprovidos de vida.

— Pelo amor de todos os deuses — deixa escapar.

Alanis não se move, apenas lhe lança um breve olhar de soslaio.

— Calma, vamos conversar.

A voz trêmula de Aineith reverbera pelo ambiente e não esconde a dor intensa que ela tentar esconder. Dá um passo vacilante para trás, mas a mão inteira permanece firme no controle que ativa a máquina de choque – que possui um invólucro de metal polido com tubos de cobre e válvulas conectadas. Sons metálicos ressoam e faíscas azuladas dançam pelo ar.

— Seis — Alanis diz mais alto, por cima da fala da mulher —, cinco…

— Garota, você não quer fazer isso. Já matou um policial renomado e atirou em mim.

— Quatro, três…

Aineith levanta o controle, como se mirando em Alanis.

Lefertahri grita.

Outro estrondo.

Um baque pesado e urros de lamentação.

— Ninguém vai machucar a garota que eu amo — rosna a ruiva.

Aineith cai de olhos abertos ao lado de Ra Comarc. Ela se esforça para conter a hemorragia em seu peito com a mão ensanguentada, mas logo seu olhar petrificado revela que sua jornada em Caladuna terminou.

— Obrigada — Lefertahri diz assim que Alanis acende algumas velas para iluminar a caverna.

— De nada. De novo. — A ruiva abre um sorriso cansado. — Você está bem?

— Sim — Lefertahri também obriga a Banshee a sorrir. — Pela décima vez, sim.

— É, estamos um pouco repetitivas — a quadrinista conclui, sentando-se à mesa. Ela passa a mão pelo caderno que trocam recados.

Os olhos de Lefertahri grudam em Alanis, seu coração saltitando como uma criança com uma sacola de doces recém-aberta. Ela suspira, na tentativa de desanuviar o peito devido às últimas horas. Intensas. Não à toa, dezenas de sentimentos diferentes se confrontam dentro dela. De um lado, há medo por quase ter sido capturada e, agora, pelas duas serem responsáveis pela morte de dois policiais-cientistas – pelos deuses, Alanis precisou matá-los para salvá-la *de novo*. Do outro, há euforia devido à confissão da ruiva de que também a ama, se Lefertahri não tiver alucinado. Há ainda uma curiosidade preocupante, uma vez que, no caminho de volta à caverna, Lefertahri sentiu cada pequena mudança no instinto da Banshee, que, depois do ataque dos policiais-cientistas, ofereceu o controle consciente e total à garota, substituindo a força do instinto. É uma sensação estranha, diferente de quando termina seu dever como mensageira da Morte e a Banshee a liberta para fazer o que quiser.

Com tantos pensamentos fervilhando em sua mente, seu raciocínio parece travado, incapaz de processar qualquer coisa de forma coerente. Não é surpresa, levando em consideração as circunstâncias. Afinal, sofrer uma descarga elétrica tem suas consequências.

— Nossa, estou acabada. — Alanis se espreguiça na cadeira, quebrando o breve silêncio que se instalou entre as duas. — Me sinto um relógio quebrado. Essa noite foi… pesada.

— Sim — Lefertahri permanece imóvel, sua mente dificultando sua permanência na realidade. Embora haja uma infinidade de assuntos para abordar nesta noite, a perspectiva de trazer à tona certas questões é assustadora. Então, ela opta pelo caminho mais fácil, aproveitando que Alanis já os citou: relógios. — Me lembrou de como me senti tentando consertar um relógio-sentimentos nos últimos meses: perdida nessa mistura confusa de esperança e desespero. Por mais que eu tenha avançado, acabei em um beco sem saída. — Ela ri, sem humor.

— Bem isso mesmo — concorda Alanis, sem tirar os olhos da Banshee. — Escuta…

O peito da relojoeira dispara, antecipando a mudança de tópico e a direção que a conversa tomará. Portanto, continua falando e desvia o olhar da outra.

— Mas acho que encontrei a solução, sabe? É um relógio da O'Shea, a fabricante conhecida pelas inovações. Acho que deve ter algo a ver com eletricidade depois do que você me contou no caderno de chinchila. Estou pensando em como fazer para abrir a caixa da bateria. Antes eu pensei que essa caixa protegesse a pedra de quartzo, sabe? Então nem mexi nela.

— Você pode usar essa bela máquina que trouxemos para te ajudar a explorar as opções. Adorei que o modelo dela é portátil e dá para levar para qualquer lugar — sugere Alanis, o escárnio se insinuando nas palavras. Lefertahri não se importa, pois já compreendeu que é o jeito da outra de se comunicar. Quando a relojoeira não se move, Alanis aponta para a máquina de choques usada para torturá-la, a qual a garota pegou após matar Ra Comarc e Aineith.

— Ah — diz Lefertahri, enfim compreendendo.

— Aposto que você pode desmontá-la e descobrir várias coisas novas sobre relógios, já que ela foi montada à base de tecnologia relojoeira, não?

— Sim, faz total sentido. — Há animação na voz de Lefertahri, e ela se levanta da cadeira onde está sentada e dá um passo em direção à máquina antes de se segurar. Na forma espectral, não conseguirá trabalhar nisso. — Obrigada. De novo. Você sempre tem ótimas ideias.

— Eu sei. — Alanis faz um gesto de falsa modéstia com as mãos.

— Se quiser me ajudar depois…

A ruiva ri, e Lefertahri se encolhe dentro da Banshee.

— Ah, Tahri. Eu sou uma garota das ideias, da paixão pelas artes, pelas palavras e pelos jogos lógicos. Ficar mexendo em engenhocas tecnológicas não é o meu forte. Mas você, ah, você é incrível nisso. É um talento que me deixa admirada, de verdade.

O peito de Lefertahri alivia ao compreender o motivo da risada. Mentalmente, ela se repreende por sempre achar que os outros estão julgando-a. Por algum motivo, Alanis a acha incrível, então talvez ela seja mesmo.

E, apenas talvez, ela tenha falado sério quando disse que a amava.

— Obrigada…

— Tahri, não precisa me agradecer por dizer a verdade. — Alanis se inclina para a frente e gira a cadeira, de modo que seus olhos possam analisar melhor o ser espectral. — Você é fascinante. Olha só como, de algum modo, consegue controlar a Banshee. E não vem me dizer que é porque os instintos pifaram… tem algo a mais.

— Eu acho que são mesmo os instintos — Lefertahri afirma, embora não acredite no que diz. A verdade é que ela não faz ideia do que está acontecendo com seu corpo nesse exato momento. Em diversos níveis.

Alanis se levanta, e a relojoeira precisa usar todo seu autocontrole para não se mover. Sua boca, contudo, desanda a se mexer:

— Sei que você comentou que me achou por se basear na teoria de que condenados e criaturas são uma alma só, mas honestamente, não tenho certeza. Alguns estudiosos mencionaram que pessoas no passado conseguiram controlar os corpos humanos e amaldiçoados, mas não há provas concretas e o governo nega essa hipótese. É por isso que a existência da ilha para nos exilar é tão importante e...

Alanis para em frente a Lefertahri e, com os olhos castanhos fixos no da outra, a interrompe:

— Tahri, é sobre isso mesmo que quer conversar?

O que responder quando, mesmo sob a forma espectral, Lefertahri sente o corpo derreter ao ouvi-la dizer seu apelido com tanto carinho?

— Eu... não sei... olha... quer falar sobre como agora somos procuradas por sermos condenadas pelo Oráculo e ainda termos matado dois policiais?

Alanis se encolhe por um piscar de olhos.

— Ah, isso? Besteira. Nem é tão ruim assim. — Lefertahri ergue as sobrancelhas e Alanis revira os olhos, adotando um tom sério. — Tudo bem. É *muito* assustador, mas precisamos falar sobre outras coisas antes de percebermos que nossa vida acabou.

— O que? — Lefertahri gagueja. — Nosso plano para ir embora...?

Alanis ergue a mão, um dedo levantado, e o posiciona na altura dos lábios grossos da garota.

— Eu queria que você fosse humana agora — confessa a menina, abaixando a mão quando a relojoeira se cala.

Será que dá para escutar ou ver meu coração saindo pela boca?

— Acho que te devo um pedido de desculpas... — continua, perto da orelha de Lefertahri. — Então, desculpa, minha riquinha linda. Eu não deveria ter te afastado daquela forma.

Se a Banshee precisasse de ar para sobreviver, estaria morta agora.

— Desculpa se te pressionei de alguma forma — a relojoeira dispara, uma palavra se sobrepondo à outra —, se fui muito afobada...

— Não, Tahri. Eu só fiquei... receosa por conta da minha ex-namorada.

Lefertahri inclina a cabeça para o lado, as sobrancelhas se erguendo em uma expressão curiosa. Seus lábios formam as palavras com suavidade, mas há uma leve inquietação em sua voz, bem como uma pontada de preocupação nos seus olhos:

— Você tem uma ex-namorada?

— Sim, mas me deixe terminar. Ela não é importante. Você é. — A relojoeira se remexe quando seu ventre esquenta e algo *diferente* se agita logo abaixo. Ela jamais imaginaria ser possível ter tantas sensações físicas enquanto Banshee. — Fiquei com medo... É que eu sinto tanta raiva há tanto tempo, Tahri. E você... você me faz sentir algo diferente. Coisas boas. É como se eu tivesse esquecido como é viver essa alegria ingênua, essa gratidão por poder conversar com você e ter a esperança de que tudo vai terminar bem... fiquei presa por tanto tempo no que aconteceu comigo, nas injustiças desse maldito país, que acabei esquecendo que o mundo é muito mais do que apenas o ódio que me rodeia.

— Eu te entendo. — Lefertahri levanta uma mão e acaricia a bochecha de Alanis. Espera que a umidade transmita o sentimento que grita em seu interior depois de a ruiva abrir seu coração com ela. *Com ela!* — Eu também estava assim... acho que ainda estou um pouco. — Se Alanis conseguiu falar, ela também conseguiria. Então, pega fôlego para continuar. — Só que, no meu caso, é a tristeza que me afoga todos os dias. E... não sei, mas com você, sinto que posso respirar de novo. É tão bom, Lani... acho que somos, não, melhor, *estamos* um relógio quebrado, mas todo relógio pode ser consertado com dedicação.

Alanis aproxima mais o corpo das duas, e Lefertahri só quer ser humana para sentir o calor da outra.

— Sei que não tenho o poder de curar sua tristeza, mas só de saber que de alguma forma ajudo a tirá-la de você, já fico contente. Você merece ser feliz, lindinha. Você é a pessoa mais doce, inteligente, resiliente e maravilhosa que conheço.

— Você também...

— Eu te amo, Lefertahri Eissa — Alanis a interrompe, o rosto tentando encostar na mão espectral em sua bochecha. — Eu te amo de verdade.

Lefertahri não tem certeza se consegue falar algo que faça sentido ou se seu corpo apenas responde aos estímulos de Alanis agora. O momento parece quase irreal, um sonho. Ela se questiona se é possível que a quadrinista esteja realmente se declarando diante de seus olhos.

Se em algum momento sentiu medo neste dia, não se lembra.

— Também te amo, Alanis Dilan — sussurra, as palavras mal escapando de seus lábios.

— Queria poder te beijar. — Ela sorri e leva a luva rendada e a mão ao rosto de Lefertahri. — Queria conseguir te tocar.

— Eu também...

— Mas é bom assim... — Alanis se afasta, um sorriso viperino no rosto. Senta-se de novo na cadeira antes de voltar a falar. — É bom que você fique com vontade, Lefertahri, porque a próxima vez que eu te beijar, vai ser inesquecível. — Antes que a Banshee recupere o chão que ela nem precisa para caminhar, Alanis muda de assunto, o sorriso se alargando ainda mais ao perceber a timidez crescendo no rosto de sua amada. — Agora me conte sobre você.

— O que quer saber? — balbucia Lefertahri, as mãos unidas frente ao corpo.

— Tudo — afirma com segurança. — Quero te conhecer por inteira.

Então, elas conversam. Em meio a palavras sussurradas e olhares profundos, segredos são revelados, e as feridas da condenação que carregam, compartilhadas. Mesmo sem se tocarem, durante as horas que se estendem até o amanhecer, Lefertahri e Alanis se entregam uma à outra.

Em Caladuna, os julgados pelo Oráculo de Ghunza são selecionados por meio de um sorteio que elege dois por cento dos moradores de cada cidade para a cerimônia de avaliação.

A sorte é um requisito imperativo nesse processo, ordem dada pelos próprios deuses. Isso porque a seleção aleatória é a prova da imparcialidade e da justiça das divindades na hora de julgar os humanos. Nem mesmo as autoridades são capazes de subornar alguém para não serem avaliadas pelo Oráculo.

Para azar de Lefertahri Eissa, seu nome foi sorteado no ano 92 Pós Sethara's Fúrnis.

Denomina-se o ritual no qual o sorteio é feito de Justiça Divina e ele acontece presencialmente na principal praça da capital, Alun, pela manhã. Nas horas seguintes, transmite-se a lista dos selecionados às demais cidades do país pelos dirigíveis do governo. Em Évia, é comum a população se reunir na Praça do Alarido para conhecer os nomes dos desafortunados.

A Justiça Divina aconteceu um mês depois da morte de Amarna.

Um mês sem que a família de Leferthari lhe dirigisse mais palavras do que o necessário.

Ao escutar seu nome gritado pelo megafone, a jovem gelou, seu coração acelerou e uma súbita falta de ar lhe invadiu. Suas costas queimaram com olhares em cima dela e, aflita, levantou a cabeça em busca do reconfortante e costumeiro apoio no rosto de seu pai. Precisava das palavras de conforto, do abraço apertado e do colo da pessoa em que mais confiava no mundo.

Mas ele não a fitou de volta.

CAPÍTULO 20

Se a Banshee não cantou, estamos à salvo... certo?

A história de Lefertahri ainda ecoa na mente de Alanis dois dias depois de as duas compartilharem os eventos passados que as levaram até aquele momento. Enquanto reflete sobre os acontecimentos, ela sente uma mistura de raiva e empatia pelas lágrimas derramadas pela garota. Isso ocorre principalmente porque, indo contra a afirmação da relojoeira, a ruiva tem convicção de que a condenação de Lefertahri pelo Oráculo de Ghunza é um equívoco.

A morte de Amarna foi um acidente trágico. Embora Alanis não tenha expressado isso para Lefertahri, devido ao profundo laço que a garota mantém com os pais, se houver alguém a ser responsabilizado, seriam os dois adultos que não reconheceram o sacrifício da filha mais velha em assumir uma responsabilidade que cabia a eles, não a ela.

— Não importa que foi um acidente! A culpa é minha, entende? Eu dormi... eu... eu... — Lefertahri esbravejou naquele dia, balançando a cabeça em uma negativa veemente.

— Você não pode se culpar para sempre...

— Não? Pois o Oráculo de Ghunza já fez isso por mim — ela rebateu, mais ríspida que o normal.

Alanis relembra a conversa como se estivesse acontecendo diante dos seus olhos. Enquanto segura uma caneta tinteiro, sua mão treme com a intensidade dos sentimentos que também são revividos. Espreme os olhos tentando afastá-la, mas a cena apenas se desenrola em sua mente.

— Se você é culpada, então eu também sou — Alanis argumentou sem titubear. Ela acreditava de verdade na segunda parte da afirmação, embora Lefertahri estivesse completamente errada sobre a própria culpa.

— Já conversamos sobre o seu caso.

— Não concordo com você.

— Nem eu com você. — Lefertahri enxugou as lágrimas com as costas da mão. — Entendo que se culpe pelas mortes dos prisioneiros depois do incêndio, mas...

— Oi? — Alanis a interrompeu, as sobrancelhas arqueadas. — Eu não me culpo por isso, me culpo por ter sido pega.

Foi a vez de Lefertahri enrugar a testa.

— Tem certeza de que é isso que você sente? — Ela segurou a mão da ruiva com delicadeza. — Na minha opinião, você sente raiva do que aconteceu com você e, principalmente, como você mesma disse, por ter sido burra. Mas culpa? Eu só percebi vergonha em seus olhos quando você falou sobre os *efeitos colaterais* durante sua fuga do centro de detenção. — Lefertahri fez aspas no ar ao mencionar o termo que Alanis usou para se referir às mortes acidentais.

— Eu... — Alanis se calou.

Ela o que? As palavras da relojoeira se fincaram em seu peito com mais força do que poderia admitir. E se Lefertahri estivesse correta? E se, na verdade, ela sentisse remorso por ter arriscado a vida de outras pessoas apenas para assegurar a sua própria? Desde então, questiona-se sobre essa percepção, principalmente depois da fala seguinte de Lefertahri:

— Entendo seus sentimentos e, como você mesma disse para mim, não pode se culpar para sempre, Lani. Pelos deuses, você não teve ninguém para te ajudar na infância, precisou se virar sozinha em Porto Aurora! — Lefertahri segurou o punho com a luva e começou a acariciar o ponto onde a mão deveria estar, lutando contra as lágrimas. — Foi errado o que aconteceu? Sinceramente, não consigo julgar. Você foi presa por uma injustiça e ainda... Alanis, cortaram sua mão! Isso por si só já seria motivo suficiente para se rebelar. E, depois, você foi negligenciada pelo único grupo em que já se sentiu tendo uma família, só porque deu um jeito de escapar, enquanto eles não moveram um dedo para te ajudar.

— Na verdade, eles estavam tentando... — Alanis se calou com o olhar severo da relojoeira.

— Você é uma sobrevivente, Lani, e eu admiro e amo você ainda mais por isso. Mesmo que tente esconder esse seu lado do mundo, é evidente que se importa de verdade com os outros. — Lefertahri colocou as duas mãos nas bochechas da outra, segurando-as com carinho. — Não acredite no que te disseram. Você é mais do que o suficiente e merece amor, sim. E eu te amo, Alanis Dilan.

Alanis Dilan encara o papel diante dela e respira fundo. A chama da vela ao seu lado dança em harmonia com seu gesto.

— Chega de culpa — sussurra para si mesma, fechando os olhos por um instante antes de começar a escrever. Ao abri-los novamente, a determinação em seu olhar se iguala à intensidade do fogo crepitante.

Lindinha,

Não paro de pensar na nossa conversa, por milhares de motivos diferentes. Mas, agora, preciso escrever sobre algo que vem me consumindo nos últimos dias. Vou ser direta, pois não sei outra forma de tocar nesse assunto: acredito que chegou a hora de nos libertamos.

Alanis sorri, fortalecida pela clareza que encontra ao derramar em palavras sua nova convicção.

Você estava certa. Eu carreguei a culpa pelas mortes acidentais decorrentes da minha fuga, mesmo que relutasse em admitir. Além disso, acreditei todas as vezes que afirmaram que eu não era digna de amor e felicidade. Mas, com você ao meu lado, Lefertahri, percebo que sou muito mais do que os erros que cometi. E isso é tão bom, tão... libertador.

As palavras fluem como um rio que finalmente encontra seu curso. Alanis despeja o conteúdo com ferocidade, e, a cada letra que traça no papel, seu coração se alivia. Ao reler o que escreveu, uma nova energia pulsa dentro dela. Foca no último parágrafo, satisfeita com a mensagem que deixará para Lefertahri esta noite.

Esta carta representa o início de um novo capítulo em nossas vidas, lindinha. Estou pronta para me tornar a melhor versão de mim mesma, graças a você. Espero que você encontre forças para fazer o mesmo. E, se for difícil demais, estou aqui para te ajudar. Para sempre.

Lani, meu amor.

Mal posso esperar para te ver. E, dessa vez, poder te tocar. Te abraçar. Te beijar. Sei que você já beijou outras pessoas e até teve uma namorada, mas espero que minha inexperiência não seja um problema. Se for, por favor, não me diga, porque vou morrer de vergonha. E não vale me deixar tímida de propósito, tá? Sei que você gosta de fazer isso, sua boba.

Agora, falando de assuntos sérios: já está tudo pronto. A Banshee tem ficado por perto, anunciando a morte de animais. Consegue mesmo trazer as duas malas? Assim não perdemos tempo voltando para a caverna durante o eclipse. Vou sentir falta daqui, até chorei um pouco mais cedo. Também vou sentir saudades de cruzar com Onurihs por aí sem que ela perceba. Espero retornar um dia à Évia para conversar com ela e, quem sabe, com meus pais também. Sinto tanta falta deles.

As luas já vão aparecer. Estou muito animada com o próximo eclipse, apesar do medo, porque sei que ao seu lado os riscos diminuem. Ainda não acredito que você fez parte da Engrenagens a Vácuo. Isso é tão legal! Continuo surpresa por alguém como você ter gostado de alguém como eu. Tudo bem, vou trabalhar na minha autoestima, desculpa por isso. E desculpa também por todas as outras desculpas que peço.

Enfim, te amo, Lani. Até breve.

Alanis relê a carta de Lefertahri, em busca da queimação em seu ventre sempre que chega em partes como o "eu te amo" ou que reforcem a ingenuidade da outra. A relojoeira é tão pura, simples e gentil, que Alanis tem o ímpeto de protegê-la de todo o mal que há no mundo. E, nesta noite, muitas coisas podem dar errado.

Pouco mais de uma semana se passou desde que se declarou para Lefertahri. Agora, em questão de minutos, terão a oportunidade de desfrutar de um eclipse lunar de duas horas juntas. Pena que não poderão gastar o tempo se beijando. Não, precisam escapar de Évia de uma vez por todas – e não podem se dar ao luxo de desperdiçar essa chance, já que o próximo eclipse só ocorrerá daqui a um mês. Já contaram demais com a sorte de não serem pegas até então.

Alanis está agora na floresta, recostada em uma árvore, duas malas descansando aos seus pés. Pouco tempo atrás, abandonou a caverna sob a promessa de nunca mais voltar. Dos seus poucos pertences, restaram apenas o colchão, a mesa e as cadeiras. Caso alguém encontre o local algum dia, só poderá especular sobre a identidade do eremita que viveu ali.

Metros à frente de Alanis, o brilho das luas deixando-a resplandecente, está a Banshee. Ela oferece seu canto ao ninho de uma cobra-pernuda, a única espécie do mundo de víbora que não rasteja, pois possui duas patas, e que a peçonha é ácida. *Se a Banshee não cantou para mim sete dias atrás, é porque não vou morrer com a picada de uma cobra-pernuda hoje*, é o pensamento que acalenta Alanis por estar tão próxima do ninho de um dos animais mais perigosos de Caladuna. Uma só gota de veneno pode causar a perda de um membro inteiro em uma pessoa.

A jovem procura vestígios do eclipse no céu, mas falha devido às nuvens cinza-escuras que encobrem o firmamento. Seu relógio, contudo, não falha. O ponteiro marca seis e quarenta e três. O eclipse começará em três minutos. Esta noite será mais longa, de acordo com a informação fornecida no dia anterior na Praça do Alarido. Alanis se esgueirou até lá para obter o horário exato de início do fenômeno.

Durante a missão, a quadrinista até ansiou por esbarrar em Mosi. Apesar da briga e da declaração de que nunca mais se veriam, seria reconfortante poder se despedir. O garoto foi um bom amigo, embora ela evite pensar nisso. Afinal, já aprendeu que quanto menos gosta de alguém, menor é a dor de perdê-lo.

Ao longe, a fumaça rala do Ariosto se intensifica e Alanis imagina vê-lo cuspir cinzas vulcânicas e fragmentos de rocha. Nos últimos dias, sempre tem havido névoa por ali. É uma situação peculiar; porém, antes que tenha tempo para refletir sobre isso, o eclipse se inicia e ela volta a atenção à Banshee. Em instantes, o incorpóreo se preenche com a forma humana de Lefertahri, que está deslumbrante com seus fios preto-azulados adornados com as tradicionais presilhas douradas nas pontas. O vestido, uma das aquisições de Alanis no Bazar da Fumaça, é de saia preta e corselete em um tom escuro de verde. Aos poucos, a quadrinista está convencendo a relojoeira de que é possível experimentar cores além do preto e do branco.

— Você é maravilhosa — diz como comprimento, um sorriso bobo no rosto.

— Oi. — Lefertahri encolhe os ombros e junta as mãos, o olhar baixo. — Também senti saudades.

Alanis não se controla mais. Dispara em direção a Lefertahri e a beija com um misto de urgência e delicadeza. Os dedos apertam com força suas costas, e a luva acaricia o rosto da garota enquanto a enche de beijinhos. Alanis sabe que precisa desgrudar, pois o tempo está contra elas, mas é difícil quando até o perfume de Lefertahri se mantém ao retornar à forma humana. O cheiro a excita mais do que pode suportar. Por isso, antes de se afastar, belisca a bunda da relojoeira com vontade.

— Ai! — ela grita, o olhar revelando uma mistura de vergonha e empolgação.

— Desculpa. Não consegui me controlar.

Alanis não contém o sorriso enquanto Lefertahri desvia o rosto, incapaz de controlar a expressão de alegria que escapa, mesmo quando tenta fingir indignação.

— Queria poder ficar assim a noite toda. — A quadrinista desliza o dedo por uma mecha do cabelo da outra, brincando com a presilha presa na extremidade. Ela sentiu falta do toque de Lefertahri, de seu sorriso inocente e riso descontraído.

Agora, mais do que nunca, deseja não ter sido condenada, apenas para poder desfrutar de mais tempo ao lado dela. — Mas precisamos ir.

— Sim, Vapólia nos espera.

Alanis aproxima a boca da orelha de Lefertahri. Uma excitação a toma quando a garota retesa. Controlando-se, diz:

— Mas ninguém disse que eu não posso te beijar no trem.

Lefertahri pega a mão de Alanis, enrubescida e prendendo um sorriso, e a puxa até à árvore onde as malas ficaram. Então, as duas descem em direção à estação de trem – a mesma em que Alanis matou Ra Comarc e Aineith. A cena ainda lhe causa náuseas só de lembrar. Porém, não sente remorso algum. Primeiro, porque eles estavam torturando Lefertahri e, segundo, porque foi legítima defesa. Se não matasse a policial, a quadrinista seria a próxima vítima.

A relojoeira também aceitou a situação melhor do que Alanis imaginaria. Em um dos bilhetes que trocaram, confessou à ruiva sentir alívio por nunca mais precisar ter medo dos dois policiais-cientistas. Na mesma oportunidade, questionou se não seria ainda mais monstruosa devido ao pensamento. Alanis refutou a hipótese na hora. *Monstros são aqueles que sentem prazer em machucar os outros*, escreveu.

O único temor que as duas compartilham agora é o da retaliação. Não há dúvidas de que as autoridades já sabem das mortes. Só esperam que não tenham identificado as culpadas.

Culpada.

Alanis se incomoda com a palavra. Já se cansou de sentir culpa pelos seus erros. Não que não se arrependa de alguns deles, como os prisioneiros mortos durante a fuga da detenção, mas, como contou à Lefertahri em uma das cartas, não quer mais viver cercada de ódio por conta dos fantasmas de seu passado. No fim das contas, quem é sufocada pelo sentimento é ela. Em algum momento, precisará seguir em frente. E, enfim, Alanis tem certeza de que esse momento chegou.

A jovem aperta a mão de Lefertahri, recebendo um sorriso tímido, porém cheio de amor. Estão a poucos metros da estação agora, onde os dançarinos começam a se tornar visíveis. Alanis estima que há centenas deles, movendo-se entre os trilhos e ao redor. No entanto, para além do Baile dos Atormentados, a agitação é bem maior do que o normal. Pessoas enchem as ruas durante a madrugada, carregando malas, mochilas e pertences de um lado para o outro. As duas trocam olhares e param, sem desentrelaçar os dedos uma da outra.

— Tem alguma coisa acontecendo — Lefertahri comenta, os lábios se espremendo.

— Será que é a polícia dispersando os dançarinos? — Alanis tenta enxergar para além do que seus olhos captam.

— Não parece ser a polícia, olha. Não tem ninguém uniformizado. — Lefertahri indica um ponto próximo à estação central, à frente.

— Podem estar à paisana — pondera Alanis, fazendo um biquinho. — Mas é estranho porque aquela galera toda está falando e apontando para algum lugar... quer se aproximar?

Lefertahri arregala os olhos e respira fundo.

— Não sei.

A locomotiva parada na estação buzina cinco vezes, mas permanece onde está. Em seguida, solta uma densa fumaça preta, e o cheiro de carvão queimado se espalha pelo amplo ambiente. As duas xingam e levam às mãos aos peitos, enfim soltando os dedos entrelaçados. Aos poucos, mais pessoas se aglomeram em frente à estação, vindas das casas mais próximas, bem onde as duas estão paradas.

Alanis e Lefertahri se encaram, dessa vez, urgência evidenciada em suas compleições.

— Esse é o sinal de... — A relojoeira é interrompida por um grito determinado ao lado. As duas se abraçam quando a voz repete a mensagem.

— Evacuem Évia agora! — ordena o senhor, dezenas de pares de olhos em cima dele, arregalados. — O Ariosto vai entrar em erupção!

Alanis aperta Lefertahri contra si.

— Isso não pode ser sério... — sussurra.

No entanto, as pistas estavam lá nas últimas semanas; ela apenas não as compreendeu. Alanis observou, da caverna, o aumento da atividade no vulcão, mas pensou ser apenas caça ilegal ou algo típico do Ariosto, já que vulcanologia não desperta seu interesse. Que Ghunza a condenasse de novo, hoje mesmo antes de partir presenciou a ejeção de rochas! Porém, os habitantes da cidade não tinham como perceber indícios antes tão sutis de atividade e, por alguma razão, as autoridades falharam em antecipar o desastre – talvez devido à falsa sensação de segurança após anos de inatividade do Ariosto e à escassez de atenção à natureza, já que grupos rebeldes demandam diligência diária.

Alanis engole em seco, seus pensamentos vagando para diversas direções ao mesmo tempo. Um deles retorna, tentando lhe reconfortar. Só espera estar certa em sua teoria.

Se a Banshee não cantou para nós, estamos à salvo... certo?

Em Caladuna, matar um policial é considerado crime gravíssimo. Explodir um centro de detenção, inadmissível.

Alanis Dilan foi encontrada pelos policiais dias depois de ser banida da Engrenagens a Vácuo. Inma tentou contra-argumentar com a mãe, mas a líder foi irredutível: a garota se tornou alguém não-confiável e visada pelo governo, o que atrapalharia o movimento rebelde.

— Explodir o local? Sério? Você não podia ter aguentado mais dois dias? Estávamos quase conseguindo te tirar de lá! — ralhara a mulher.

De volta às ruas e sem a proteção da liga, foi fácil para os policiais rastrearem uma adolescente de quatorze anos inconsequente e amplamente procurada. Por ironia do Destino, Alanis foi sorteada para encarar o Oráculo de Ghunza antes do julgamento que a levaria para a prisão de segurança máxima.

Talvez tivesse sido melhor viver em prisão perpétua à maldição dos deuses.

Por mais que o Oráculo de Ghunza fosse mais assustador pessoalmente do que nos relatos orais, Alanis não demonstrou surpresa ao confrontá-lo. Ela não poderia sentir qualquer emoção além da raiva tão frequente, pois não havia espaço dentro dela para mais nada.

Raiva da Engrenagens a Vácuo, de Caladuna, da sua família, das autoridades, dos deuses.

Do mundo.

Portanto, apenas fixou seu olhar vazio na criatura mística e seu imponente corpo de leão, asas de águia e cabeça de coruja com dois chifres compridos. Dono de penas suaves e macias que se contrapunham aos olhos profundos e misteriosos, o ser também possuía garras afiadas e um rugido que ecoava pelos corredores da pirâmide sempre que amaldiçoava alguém.

Apesar disso tudo, o que mais incitou raiva em Alanis foi a habilidade do Oráculo de enxergar a alma dos sorteados.

É a partir dessa análise profunda que ele condena alguém.

E, assim que fincou as íris pretas em Alanis, ele rugiu.

Capítulo 21

Ameaça ardente em dose dupla

— Eu não vou ficar aqui enquanto você se arrisca!

Lefertahri esbraveja a sentença pela quinta vez em dez minutos.

Assim que se recompôs do choque de descobrir sobre o Ariosto, Alanis passou a conduzir a relojoeira para a floresta, em direção à casa na árvore que serviu como lar da garota. O plano da quadrinista é claro: Lefertahri aguardará ali enquanto ela garante que Onurihs e seus pais sejam evacuados em um dos trinta trens encaminhados pelo governo.

De acordo com o relato de um estudante de Vulcanologia da Universidade de Alun, a evacuação precisa ser concluída em no máximo cinco horas, contadas a partir do momento em que ele chegou à estação. Questionado sobre as autoridades não anteciparem a catástrofe, ele desconversou, afirmando que Évia não oferece curso de Vulcanologia na faculdade da cidade e, portanto, não possui pesquisadores concentrados em monitorar o Ariosto.

Esta informação não foi a pior, contudo. O rapaz ainda explicou, criando mais pânico:

— Não tenho certeza se as barragens vão suportar a enxurrada de lava, pois precisavam de uma manutenção que nunca veio.

Quando a casa na árvore surge no horizonte, Lefertahri estanca.

— Eu sei onde meus pais moram — ela continua, mas Alanis não diminui o passo. — Vai ser mais rápido se eu for e você entrar em um trem para o mais longe que puder antes de a Dragão surgir. Eu me viro.

— Sem chances — a quadrinista dispara, sem olhar para a outra. — A Banshee vai voltar em menos de uma hora. Você precisa ficar em segurança. — Ela enfim para e fixa as íris castanhas com severidade em Lefertahri. — Me promete que vai pegar o trem assim que amanhecer.

— E o que você vai fazer? — A relojoeira está à beira de explodir.

— Nós duas sabemos que eu me viro melhor do que você. — As palavras saem rascantes, prova incontestável do quão estressada Alanis está. — E o governo sabe da existência da Banshee, mas não da Dragão. Eu vou ficar bem.

— Não vai, não! Você vai se arriscar por mim! — Lefertahri segura os cabelos com força e depois coloca as mãos em frente aos olhos, frustrada. Quando os abre, diz: — Agradeço muito, mas não posso deixar.

Alanis se aproxima, e embora o corpo de Lefertahri trema diante da altivez da outra, ela não baixa o olhar dessa vez. As duas se encaram por um tempo prolongado até que a ruiva se rende. Suspira, a postura desmoronando.

— Por favor — Alanis cicia e coloca a mão e a luva nas bochechas da relojoeira. — Por favor, me deixe te ajudar. Prometo que não vou me arriscar mais do que o necessário, está bem? Assim que eu trouxer sua família para que vocês fujam de Évia juntos, eu volto para a caverna e me acorrento lá. Com Évia vazia, ou quase isso, eu posso fugir na forma de Dragão depois e dou um jeito de te encontrar em Vapólia como combinamos.

— Mas e a erupção? — Os olhos de Lefertahri estão tão inchados que sua visão embaça.

— Imagino que vá ficar quente, mas a lava não vai subir até a caverna…

— Tem os gases, Alanis!

— Vou ficar em segurança e depois eu te encontro. Você não vai fugir tão facilmente assim de mim.

Lefertahri toca a mão e a luva da ruiva e as pressiona contra a bochecha. Seus olhos se enchem de lágrimas. Ela sabia que muitas coisas poderiam dar errado nesta noite, mas jamais imaginou que a erupção do Ariosto seria o motivo que as separaria. É um golpe cruel do Destino, especialmente agora que resolveram suas diferenças e estavam prontas para escrever um novo capítulo em suas vidas, no qual poderiam se amar sem as amarras do passado.

— Eu não gosto dessa ideia… — O vento uiva ao seu redor, como se desafiando suas palavras de serem ouvidas.

— Diante desse *pequeno* imprevisto, você sabe muito bem qual é a melhor opção. — Alanis tenta fazer graça, mas não arranca um sorriso da outra. — Eu te amo. Pelos cinco deuses, há quanto tempo não me sinto tão feliz? — Ela cola a testa na da relojoeira e sussurra: — Você me faz tão feliz, Lefertahri Eissa.

Em seguida, afasta-se antes que a outra possa responder. Com a mala presa às costas, dispara em direção à cidade.

— Alanis, não!

Lefertahri corre atrás dela, e a quadrinista se vira e se detém. Em seu rosto, há uma expressão tão rígida, tão carregada de angústia, que a relojoeira interrompe a perseguição. Pela expressão da garota, Lefertahri entende que não poderá impedi-la, apenas retardá-la, o que pode resultar em sua captura caso não consiga escapar para a caverna a tempo de se acorrentar. *Maldição*!, ela xinga em sua cabeça, frustrada, os olhos marejados, as mãos trêmulas e o peito ameaçando explodir dentro dela. Por que sua vida não poderia ser descomplicada? Por que não merece um pouco de paz?

— Por favor, tenha cuidado! — Lefertahri segura um soluço.

— Eu vou. Prometo. — Alanis concorda com um aceno e envia um beijo, seu rosto se suavizando antes de desaparecer entre as árvores.

— Eu te amo tanto...

Lefertahri se declara ao vento, torcendo para que ele entregue a mensagem a Alanis.

A jovem desaba no chão, as mãos cobrindo o rosto. Uma dor lancinante irrompe de seus pulmões, como se um kraken terra-mar pisoteasse seu peito. No mesmo dia, perderá a garota dos sonhos, boa demais para ser verdade, e sua família pela segunda vez. Faz tanto tempo desde a última erupção do Ariosto. Por que agora, justo agora, ele precisa rugir sua fúria de novo?

As duas estavam à beira da liberdade, tão próximas de escapar e recomeçar suas vidas em Vapólia. Talvez, até mesmo, conseguissem fugir de Caladuna. Lefertahri alimentava em sua mente um futuro utópico onde não seria mais amaldiçoada, onde encontraria uma forma de arrancar a Banshee de dentro dela. Depois disso, criaria coragem para entrar em contato com sua irmã e seus pais, quem sabe retornar à Évia como uma cidadã honrada, não uma pecadora. A saudade deles a consome a cada respiração; sente tanta falta da rebeldia juvenil de Onurihs, do carinho da mãe na hora de dormir, do sorriso gentil e orgulhoso do pai ao fitá-la. Dói nunca mais ter se deparado com ele pela cidade, mesmo que apenas para roubar-lhe um breve olhar.

E Alanis... Alanis mais uma vez se arrisca por causa dela, mais uma vez age como sua heroína particular. Seu amor por Lefertahri é evidente, assim como sua determinação em proteger aqueles que estão em seu coração. Sob a fachada de uma postura insolente, existe apenas uma garota de Porto Aurora que anseia por afeto e atenção, ausentes tanto em sua família quanto no movimento rebelde. A condenação injusta da ruiva a assombra com frequência, fazendo com que lágrimas escorram de seus olhos sempre que o motivo lhe vem à memória.

Maçãs. O roubo de míseras maçãs vale a destruição da vida de uma adolescente renegada não apenas pelos pais, mas pelo governo.

Lefertahri se ergue e corre em direção à casa na árvore, incapaz de se manter parada. Sobe os degraus de madeira gastos com pressa, cada batida do coração relembrando as injustiças que aquele país ingrato impõe aos cidadãos. O lugar foi revirado por Ra Comarc e Aineith, como ela suspeitava. Então, ajoelha-se em frente à cama remexida e a empurra. O esconderijo dos relógios foi violado, mas poucos foram levados pelos policiais. Inclusive, o relógio-sentimentos ainda está lá. Ela o recolhe e o guarda na mala.

A garota se acomoda na cama, permitindo que a ansiedade se instale ao seu redor enquanto aguarda o desfecho do eclipse. Lá fora, a floresta está quieta, alheia ao perigo que se aproxima. No silêncio do quarto, seus pensamentos dançam ao ritmo dos segundos que se arrastam. Algumas perguntas persistem, incansáveis: será que a lava, impiedosa em sua marcha destrutiva, encontrará seu caminho até ali? E a casa na árvore, terá a força necessária para desafiar a fúria incandescente e permanecer intacta?

Quando seu corpo dá espaço à translucidez da Banshee, Lefertahri se fecha em si. Aproveitando a oportunidade, busca confirmar suas suspeitas, uma que não deixa sua mente desde que Alanis a salvou pela segunda vez dos policiais-cientistas da CEAG. Como sempre, a criatura sombria pressente uma imensidão de mortes e seu instinto a guia para prenunciar os óbitos; contudo, antes que se mova, Lefertahri testa sua teoria, por mais que a desagrade.

Seu corpo espectral não se move – e isso não tem nenhuma relação com a sensação de perigo iminente do vulcão Ariosto caso retornem à parte urbana.

— Merda — murmura, e a palavra desliza pelos lábios da Banshee. — Acho que estou certa...

Mas por que é tão assustador estar certa?

Lefertahri libera o corpo da criatura sombria. Nas horas seguintes, perambula pela floresta, avisando a animais desafortunados sobre o fim iminente. O aumento de óbitos nesta noite indica que a causa é a devastação posterior resultante da erupção. Nem todos perecem pela lava nos primeiros dias; a fome e a intoxicação pela fumaça também são responsáveis por muitas mortes tardias.

Quanto mais o tempo passa, mais aflita Lefertahri fica.

Alanis não retornou. Mas talvez apenas já tenha se acorrentado na montanha, certo?

A relojoeira não tem certeza se terá forças para se mover quando o amanhecer chegar e ela permanecer sozinha. Em silêncio, implora a todos os deuses por um sinal de que a ruiva está bem.

Assim que o sol emerge no horizonte, seu corpo físico ressurge, mas Lefertahri mal respira. A ansiedade toma conta de sua mente, prestes a explodir, mergulhando-a em uma realidade paralela, pois a atual é dolorosa demais para suportar.

ela não voltou ela não voltou ela não voltou ela não voltou...

Nessa nova realidade, as cores são mais vivas, os sons, mais altos, e tudo parece flutuar em uma atmosfera etérea. No entanto, a dor persiste, como engrenagens de relógio em desalinho, martelando suas entranhas, girando em sua mente, apertando seu pescoço e sobrecarregando seus ombros. A dor exige atenção, é crua, potente.

Lefertahri não encontra refúgio nem mais em sua própria cabeça.

Porém, antes que o grito final possa escapar de seus lábios, um rugido ressona no ambiente.

No céu, um dragão voa desgovernado.

Lefertahri dispara para a cidade.

Em Caladuna, os sorteados têm direito a um acompanhante até a entrada da câmara do Oráculo de Ghunza.

Lefertahri Eissa levou o seu pai, mesmo com um silêncio constrangedor pairando sobre os dois, quebrado por poucas palavras de apoio vez ou outra. A menina percebia o quanto era um esforço para ele tentar tranquilizá-la. Como o que outrora seria um gesto simples e verdadeiro se transformou em algo forçado?

Ela chorou assim que avistou a majestosa Pirâmide Ghunza, lar do Oráculo, erguendo-se no horizonte como um farol de pedra.

Construída com blocos maciços de calcário branco e polido, a pirâmide reflete um brilho prateado sob a luz do sol, parecendo irreal para todos aqueles que a veem pela primeira vez. A base quadrada, com mais de cento e cinquenta metros de comprimento em cada lado, eleva-se em degraus escalonados até atingir uma altura de mais de um terço daquele tamanho. No topo, há uma plataforma de observação que oferece vista deslumbrante da capital Alun.

Lefertahri começou a tremer ao parar na entrada da pirâmide, intimidada com a imponência do local. Para além do seu tamanho gigantesco, todos os lados que a compõem são decorados com hieróglifos antigos em ferro fundido, e o símbolo da divindade, uma coruja com chifres e asas abertas, está estampado em grande escala acima da escadaria.

— Está tudo bem, Tahri — sussurrou o pai, pegando-lhe a mão com firmeza. Pela primeira vez em meses, ela constatou carinho genuíno no toque e no olhar cansado que o homem lhe ofereceu em seguida.

Eles subiram juntos os degraus e pararam em frente às portas de bronze. Os guardas permitiram a passagem de Lefertahri, mas o homem foi mantido do lado de fora.

Ele beijou a cabeça da filha ao dizer:

— Vai ficar tudo bem, meu amor. Eu te vejo daqui a pouco. Eu te amo tanto, Tahri.

Lefertahri chorou nos braços do pai. Afastou-se apenas porque os guardas a tiraram dali. Quando as portas se abriram e ela foi empurrada para dentro, ainda gravou o amoroso olhar do homem na memória. Os guardas então conduziram-na por um corredor estreito e escuro até a câmara do Oráculo. De novo, ela foi empurrada para dentro, encolhida, os olhos vermelhos.

O lar do Oráculo de Ghunza era silencioso, iluminado apenas por tochas e velas que lançavam sombras dançantes nas paredes. Não havia móveis nem decoração, com exceção do trono de pedra dourada e uma imponente bandeira com a coruja atrás.

Sentada ao trono, estava a criatura mística.

Lefertahri abaixou ainda mais o olhar e assim permaneceu, incapaz de controlar o medo.

Depois de analisá-la por silenciosos minutos, o Oráculo se pronunciou:

— Lefertahri Eissa — começou com a voz grave e alta, que reverberou no peito da menina —, vejo em sua alma que você é culpada.

— Não… — Lefertahri gritou, os olhos esbugalhados. — Não!

— Te condeno a viver como uma banshee à noite. Você será enviada ao Desconhecido, onde pagará pelos seus pecados.

— Não, por favor, não! — Lefertahri caiu de joelhos, as mãos unidas frente ao corpo.

O Oráculo de Ghunza, contudo, apenas encerrou a conversa com um rugido.

CAPÍTULO 22

O DILEMA DA DRAGÃO

Alanis Dilan ergue o braço e confere os ponteiros no relógio preso à luva, franzindo o cenho ao constatar a hora avançada. Um xingamento escapa de seus lábios. Sem perder tempo, ela acelera o passo, indiferente por esbarrar em dezenas de pessoas que cruzam seu caminho, cada uma imersa em seus próprios problemas. A cidade fervilha com a agitação. Enquanto os habitantes já empacotaram os pertences mais valiosos em inúmeras malas e agora estão prontos para lutar por um bilhete de saída de Évia, a garota corre na direção contrária.

Lefertahri lhe disse que sua família mora no distrito industrial de Engrenária, bem ao leste da cidade, perto do porto onde Alanis trabalhava. *Bairro Nova Esperança, casa B1. A com portão verde e branco*, explicou a caminho da floresta, depois de muita insistência da ruiva. Ao chegar lá, contudo, vizinhos informaram a Alanis que os Eissa já tinham partido, um dos primeiros a deixar tudo para trás para embarcar nas locomotivas.

Assim como fizeram com a filha mais velha.

Alanis tenta não se apegar ao pensamento raivoso enquanto corre para o sudoeste, em direção ao porto. Se tiver sorte, garantirá a segurança de Mosi antes de se enclausurar na caverna. O adolescente faz bico alguns dias na semana como mineiro em uma pequena companhia de extração de minério ali perto. Hoje é um desses dias e Alanis teme que seus empregadores não o alertem sobre o perigo antes do expediente terminar, uma vez que empresários do ramo são conhecidos por sua ganância desenfreada. A quantidade de acidentes em mineradoras que a imprensa encoberta é estarrecedora.

O problema é que tem menos de uma hora antes de a Dragão ganhar vida.

Vinte minutos depois, ela chega à entrada da mina, ofegante devido à corrida. Há um guarda com os braços cruzados na frente do local. Atrás dele, um muro alto com grades intrincadas e entrelaçadas formam um padrão complexo que dificulta a passagem e a visão do interior do depósito natural de minérios.

— Tem gente aí dentro? — ela inquire, ofegante.

— Quem é você? — O guarda ergue uma sobrancelha, o semblante fechado.

— Tem ou não tem? Sabe que o Ariosto está entrando em erupção? Precisa chamar os mineiros de volta!

O homem leva uma mão à pistola, ao lado do corpo.

— Eles vão sair ao fim do expediente. Dá tempo de pegarem o trem.

— Você não pode estar falando sério — acusa Alanis, o tom de voz elevando-se. Ela cerra o punho, em uma tentativa de controlar o ímpeto de socá-lo.

— Pode circular, menina — diz em tom de aviso, sem mover nem um músculo sequer. — Estou cumprindo ordens.

— Está condenando pessoas à morte, isso sim! Só vou embora com o meu amigo —esbraveja e seu corpo treme de ódio. Então, encara o relógio. Seus lábios crispam. O tempo passa. Não, o tempo dispara, mas ela só sairá de lá com Mosi.

O guarda avalia Alanis de cima a baixo e solta uma risada debochada ao percebê-la tremendo. Antes que ela possa se controlar, seus dedos produzem um estrondo surdo ao atingir o maxilar do homem.

— Filha da... — Ele não termina a frase dita em um tom anasalado de dor.

Alanis não perde tempo.

Seu joelho acerta em cheio as partes íntimas do covarde.

Ela passa por ele, puxa a pistola da cintura do homem e empurra o portão gradeado com ferro forjado. Em poucos passos, alcança a estreita entrada da mina, que se estende por uma vasta área árida e pedregosa. O solo, acinzentado, é coberto por detritos de mineração e há evidências de atividade humana por toda parte. O que mais incomoda Alanis, contudo, é o cheiro metálico intenso.

Vozes ecoam pelo ambiente.

— Mosi! Está aí? — ela pergunta, guardando a pistola roubada na mochila às suas costas.

As vozes se calam, e passos se tornam audíveis.

— Mosi, precisamos ir! O Ariosto está em erupção!

Um tumulto se inicia, o alarido tão alto quanto o respirar de Alanis.

— Sua vadiazinha. — Ao ouvir a voz odiosa do guarda, ela se vira a tempo de testemunhar o portão sendo trancado. — Queria tanto entrar? Pois agora fique aí até que alguém se importe em chamá-los. Eu não sou pago para isso.

O homem vai embora acompanhado de palavrões e xingamentos. Ela também solta algumas palavras de baixo calão, dirigindo-as a quem estiver disposto a ouvir.

— Alanis?

A jovem interrompe sua enxurrada de insultos e se vira. Sem hesitar, seus braços envolvem Mosi, coberto de sujeira e fedendo a suor e terra úmida, num abraço vigoroso. Ele está ileso, constata Alanis, e uma onda de alívio faz lágrimas nascerem em seus olhos.

— Você está bem. — Ela se afasta o suficiente apenas para analisar o amigo. — Precisamos ir embora. Agora.

— Do que você está falando? — Os olhos de Mosi semicerram, comprovando que não o comunicaram sobre a evacuação da cidade. — Fala várias atrocidades para mim e chega assim como se nada tivesse acontecido?

Não dá tempo de Alanis responder, pois uma voz desconhecida se intromete:

— Erupção, moça?

Alanis olha sobre o ombro do adolescente. Atrás dele, escavada nas rochas, há uma rede complexa de túneis, trilhos e galerias que se estendem pelo subsolo. À frente dessa rede, há uma dezena de mineiros, todos bem jovens e sujos de terra da cabeça aos pés, com uniformes compridos e largos, alaranjados, e com um capacete com lanterna acoplada na cabeça.

— Estão evacuando a cidade. O Ariosto vai cuspir lava em, sei lá, duas, três horas — ela explica, sem pompas. Afinal, não há tempo para palavras bonitas; somente para ação.

Alanis cruza os braços quando ninguém se move.

— Vocês são idiotas ou o quê? É para sair daqui agora! — ela ralha.

Como se libertando do choque inicial, os garotos se movem. A maioria passa correndo por ela, alguns pisando em seus pés devido à entrada estreita, o que causa uma dor lancinante. Seus olhares estão fixos no portão gradeado.

Que está trancado.

— Alguém sabe abrir isso ou se existe outra saída? — ela pergunta antes que o pânico se instaure.

— Não tem outra saída, Lani. — É Mosi quem traz a verdade dolorosa.

Alanis encara o relógio no pulso e insulta os deuses com injúria atrás de injúria.

— Mosi, preciso que me escute bem e que confie em mim. — Ela pega a mão do menino, que apenas assente diante da urgência na compleição dela. — Desculpa por ter sido uma babaca com você. Eu fui cruel, uma idiota. Não tenho nada a ver com quem você beija ou deixa de beijar. Eu sei que algumas coisas são difíceis para a gente externalizar, eu que o diga…, mas não posso falar sobre isso agora, ok? — Ele assente, o olhar rígido. — Você tem quinze minutos para garantir que todo mundo aqui se esconda dentro dos túneis até ser seguro sair. Eu vou arrombar o portão.

Seu riso escapa, cético, mas ela mantém uma expressão inabalável, fazendo-o silenciar.

— Você está falando sério?

— Mais sério do que nunca. Não faça perguntas, só faça o que eu mando.

— Sempre tão simpática — ele zomba. Alanis lança outro olhar fuzilante para o garoto. — Ok, ok! Galera, todo mundo para dentro!

— Mas ela disse...? — O questionamento vem de um mineiro com as mãos apoiadas no muro.

— Não importa o que ela disse — Mosi o interrompe. — Para dentro. Ela vai explodir a entrada e, se não quiserem se ferir, é bom ficar longe. Alanis não costuma ser muito paciente.

Os garotos se entreolham. Alguns entram. Outros não.

Alanis grita:

— Eu vou mesmo precisar machucar vocês? Só saiam da minha frente!

Com determinação, ela emerge da mina e só se detém ao colar o corpo no portão.

O tempo arrasta-se, especialmente quando um grupo de mineiros insiste em se aglomerar próximo a ela. Mosi e outros três vociferam com os rebeldes, insultando-os com uma variedade de palavras que Alanis acredita serem apropriadas para descrever aqueles idiotas. Faltando apenas cinco minutos para que tudo se desfaça, ela mais uma vez intervém, empurrando com força os últimos rapazes. Sob o olhar selvagem da ruiva, eles enfim a obedecem, mas não sem prometer que ela tem apenas cinco minutos para libertá-los antes de tentarem por conta própria.

Alanis não precisará de todo esse tempo. Dois minutos serão o suficiente.

Colada ao portão de novo, ela procura pelo olhar de Mosi. Ele acena, confirmando que os mineiros estão protegidos. Então, a jovem respira fundo, o coração acelerado diante do problema em que se meteu.

Que Lefertahri se encontre com os pais e faça as pazes, mesmo eles não merecendo. Ela *merece ser feliz.*

Um minuto.

Ela tira as luvas, os óculos e a pistola da cintura e os guarda de qualquer jeito na mochila. Então, joga seus pertences para Mosi, que os pega e coloca nas costas.

No céu, não há mais vestígios dos luares.

Desculpe não cumprir com minha promessa, Tahri. Eu tentei.

Seus membros se alongam, seu pescoço estica metros e mais metros, dois chifres crescem em sua cabeça e suas unhas parecem lâminas afiadas. Quando Alanis pisca de novo, é a Dragão quem comanda seu corpo.

— Pelos cinco deuses, misericórdia!

O grito assustado de Mosi é o último som que Alanis ouve antes de a Dragão bater as asas e voar. De cima, constata, satisfeita, que a transformação ao lado do portão deu certo: o muro jaz tombado, libertando os mineiros da prisão que os mataria com toda certeza.

O alívio não dura nem um minuto. Pois, por todos os lados, há Évia.

O aroma doce de sangue humano invade suas narinas. Gritos agudos atiçam sua atenção. O ar contra seu peito a sacia de felicidade. Bate as asas, livre, e ruge. Um rugido alto, longo, perene. Alanis envia pensamentos e comandos para a criatura, mas há estímulos demais que a impedem de ignorar os instintos selvagens, há tanto tempo reprimidos.

A Dragão anseia por matar.

Em Caladuna, não há ilhas por perto.

A Ilha do Desconhecido, lar dos condenados pelo Oráculo de Ghuza, fica a semanas de distância do país. A não ser, é claro, que você seja enviado pela própria divindade da pirâmide. Nesse caso, a viagem dura segundos.

Não são muitos os que encontram tal pedaço de terra por si só e retornam para contar história. Portanto, há poucos registros históricos do local, uma vez que os amaldiçoados são assassinados ou expulsos assim que identificados em Caladuna. De todo modo, os relatos dos raríssimos viajantes corajosos o suficiente para irem atrás do Desconhecido é bastante instigante.

De acordo com eles, a ilha se ergue no horizonte como um vale sombrio e inóspito, envolto em uma névoa densa que oculta suas reais características. O lugar é ainda cercado por rochas íngremes e falésias, tornando-se quase inacessível a partir do mar, e suas praias são cobertas por areia preta e águas turbulentas. O céu está sempre nublado.

Contudo, o Desconhecido não ganhou tal nome por sua aura de desespero e melancolia. Seu nome nasceu devido à constante metamorfose da paisagem, como se a ilha estivesse viva. Em um dia, há árvores retorcidas e escuras; no outro, cavernas se abrem e se fecham em questão de horas. Os caminhos se deslocam com frequência, formando uma armadilha para os distraídos.

E há, claro, os animais de estimação dos deuses que guardam o local.

Os condenados são constantemente assombrados pelas versões originais das criaturas sombrias, que os lembram a todo momento da maldição a que foram submetidos. Em razão deste ponto, relatos afirmam que a ilha foi uma construção dos deuses para forçar os pecadores a pagarem pelos seus erros e vagarem por uma terra desoladora em busca de redenção.

Foi este o cenário que Alanis Dilan encontrou ao pousar, já na forma da Dragão, pela primeira vez na Ilha do Desconhecido.

Ela quase morreu tentando escapar dali.

CAPÍTULO 23

A Dragão e a Banshee

Lefertahri Eissa cambaleia para a frente, conforme seu corpo falha.

Ela está correndo há vinte minutos, sem parar.

Há vinte minutos, a Dragão sobrevoa Évia.

Em cinco oportunidades, a criatura cuspiu fogo. Em uma delas, o alvo foi atingido: um dos prédios mais altos da cidade, perto da Praça do Alarido.

A relojoeira apoia as mãos nas coxas e inclina o corpo para a frente, buscando um apoio para a exaustão que a consome. Um acesso de tosse a faz tremer e, nesse instante, lágrimas incontroláveis escorrem dos seus olhos. Seu peito, desengonçado, luta por ar, ora puxando grandes inspirações, ora pequenas lufadas. Erguendo a cabeça e fixando o olhar na movimentada praça principal de Évia, sua mente se sobrecarrega. Pifa. Por ali, uma multidão se entrega a uma dança efervescente. Mas não faz nem quinze minutos desde que passou por aqueles dançarinos. Como é possível que tenham chegado tão rapidamente àquele ponto? Preciosos segundos escorrem entre seus dedos enquanto ela assimila a triste e óbvia realidade: este é outro grupo.

A Dragão ruge, mais perto, e Lefertahri se perde entre o transe do Baile dos Atormentados e a ameaça ardente dupla, no céu e no horizonte.

Quando foi que Évia se tornou um pesadelo?

A jovem avança até o coração da praça, aos trancos e barrancos. De lá, seus olhos vasculham o cenário. Não sabe o que fazer. Está presa em uma encruzilhada: como ajudar Alanis e fugir de Évia antes da lava destruir a cidade? Além disso, é crucial garantir que a polícia não machuque a Dragão. Tiros já foram disparados para o alto, sem sucesso, pela Patrulha de Contenção Urbana (PCU) ali presente. A sorte de Alanis não vai durar para sempre, contudo.

Lefertahri analisa o seu entorno, o coração pulsando na garganta como um relógio cuco em pleno funcionamento. Ao redor dela, há uma confusão de pessoas dançando, alheias à presença ameaçadora do dragão e do vulcão ativo; há, também, algumas com uniformes de diferentes unidades policiais, empunhando um grande número de pistolas; e outras petrificadas, em completo estado de horror. Enquanto observa a movimentação no solo, o réptil alado mergulha, planando a poucos metros da Praça do Alarido, e uma nova saraivada de projéteis é disparada. Lefertahri grita ao mesmo tempo que o rugido de dor da criatura sombria arrepia a todos os não atormentados. Ao que parece, algumas balas atingiram a asa esquerda da Dragão, fazendo-a balançar hesitante no ar agora.

Medo. Pânico. Desespero. Desesperança.

Lefertahri perde a voz, o olhar perplexo no céu conforme a Dragão perde altitude e treme, lutando para permanecer nos ares, distante o suficiente do ataque da PCU. Se Alanis cair, a relojoeira desabará junto, incapaz de seguir lutando por uma existência que se recusa a sorrir-lhe.

Ela tenta gritar, mas as palavras se perdem em sua garganta. Os olhos desesperados de Lefertahri buscam Alanis, ansiando por um vislumbre de entendimento da outra. Quer gritar-lhe para se esconder nas montanhas, mas, mesmo se conseguisse articular seu apelo, a verdade é que não adiantaria. Pedir-lhe aos berros para se esconder na caverna só levaria a polícia ao esconderijo, e qual seria o sentido nisso?

De qualquer modo, Alanis não iria embora, mesmo se conseguisse controlar sua parte sombria. Sim, Lefertahri deseja compartilhar com ela sua descoberta, mas não há tempo. A felicidade, para duas almas condenadas pelo oráculo divino, é algo inalcançável. Como poderiam desafiar a vontade dos deuses? Tolas. Duas tolas de ousarem sonhar com um futuro radiante em um país que tanto as humilha, mas que ainda se apega aos seus corações de alguma forma. Então, congelada num momento eterno de angústia, a relojoeira permanece com a boca entreaberta, as mãos segurando com firmeza os três relógios que adornam sua vestimenta.

Não há nada a fazer além de presenciar seu mundo desmoronar mais uma vez.

A jovem sente algo despertar dentro dela, uma melodia sutil, incômoda, que ecoa em seu peito. Aos poucos, a música ganha escala, cresce, amplifica-se. Mais. Cada vez mais, embora não exista músico à vista. Ainda assim, não tarda para que o pandemônio que a cerca ganhe trilha sonora.

De súbito, não há mais gritos assustados. Nem dragão ou ameaça de lava. Há apenas a música tranquilizadora, calorosa, aconchegante. Lefertahri pode viver dentro do cântico para sempre. Tanto pode que uma felicidade súbita lhe invade. E ela se balança.

De um lado. Para o outro. De um lado. Para o outro. De um la...

Um som gutural e estrondoso ecoa pelo seu coração. É similar ao ronco de um trovão distante. Seu corpo não se sobressalta; seus pés continuam se movimentando de um lado para o outro, em uma cadência tranquila.

O som reverbera outra vez.

Mais alto. Mais próximo. Mais urgente.

Parece... familiar.

Lefertahri se agarra ao pensamento.

Então, outro bramido.

É...

E outro.

É dela?

Mais um.

Dela quem?

Outro som. Um rugido. E um calor súbito e breve.

Sim, um rugido.

Então, um estrondo, como se algo pesado batesse contra o chão.

Alanis.

Lefertahri pisca várias vezes, a realidade ganhando foco. À frente dela, está a Dragão.

O que?

A garota vasculha o seu entorno de forma acelerada, tentando compreender o máximo de informações ao mesmo tempo. Ainda há pessoas dançando. Ainda há pânico generalizado por causa do Ariosto. Ainda há desespero por conta da Dragão enfurecida.

Só que agora o animal está na sua frente. Fitando-a.

Lefertahri encara a criatura sombria, rígida. Os olhos dela são castanhos, como os de Alanis.

Porque são os de Alanis, uma vozinha sussurra.

A coloração das escamas é no mesmo tom alaranjado do cabelo de Alanis.

Porque são criados a partir deles, a vozinha sopra de novo.

Lefertahri analisa a Dragão com cuidado. A criatura alada se remexe, como se demandasse muito autocontrole estar ali. Sim, há tanta semelhança com Alanis. Sua Lani.

Porque ela é sua Lani.

Lefertahri estende a mão em direção ao focinho do animal. Um rugido baixo escapa dele, e as patas traseiras se movimentam, desconfortáveis.

Mas a Dragão permanece.

Um pensamento vagueia pela mente da relojoeira. Uma lembrança, um conhecimento que ansiava por compartilhar com alguém. Com ela. Com Alanis. O pensamento ganha força. Lefertahri o compreende. Sim, compreende-o. E o aceita.

O que é um amaldiçoado se não alguém condenado a enxergar apenas o pior de si?

— Lani, está tudo bem — Lefertahri sussurra, um leve sorriso nascendo em seu rosto. — Respira fundo e acalma a respiração. — A Dragão acata o conselho. Sua agitação diminui e, aos poucos, o rosnado fugidio constante dá espaço a uma respiração amena. — Isso, assim. — Lefertahri aproxima mais a mão do focinho da outra. — Em vez de odiar e tentar esconder a Dragão, você precisa aceitá-la.

A relojoeira respira fundo, reunindo coragem para expressar em palavras o conhecimento que vinha explorando desde o seu segundo resgate. Sua compreensão se aprofundou ainda mais após ser tocada pelo fenômeno do Baile dos Atormentados.

Atormentados.

Pessoas em extrema agonia, em que o belo mundo da música é melhor que a realidade. Pessoas como ela. Como elas.

Alanis está aqui. Por mim. Porque me viu sucumbir ao pesadelo que é Caladuna.

Ela escolheu *estar aqui.*

Me *escolheu.*

De novo.

Como me prometeu que sempre faria.

— A Dragão é uma parte sua, Lani, assim como a Banshee é minha. — A criatura recua um passo com as palavras de Lefertahri, mas a relojoeira assovia, acalmando-a. — Não fique com medo, meu amor. A Dragão e a Banshee são sombrias, sim, mas não há como nos separarmos delas... Elas são a gente e nós somos elas.

Alanis a salvou três vezes.

Dessa vez, Lefertahri salvaria Alanis dela mesma.

Avança até a Dragão e seus braços repousam ao redor da cabeça do animal. De Alanis. Sua Lani.

— Eu entendi como liderar nossos corpos mesmo na versão amaldiçoada — Lefertahri sussurra. — Desde que você me mandou aquela carta disposta a se desgarrar do passado, entendi porque algumas vezes ficava mais fácil a Banshee permanecer onde eu queria. Porque eu a aceitava melhor, Lani. — A garota acaricia o focinho da Dragão, estranhamente quieta. Pouco depois, o animal arregala os olhos. — Na verdade, porque eu passei a me aceitar. Eu... comecei a aceitar meu passado. Do mesmo jeito que você disse que faria.

A Dragão bate as asas em resposta, mas não levanta a cabeça nem alça voo.

Permanece ali, abraçada com a relojoeira.

Lefertahri deixa uma única lágrima escapar neste momento.

Alanis parece, enfim, reconectar-se com a Dragão.

Em seu interior, Lefertahri sabe que deveria lembrar-se de algo, mas nada lhe vem à memória. De todo modo, a sensação de que as duas estão em paz demais, como se fosse errado, a envolve. Só queria entender por quê.

Em Caladuna, o Oráculo de Ghunza é representado por uma pirâmide com uma coruja estampada em um dos lados, as asas abertas e os chifres protuberantes. O símbolo é uma representação equivocada da formação quimérica da divindade.

Nos primeiros anos de sua existência, o Oráculo viveu recluso em uma caverna escura, afastada do centro de Alun, e não se mostrava por inteiro aos caladinos. Como deixava-os ver apenas a cabeça de coruja e as asas de águia, a população imaginou se tratar de uma ave gigantesca.

A partir dessa compreensão, os melhores arquitetos do país construíram ao longo de três anos a pirâmide que serviria de residência para a criatura divina e, na parte frontal, esculpiram a forma que acreditavam ter o Oráculo. Somente quando ele deixou a caverna para sobrevoar Alun até a pirâmide foi descoberto o corpo de leão. Como o símbolo já havia se disseminado, assim o deixaram.

Lefertahri Eissa sempre acreditou que corujas representavam proteção contra o mal e, por isso, foi definido como o símbolo do Oráculo. Com doze, ao se encontrar com a divindade, ela compreendeu estar certa.

O Oráculo protege Caladuna do mal.

O problema é que ela é o mal que ele deve extirpar.

Lefertahri aguentou três meses na Ilha do Desconhecido até decidir ir embora.

Ao longo desses três meses, perdeu-se em rios de lava, por entre caminhos que levavam a lugar algum e em areia-movediças flutuantes. Foi perseguida por krakens terra-mar mais vezes do que se lembra, quase teve sua energia sugada por um unicórnio de cristal e ficou presa em ilusões de um anacron. Em sua forma de Banshee, anunciou a morte de dezenas de benus de metal amaldiçoadas, que viviam em bando, e de dragões verdadeiros, ranzinzas que só.

Em meio a tantas experiências, viver cercada de banshees verdadeiras foi a pior parte.

Era como se olhar no espelho todo dia, a todo momento.

Lefertahri não gostava de se lembrar que era um monstro.

CAPÍTULO 24

Pintura em luz e sombra

— Isso, assim.

Lefertahri toca o focinho da Dragão.

O que está fazendo, sua idiota? Vai embora! Foge. Foge!

Alanis não compreende o motivo pelo qual seu instinto de proteger Lefertahri grita mais alto do que o desejo da Dragão de aniquilar Évia e todos aqueles hipócritas. A lembrança de quando conseguiu desviar a criatura alada no penhasco, impedindo-a de abocanhar a Apófis e a humana, parece distante agora. Naquela ocasião, a intervenção habilidosa de garças-eiaxoras e um trabalho mental meticuloso foram cruciais. No entanto, a situação atual é muito mais complexa e desafiadora. Uma cidade inteira está ao seu dispor e se apresenta como um irresistível banquete, tudo que a Dragão mais anseia por destruir, e o mero amor de Alanis não deveria ser o suficiente para controlá-la. Mesmo assim, aqui está ela, ao lado de sua garota, travando uma batalha interna de proporções colossais com a criatura desde que destruiu o portão da mina.

Em cinco ocasiões, a Dragão se mostrou mais poderosa, baforando fogo pelo ar. Alanis tinha plena certeza de que, em algum momento, seria derrotada nesse embate – até que um aroma familiar lhe invadiu as narinas, na Praça do Alarido.

Lefertahri.

Ao mesmo tempo, enquanto sobrevoava a cidade em rasantes rápidos e esporádicos, lutando ao máximo contra a vontade avassaladora da Dragão por aniquilação, ela notou um aumento repentino e significativo de dançarinos. Não deu tanta importância ao fato, pois seu foco estava em não destruir a cidade antes do Ariosto – afinal, não deseja competir com o vulcão pelo título de maior causador de caos do ano. Contudo, ao avistar sua garota entre os dançarinos, um sentimento de alerta aflorou em seu peito.

Alanis já imaginava que a relojoeira não iria embora sem ela, pois é uma tola apaixonada. Porém, mesmo que Lefertahri não seja conhecida por seus gritos, correr em direção à Dragão e permanecer imóvel não condiz com sua personalidade. Apesar de sua timidez, ela é leal aos seus entes queridos, uma alma altruísta e empática.

Assim como Alanis um dia foi.

Quando a relojoeira começou a dançar, tudo fez sentido.

— Em vez de odiar e tentar esconder a Dragão, você precisa aceitá-la — Lefertahri continua.

Alanis teme que sua amada tenha enlouquecido ao ser contaminada pelo Baile dos Atormentados. Ao pousar diante dela, buscando despertá-la para a realidade ou ao menos guiá-la para longe de Évia, ficou evidente a desorientação de seus movimentos, o vazio em seus olhos e um leve sorriso maníaco estampado no rosto.

E, agora, isso.

A criatura sombria treme, aprisionada entre o desejo de estraçalhar a garota à sua frente e o conflito da sua própria mente que a impede de agir assim.

— A Dragão é uma parte sua, Lani, assim como a Banshee é minha — Lefertahri afirma, e uma pitada de nojo se acende na quadrinista com tal hipótese.

A muito custo, a Dragão recua um passo.

Definitivamente, Lefertahri não está em seu juízo normal.

Não. Eu não sou um monstro!

Ou será que sou?

Quando Alanis escreveu sobre deixar o passado para trás, não significava estar disposta a aceitar a própria monstruosidade.

Lefertahri assobia uma melodia e faz menção de se aproximar de novo.

O som perfura o coração de Alanis como uma flecha embebida de tranquilizante. A voz de Lefertahri é tão calma, tão carinhosa que é impossível não derreter de dentro para fora. Ainda assim, há aquele eterno puxão da Dragão por destruição.

Incendiar. Destroçar. Fazer justiça com as próprias mãos. Patas, no caso.

— Não fique com medo, meu amor. A Dragão e a Banshee são sombrias, sim, mas não há como nos separarmos delas.

Sim, não há.

Pelo menos nisso elas concordam.

Raiva perpassa cada pedacinho do corpo da Dragão. Ela nunca viverá de novo apenas como Alanis. Sempre dividirá sua existência com a criatura sombria.

No último segundo, a garota convence sua parte amaldiçoada a não deixar escapar pequenas labaredas p elas narinas.

— Elas são a gente e nós somos elas.

Não. Não. Não. Não. Não!

Alanis Dilan jamais será a Dragão.

A Dragão é monstruosa, um castigo, algo a ser combatido.

Lefertahri a abraça antes que a criatura ou Alanis tenham o ímpeto de fugir.

A quadrinista fica surpresa ao notar que o animal não manifesta interesse em incinerar a garota desta vez. Ao contrário, sente um imenso prazer em ter Leferthari ao seu lado. Confusa, Alanis capta quando sua emoção se espalha por todo o imponente corpo da gigantesca réptil. Se estivesse em sua forma humana, teria gritado com a estupefação.

— Eu entendi como liderar nossos corpos mesmo na versão amaldiçoada — Lefertahri sussurra. — Desde que você me mandou aquela carta disposta a se desgarrar do passado, entendi porque algumas vezes ficava mais fácil a Banshee permanecer onde eu queria. Porque eu a aceitava melhor, Lani.

Ela acaricia o focinho da criatura.

A Dragão ronrona em sua mente. Na mente compartilhada pelas duas. Ou seria de fato apenas uma só?

Ela está feliz pelo carinho.

Elas.

Felizes por...

Alanis arregalaria os olhos se pudesse – ela pode, já que é a Dragão?

Os olhos da criatura se arregalam.

Pelos cinco deuses!

Será mesmo possível?

O pensamento reverbera na humana e na criatura amaldiçoada, e ambas compartilham do mesmo sentimento: felicidade por serem vistas para além do monstro aparente.

— Na verdade, porque eu passei a me aceitar. Eu... comecei a aceitar meu passado. Do mesmo jeito que você disse que faria — complementa Lefertahri.

A Dragão bate as asas em resposta, mas não levanta a cabeça nem alça voo. Apenas permanece ali, abraçada com a relojoeira. Alanis percebe uma única lágrima escapar de sua garota. Se dragões chorassem, Lefertahri veria centenas delas escorrendo pelo seu rosto.

Somos uma só?

Alanis e a Dragão.

Lefertahri e a Banshee.

Luz e sombra.

Acertos e erros.

Duas faces do mesmo ser.

O pensamento acalenta a Dragão, como se tirando de dentro dela a necessidade de proteger Alanis contra o mundo. É um sentimento tão, mas tão bom, que a réptil ruge.

Alanis ruge.

Lefertahri, por sua vez, ri, afastando um passo da criatura, nem um pingo de medo em seu rosto.

Antes que Alanis abaixe o rosto para ser tocado pela relojoeira de novo, seu peito se agita. Há cheiros diferentes se aproximando, passos urgentes e comandos envolvidos em violência no ar. Seu instinto lhe incita a abocanhar Lefertahri e lançá-la sobre suas costas, mas uma voz firme e alta a interrompe antes mesmo que ela possa tomar tal ação.

— Paradas ou atiramos!

Lefertahri ergue as mãos ao céu.

Alanis paralisa, temerosa de que qualquer gesto mais brusco possa instigar os policiais da PCU a dispararem contra sua amada. Dezenas deles as circundam, com pistolas erguidas em direção às duas. As respirações são abafadas pelas máscaras pretas que cobrem suas bocas e narizes. E pensar que havia se livrado de todos eles minutos antes, quando os afugentou com intensas labaredas.

— Pelos deuses! Você cuspiu fogo neles antes de pousar ao meu lado... — sussurra Lefertahri, com as mãos tapando a boca e os olhos arregalados.

Alanis funga um pequeno rastro de chamas em confirmação. Se a relojoeira condena a atitude, não é assunto para o momento.

Um deles, próximo, resmunga:

— Além da corrida contra o tempo para evacuarmos esses loucos de Évia, agora precisamos domar um dragão enfurecido.

O sangue de Alanis esquenta com o comentário.

Lefertahri, como se percebendo o humor da Dragão ferver, pronuncia, o mais alto que consegue:

— Ela está controlada. Não é perigosa.

O mesmo que falou antes esbraveja:

— Calada, Banshee! As duas estão presas por assassinar membros da CEAG e por ameaçar a ordem social de Caladuna.

Alanis bate com a pata dianteira no chão, rosnando.

Que Ra Comarc e Aineith sintam a fúria dos deuses em suas almas!

Dezenas de projéteis chovem sobre suas escamas, e ela desvia daqueles que têm como alvo seu rosto. Lefertahri ajoelha-se e encolhe-se, soltando um gemido agudo. A integração com a Dragão vacila, e Alanis controla-se ao máximo para não sucumbir à vontade de retalhar aqueles covardes. Porém, seu único gesto rápido é abrigar a relojoeira atrás de sua asa esquerda. Os impactos não passam de coceiras, em contraste com a última saraivada que perfurou alguns pontos sensíveis em sua asa direita. Se ela parasse para sentir a dor, inevitavelmente soltaria gritos devido aos ferimentos. No entanto, a adrenalina presente apazigua o sofrimento por enquanto.

Balas para humanos?

Outra enxurrada de projéteis. Outro pensamento inquieto irrompe dentro dela: por que não abriram fogo imediatamente? É o padrão deles, não essa baboseira de "paradas ou atiramos".

Ao fundo, o Ariosto chama atenção para si com um estampido alto. Não há dúvidas. A qualquer momento, a erupção iniciará. Os policiais também estão cientes da informação, pois revezam entre xingar as amaldiçoadas e o vulcão.

— Seria muito pedir para se entregarem sem lutar? — o comandante pergunta, baixo, e um barulho de descrença forma-se em seus lábios ao final.

Alanis franze o cenho diante do comentário pouco convencional.

Será?

— Eles estão sem armas de contenção de amaldiçoados — sussurra Lefertahri, chegando à mesma conclusão que Alanis, de forma ágil e lógica. A ruiva sente seu coração inflar de orgulho por ter uma companheira tão perspicaz. — Por algum motivo, acabaram. Estão desesperados.

Isso explicaria a enxurrada de balas feitas para humanos, não dragões. No entanto, a ausência de armas contra amaldiçoados desperta questionamentos. Alanis imaginava que cada cidade possuísse seu próprio arsenal e é, no mínimo, incomum lidarem com ela de forma tão despreparada.

Lefertahri se levanta, e a ruiva movimenta a asa para mantê-la protegida.

— Lani! Você explodiu o armazém deles! Só pode ser isso.

Alanis analisa a hipótese.

É provável. Refletindo agora, há fortes indícios de que o armazém fosse um depósito de grande importância. Ao longo dos anos, a Engrenagens a Vácuo e outras organizações rebeldes se aventuraram em arriscados furtos de maquinários em sedes governamentais, o que levou o governo a transferir suas principais tecnologias com frequência. Algumas cidades optam por armazenar seus preciosos bens em locais equipados com dispositivos de segurança de alta tecnologia, enquanto outras preferem depositá-los de maneira discreta, evitando atrair atenção indesejada. Sim, há grandes chances de Évia ter seguido o segundo caminho.

O cenário é favorável para elas. Chega a ser cômico chegar a tal conclusão, visto que os últimos anos foram um emaranhado de derrotadas. Agora, para escaparem, basta

Alanis rodopiar sua cauda, lançar chamas certeiras e bater forte as asas para derrubar os oponentes mais resistentes. Enquanto isso, Lefertahri sobe em sua garupa e, então, elas voam para longe do caos. O plano perfeito.

— Tive uma ideia. Confia em mim? — a relojoeira pergunta, acariciando a asa de Alanis.

A Dragão acena, certa de que a garota chegou à mesma conclusão que ela outra vez.

— Tenho uma proposta para fazer — Lefertahri anuncia alto aos membros da PCU, ainda protegida por Alanis.

A Dragão rosna, incrédula. Os policiais se remexem, prontos para atirar de novo.

Não se pede permissão para atacar alguém e fugir!

— Ou se rendem ou vamos...

— Não vão fazer nada — Lefertahri corta, o timbre mais firme do que o habitual. Alanis sente uma pontada de orgulho, embora esteja irritada com a aparente preferência por negociações em vez da opção pelo caminho mais óbvio. Ela reconhece o esforço da garota para impor a voz dessa maneira. — Estão sem as armas de contenção de amaldiçoados e, considerando o ritmo lento da evacuação da cidade, mais de um terço da população vai morrer. Isso inclui amigos e familiares de vocês. Talvez até alguns de vocês.

— Não fale besteira, pecadora! — ralha o policial no comando.

Alanis rosna em sua mente, infeliz por concordar com o idiota.

— Vão ouvir ou não? Podemos ajudar a conter os danos da erupção.

Podemos?

Alanis encara Lefertahri com olhos arregalados e mexe a cauda, desconfortável com o rumo da conversa. Qual parte sobre sua máxima de evitar esforços desnecessários a relojoeira não entendeu? Antes a tivesse colocado à força nas costas.

— Claro, devemos confiar em duas condenadas pelo Oráculo, sendo que uma já atacou policiais ainda há pouco — ele zomba. — Atenção, Patrulha, ao meu sinal!

Alanis ruge em uma tentativa de dissuadi-los. Ela sabe o que eles pretendem fazer. Como não tem as munições corretas para perfurar sua pele, vão mirar em seus olhos e orelhas. Mas ela não vai permitir. Portanto, chacoalha a cauda e mostra as presas afiadas.

— Lani, calma! — Lefertahri pede, abraçando a asa que ainda a protege.

A ruiva precisará desobedecer a sua garota, pois não há chances de deixar alguém machucá-las de novo. Uma única lufada será o suficiente para tostar a maioria deles em instantes.

De repente, um tumulto avassalador irrompe ao redor delas. Uma cacofonia de vozes se entrelaça em assombro, gritos, sussurros e lamentações.

— São os policiais? — Lefertahri murmura, incapaz de ver para além da asa de Alanis. — O que está acontecendo?

A ruiva vasculha o horizonte, mas sua miopia a impede de usar a vantagem do seu tamanho para decifrar a causa da agitação.

— Atenção, homens. Mantenham a posição! — O comandante tenta sustentar a ordem de seus subordinados, mas muitos já estão dispersos.

Alanis só fica mais confusa quando escuta de um dos policiais:

— Olha, alguns estão parando de dançar.

E, por cima do anúncio, uma voz amiga:

— Não machuquem a Alanis! Ela nos salvou das minas!

Mosi.

O coração dela se enche de felicidade ao vê-lo, agradecida por ele se arriscar para proteger o seu lado mais sombrio, aquela parte que ela mesma teme – ou temia minutos atrás.

Em Caladuna, há diversos mitos sobre o surgimento do Oráculo de Ghunza.

O mais famoso afirma que há muito existiu um grupo de alquimistas ousado o bastante para tentar roubar uma fórmula secreta dos deuses, em uma terra longínqua e sem nome. Seus membros queriam usá-la para conferir poderes sobrenaturais aos seres humanos, mas a um terrível custo.

O Oráculo de Ghunza foi a resposta das divindades à insubordinação, criado para punir pecadores e lembrar os humanos de seus lugares na hierarquia daquelas terras.

A Ilha do Desconhecido também surgiu deste confronto.

Alanis Dilan não tinha intenção alguma de ficar na terra de castigo dos deuses.

Menos de um ano depois de ser enviada, ela já havia reunido informações e firmado alianças com outros amaldiçoados. Usou seu conhecimento na Engrenagens a Vácuo para liderar uma missão de fuga, de modo a driblar e combater as inúmeras armadilhas e desafios que guardam a ilha.

Falhou duas vezes. Na terceira, a Dragão planou para longe, vitoriosa.

Alguns de seus companheiros ficaram para trás. Ela não pensou neles um segundo a mais do que o necessário desde que conquistou a liberdade.

Havia aprendido da pior forma o perigo da empatia.

Dos sobreviventes, cada um seguiu o seu caminho. Alguns evadiram antes mesmo de alcançar Caladuna, como o casal de kraken terra-mar. Outros três – uma púca, um cronokelpie e uma golem – mantiveram-se com Alanis até ela decidir ser o fim da aliança.

Alanis os abandonou em Basina para seguir até Porto Aurora. Até Inma.

Depois disso, decidiu que viveria melhor sozinha.

CAPÍTULO 25

Dois acordes opostos compõem a mesma melodia

Lefertahri hesita diante da incerteza que envolve sua suposição. Aliás, a suposição de um estudioso dedicado aos animais de estimação dos deuses que não é levado a sério no meio científico. Ainda assim, ousa tentar, principalmente depois que Mosi irrompeu entre os mineiros, determinado a defender Alanis. Seu grito ressoou alto, desafiador, e, sem hesitar, ele se enfiou entre os policiais, indiferente ao perigo. Ao mesmo tempo, algo extraordinário aconteceu: dezenas de dançarinos emergiram do transe sem motivo aparente. Então, diante de tantos eventos estranhos – que a própria garota ainda não consegue processar direito –, os policiais decidiram prestar atenção ao plano da relojoeira, movidos pela exaustão e pela corrida contra o tempo.

Um plano audacioso, mas, se bem-sucedido, poderá salvar inúmeras vidas. Inclusive as delas.

— O esforço deve ser em garantir a segurança de Évia. É o mais importante agora — começa Lefertahri, fitando as autoridades nos olhos o máximo de tempo que consegue antes de ser impossível não desviar o olhar. A Dragão permanece ao seu lado, pronta para protegê-la a qualquer sinal de perigo. — Sei que é difícil acreditar, mas a gente consegue controlar nossas criaturas sombrias. Podemos usar os poderes delas para ajudar.

Os policiais lançam olhares céticos uns aos outros, expressões carregadas de dúvida se encontrando no ar. Enquanto Lefertahri prossegue, murmúrios de descrença preenchem o ambiente.

— Durante o dia — ela sugere, a voz determinada mesmo diante da incredulidade e das dezenas de vozes contrastantes que permeiam a praça — Alanis pode fortalecer as barragens com mais material e transportar os dispositivos de resfriamento de lava. Sua força e habilidade de voar mais próximo ao Ariosto são valiosas nesse sentido. Um engenheiro poderia fornecer as informações necessárias. Aposto que tem algum ajudando.

Uma policial acrescenta:

— O vulcanologista que está lá na sede mencionou que a universidade possui uma máquina de resfriamento. Podemos contar com isso, chefe.

— E os geotécnicos disseram que as indústrias portuárias têm matéria pronta para reforçar as barragens de forma paliativa — completa outra.

O comandante estreita os olhos. Lefertahri agarra a oportunidade e prossegue, antes que a confiança desvaneça:

— Quando anoitecer, Alanis vai voltar a ser humana, mas eu posso usar meu canto para acalmar o coração das pessoas.

Até a Dragão a fita como se Lefertahri tivesse dito que iria pular dentro do Ariosto para interromper a erupção com uma boneca enquanto assovia o hino nacional. Ela enche os pulmões de ar e afasta a onda de questionamentos que a assalta, disposta a desafiar aqueles que a rotulam como louca.

— Eu li um estudo que diz que o canto de uma banshee não prenuncia apenas mortes...

— Sim, faz as pessoas dançarem até se esgotarem e caírem duras por aí — rebate um policial, raiva exalando de seu corpo.

Alanis rosna, os dentes à mostra e os olhos semicerrados. A acusação perfura Lefertahri, pois acredita na sua veracidade. Contudo, antes que o temperamento incendiário da Dragão exploda, a relojoeira dispara:

— Não, o pesquisador acreditava que as banshees verdadeiras podem escolher entre cantar para prenunciar a morte ou cantar para acalmar o coração das pessoas, em especial para as destinadas a se encontrarem com a deusa.

— Isso não faz sentido algum — alguém comenta.

Lefertahri concordava com essa afirmação até pouco tempo atrás, mas também questionava a teoria de que criaturas sombrias e condenadas compartilham a mesma alma. Então, por que não arriscar, especialmente depois de ter constatado, tanto com ela mesma quanto com Alanis, que ambas possuem controle sobre as piores partes de si?

— Você já fez isso antes? — É Mosi quem pergunta.

O menino demonstra uma maturidade maior do que a que Alanis descreveu em suas cartas. Pelo menos desde que chegou, veste a máscara de um adolescente determinado e corajoso, muito distante da imagem de um jovem irresponsável e megalomaníaco que a ruiva descreveu. Apesar da preocupação implícita no tom de voz dele, Lefertahri já se afeiçoou ao garoto.

— Ainda não, mas...

Lefertahri encolhe-se, subjugada pelos murmúrios de descrença e lamentos ao seu redor. Ao revelar o plano, já esperava encontrar obstáculos no caminho. No entanto, as palavras zombeteiras e os insultos sussurrados pelos policiais, claramente avessos a seres como ela, não deixam de feri-la. Alanis toca de leve a asa em seu ombro, transmitindo solidariedade.

— Bom, eu nunca vi um amaldiçoado no controle das coisas, ainda mais ajudando a galera a escapar das minas, algo que vocês nem conseguiram fazer, né? — Mosi provoca, interpondo-se à frente da garota. — Alguém aqui já viu algo desse tipo? Sinceramente, acho que estamos só perdendo tempo. Lani já poderia estar ajudando com as barreiras de contenção.

Sussurros e conversas paralelas se avolumam no ambiente. Cada murmúrio é um lembrete para Lefertahri de sua timidez e desperta nela o desejo de se refugiar no abraço protetor de Alanis e nunca mais enfrentar o mundo. Porém, apesar da tentação, ela se mantém firme em seu lugar, erguendo o queixo com firmeza.

A cada minuto que passa, a fúria do Ariosto reverbera mais alto.

Uma expectativa palpável toma conta de todos. Lefertahri sente a rigidez do corpo de Alanis atrás dela, as escamas da réptil eriçadas em sinal de agitação. Ela esfrega as próprias mãos, os dedos deslizando um sobre o outro. O tempo parece dilatar-se, como o cair sôfrego de grãos de areia em ampulhetas. Somente após uma eternidade tumultuada, com alguns membros da PCU espalhados para conter os curiosos e outros ajudando os dançarinos recém-despertos, as palavras do comandante reverberam:

— Alanis Dilan e Lefertahri Eissa, ambas condenadas no ano 92 Pós Sethara's Fúrnis pelo Oráculo de Ghunza, vocês estão sob custódia do governo. — O coração de Lefertahri dispara enquanto Alanis solta um forte fungado. — Isso significa que serão constantemente vigiadas pelos agentes responsáveis e deverão acatar as decisões das autoridades. Além disso, usarão relógios-rastreadores nos pulsos, quando estiverem na forma humana, e serão restritas quando na forma bestial, a menos que sejam autorizadas a agir. Por enquanto, têm a missão de ajudar Évia a minimizar os estragos causados pela erupção do Ariosto.

Lefertahri exala um suspiro, suas tensões dissipando-se no ar. Porém, enquanto ela se recupera, a imponente figura da Dragão emite um fungar atrás dela. É como se a criatura se preparasse para enfrentar as consequências do plano ousado.

Lefertahri ofega, a mente repleta de incertezas sobre seu plano assim que chega na delegacia. Seus passos rápidos mal conseguem acompanhar o batimento acelerado de seu coração. Ao passar pela porta do local, um relógio-rastreador foi abruptamente preso em seu pulso, selando sua sentença. O dispositivo de metal não possui qualquer elegância, diferindo dos ornamentados como os que leva presos à roupa. Ela desconhecia a existência do modelo, talvez restrito às autoridades, pois nunca se deparou com sua venda nas redondezas.

Além disso, não gosta nada de se separar de Alanis, embora seja uma situação normal a suceder. Enquanto ela foi encaminhada para depor, a ruiva foi levada às pressas até onde trabalham o vulcanologista e o engenheiro geotécnico encarregados do plano de contenção da erupção do Ariosto. Conduziram Mosi e os dançarinos despertos, por sua vez, à estação de trem, para tentar embarcar em uma das últimas locomotivas que deixarão a cidade. Lefertahri tem certeza de que os policiais interrogarão a todos durante da viagem. Ela mesma gostaria de fazer algumas perguntas para os recuperados do Baile dos Atormentados, embora, diante da urgência dos outros acontecimentos, sua mente tenha despriorizado a culpa que sente pelo início do fenômeno.

Antes de se separar de Mosi, a garota fez um pedido a ele:

— Pode descobrir, por favor, se Alanis conseguiu embarcar minha família em alguma locomotiva?

— Claro. Se você conseguiu domar a fera Alanis, quem sou eu para te negar algo?

Um sorriso iluminou o rosto de Lefertahri, satisfeita por ter se afeiçoado a ele de imediato.

— Ela gosta muito de você, sabia? — disse antes de se render ao ímpeto de abraçá-lo.

A lembrança a acalenta enquanto está sentada na sala do delegado, sozinha, esperando por ele. A relojoeira já esteve em um aposento similar, anos antes, quando foi enviada para o Oráculo de Ghunza. O espaço imponente possui as mesmas paredes revestidas em madeira escura e painéis de carvalho que a delegacia de Alun. No centro, há uma mesa de madeira maciça, com uma cadeira de couro reforçada atrás dela, e as laterais são preenchidas por lâmpadas de latão antigas, mapas e plantas detalhadas de Évia e Caladuna. A única diferença com o cômodo da capital está na estante de livros, repleta de volumes empoeirados sobre leis, regulamentos e códigos, que orna o fundo da sala. Lá, as prateleiras são três vezes mais largas.

Quando Lefertahri cansa de analisar cada pedacinho do lugar, sua mente passa a divagar, pulando por diversos assuntos: onde está sua família? O governo cumprirá sua parte do acordo? Serão libertadas depois de ajudar ou farão como Ra Comarc e Aineith? Alanis partirá de Évia ou ficará, caso tenham permissão de viver em Caladuna? Seu plano vai dar certo ou a lava ainda consumirá a cidade por completo? O governo enviará reforços? O Oráculo já sabe sobre o controle que agora ela e Alanis têm de suas criaturas sombrias? Se sim, o que vai fazer?

Sua cabeça dói de tanto pensar. De tanto angustiar-se com as infinitas combinações de respostas para suas dúvidas. De tanto avaliar futuros e mais futuros.

Tudo pode dar muito errado. Mas também pode dar muito certo.

A porta de correr desliza em algum momento, produzindo um ruído metálico suave.

— Lefertahri Eissa?

Uma mulher alta e gorda de cabelo crespo na altura do queixo surge pela abertura, sem entrar na sala. Lefertahri apenas assente em confirmação.

— Eu sou Damani Lirianez, primeira delegada titular da Polícia de Évia e responsável pelo seu caso. — A mulher, enfim, entra na sala. Nada em suas vestes a identifica como uma policial, sugerindo que saiu de casa apressada assim que soube da erupção iminente. Ela ocupa a cadeira de couro, cruzando as pernas.

A garota se enrijece, sem tirar os olhos da delegada enquanto a mulher se acomoda, o coração batendo descompassado. Ela luta para manter uma aparência serena, apesar das mãos trêmulas no colo e do nó que se forma em sua garganta.

— Então você é a Banshee que nos amedronta toda noite.

Lefertahri assente, incerta do que seria inteligente responder.

— Recebi muitas queixas da população cobrando sua prisão. Fico feliz que tenha saído da toca e facilitado meu trabalho ou, possivelmente, demoraria a colocar esquadrões atrás de você, o que continuaria desagradando uma parcela grande de pessoas influentes em Évia, sabia?

Lefertahri apenas concorda com a cabeça outra vez, incapaz de decifrar qual seria a resposta ideal para aquela confissão. Damani se inclina na mesa, como se compartilhasse um segredo com ela.

— Essas pessoas têm medo à toa de você. São umas imbecis. Os rebeldes que estão atacando as cidades, esses, sim, são perigosos. E aquele dragão... Uau! Causou uns bons estragos também. Como domesticou a amaldiçoada?

Lefertahri pisca perplexa, tentando decifrar o que acabou de ouvir. Sob o olhar encorajador de Damani, recobra a compostura.

— Eu não a *domestiquei*, senhora — responde, falhando em esconder a raiva ao pronunciar aquela palavra.

— Qual é, Lefertahri. Todos vimos a Dragão nos céus. Ela só parou quando você... O que você fez afinal?

A relojoeira aperta as mãos, desconfortável com o rumo do interrogatório. Uma mistura de ansiedade e frustração toma conta dela. É ingênuo pensar que receberia agradecimentos por sua ajuda à cidade, lamenta-se, com uma pontada de amargura.

— Nada. Só aprendemos a lidar com as criaturas sombrias.

Lefertahri não tem certeza se destrinchar esse assunto é uma boa ideia. Contudo, sabe que precisa oferecer informações o suficiente para que ela acredite não ter nada sendo ocultado. Por isso, acrescenta:

— É difícil, mas elas podem ser domadas com força de vontade.

Damani a analisa de cima a baixo antes de pegar uma caneta-tinteiro e um caderno.

— Muito bem, Lefertahri. Retornaremos a esse tópico depois. Vamos relembrar os fatos desde o princípio. Qual foi o motivo por trás das mortes de Ra Comarc e Aneith? — Lefertahri prende a respiração e suas mãos ficam suadas de repente. — Vejo que reconhece os nomes. Não nega a acusação então?

A garota abaixa a cabeça, os ombros enrijecidos, e as palavras saem com dificuldade de seus lábios trêmulos. Os sinais da brutalidade que sofreu são visíveis em seu rosto contorcido, e ela se esforça para controlar a voz que oscila entre o medo e a dor.

— Eles... me machucaram para conseguir informações. E tentaram me capturar, de novo... eles iam me machucar outra vez. E talvez até matar Alanis... não era nossa intenção...

Lefertahri não consegue seguir uma única linha de raciocínio, ao que Damani a chama pelo nome. Ela levanta a cabeça, uma careta na face ao tentar controlar as emoções intensas que falar sobre os policiais-cientistas evoca.

— Eu não vou te machucar, Lefertahri. Só vamos conversar, está bem? Preciso entender o que está acontecendo em Évia, para que nós duas possamos ajudar a cidade que tanto amamos. Sua família é daqui, certo?

Embora a pergunta chegue em um tom simpático, Damani ter tal informação faz uma corrente de ansiedade passear por sua espinha. É evidente que eles estão cientes de sua história. Ela é uma condenada, e o governo tem conhecimento de todos os detalhes obscuros de sua vida. *Está tudo bem, é uma pergunta normal a ser feita*, reforça a si mesma.

— Sim — ela diz simplesmente.

— Perfeito. Me conte sobre sua relação com Ra Comarc e Aineith. Tome o tempo que precisar. Ainda temos algumas horas antes do anoitecer.

Lefertahri assente e abaixa o olhar para as próprias mãos.

Então, conta, lágrimas escapando vez ou outra durante o relato.

Dos policiais, Damani pergunta sobre a relação dela com Alanis.

Lefertahri detalha como se conheceram, ocultando partes íntimas demais ou que possam gerar perguntas indesejadas sobre a Dragão e a Banshee.

De Alanis, o tópico passa para a família da relojoeira.

Da família, para a Ilha do Desconhecido. Esta parte Lefertahri disserta sem filtro. Afinal, não duvida que o governo tenha informações ainda mais relevantes que sua vivência.

Damani só a libera trinta minutos antes do anoitecer.

— E o Ariosto? — Lefertahri questiona, já que o tópico não foi levantado uma vez sequer.

— Já erupcionou, três horas atrás. Sua namorada está fazendo um bom trabalho.

Lefertahri se vê dividida entre o orgulho e a preocupação com a segurança da ruiva. Porém, evita dar margem à sua imaginação e se obriga a focar apenas em uma informação: Alanis está bem.

Antes de sair da sala, conduzida por dois policiais, a relojoeira boceja. Damani ergue a sobrancelha, como se apenas agora percebesse que a garota está acordada há quase um dia inteiro.

— Pobrezinha. Te aluguei por tanto tempo. Esqueci que você é noturna por conta… de sua condição.

Lefertahri, embora dominada pelo sono, tenta transmitir calma:

— Não tem problema. — Mas a delegada sempre causa arrepios em sua nuca com sua simpatia excessiva.

— Vamos disponibilizar um lugar para você descansar depois do seu… teste — ela afirma, sorridente.

Com o aval de Damani, os dois policiais escoltam Lefertahri por um corredor interminável, passando por inúmeras portas antes de pararem de frente a uma delas. Ao longo do percurso, a garota controla seus pensamentos, recusando-se a ceder ao medo. Seu foco é estritamente direcionado à realidade.

Ela prende a respiração quando a porta é empurrada. Solta apenas ao adentrarem o cômodo. Lá, há uma mãe com uma criança de colo sentada em frente à uma mesa comprida que domina todo o ambiente sem qualquer traço de personalidade. De repente, imagens do bebê que ela tentou enganar da morte anos atrás invadem sua mente, fazendo-a prender a respiração.

O sono se esvai.

— Bom, garota, faça a sua mágica. — Apenas quando fala, Lefertahri percebe o comandante de mais cedo no canto da sala, o semblante cético.

Ela fixa o olhar nele por alguns segundos além do recomendado, lutando contra a vontade de proferir palavras ofensivas. Em seguida, aproxima-se da mesa e pede permissão para se sentar perto da família.

— Qual é o seu nome? — indaga, mantendo um tom amável.

— Sítria — a mulher balbucia, os olhos marejados. — E essa é a Sistina. Ela… tem uma doença incurável… tem poucas horas de vida.

Sítria pressiona os lábios contra a bochecha da filha, as lágrimas rolando pelo rosto como uma tempestade. Lefertahri vacila na contenção das próprias emoções e engole em seco. Consola-se somente pelo fato de não ter ido para a parte urbana de Évia sete dias atrás e, por isso, não ter oferecido o canto lúgubre àquela mãe.

Se estiver certa, seu canto agora trará conforto, não pânico.

— Sinto muito — murmura e olha para o relógio na parede.

Dez minutos depois, passados em um silêncio constrangedor, Lefertahri recebe a forma espectral de braços abertos. Sem medo. Sem repulsa. O relógio-rastreador em seu pulso permanece onde está, mas a garota duvida que ele funcione na forma etérea — os outros três que carrega consigo não o fazem, pelo menos. De todo modo, esse é um enigma que ela anseia desvendar, assim que tiver tempo.

Sítria se encolhe com um gemido assustado. Sistina chora. Lefertahri, contudo, não se abala com a reação das duas, surpreendendo-se consigo mesma. Pela primeira vez em muitos anos, sente-se em paz, principalmente porque o instinto da Banshee não a guia para lugar algum; ao contrário, é como se esperasse por algum comando. Ela fecha os olhos, satisfeita por ter controle do corpo também naquela forma. É uma sensação estranha de liberdade, como se antes Lefertahri estivesse presa em um invólucro que não lhe pertencia.

Porém, a Banshee é ela e ela é a Banshee.

Uma única alma. Um único ser.

No íntimo de sua essência, uma canção surge nos lábios da garota.

Ela abre a boca devagar e derrama a melodia para o mundo.

É um canto manso. Ameno. Belo – o contrário do prenúncio de morte, embora possuam a mesma base, a mesma natureza.

É como se dois acordes opostos compusessem a mesma melodia.

Sistina para de chorar e Sítria a beija, um sorriso resiliente no rosto.

Em Caladuna, há o seguinte provérbio: quem busca a fuga encontra a fortuna.

O ditado popular é usado como forma de incentivo para que as pessoas tenham coragem de sempre se empenhar em escapar de uma situação indesejada. A ideia é transmitir que quando alguém está determinado a abandonar aquilo que lhe faz mal pode obter resultados surpreendentes e gratificantes, além da mera fuga.

Lefertahri Eissa não tinha pretensão alguma de ser a prova de veracidade deste provérbio. Ao decidir se infiltrar nas profundezas da ilha do Desconhecido e explorar os túneis subterrâneos e as cavernas secretas, seu único objetivo era escapar de sua existência torturante.

Viva ou morta.

Ela jamais imaginou encontrar um barco em um lago subterrâneo.

Muito menos conseguir fazê-lo funcionar somente com os conhecimentos de relojoaria.

Menos ainda que naquele ponto da ilha as criaturas sombrias não se embrenham e, por isso, desertar sem ser trazida de volta pelos guardas dos deuses era uma possibilidade.

Lefertahri se libertou um mês depois de navegar a esmo pelos túneis da Ilha do Desconhecido.

Viva.

Perdeu-se ao mar por outros dois meses, sobrevivendo por pura força de vontade ao se empenhar em aplicar os poucos conhecimentos de pesca e armazenamento de água da chuva que possuía. A bússola que roubou de uma apófis amaldiçoada, moribunda, ainda no primeiro mês, também lhe ajudou, bem como prestar atenção às informações sussurradas aos ventos. Descobriu, assim, que Caladuna fica ao sul.

Por puro medo de explorar sozinha outros países, navegou em direção à sua terra natal. Quando avistou do mar Buhrnad a imensidão de terra firme pertencente à Caladuna, ela chorou.

Não havia alívio em voltar para seu país, pois Lefertahri não tinha mais um lar.

CAPÍTULO 26

Carnaval a vapor

Cada barra de metal que Alanis leva para robustecer as barragens de contenção é mais pesada que a anterior. Cada vez que aperta, de forma bruta e atrapalhada, o dispositivo portátil conhecido como "bomba de delígia", pergunta-se se o plano de Lefertahri dará certo.

Ela está exausta.

Alanis trabalha de forma intermitente há cinco horas e, há duas, precisa lidar com o pior pesadelo dos evianos: a ira do Ariosto. O vulcão iniciou o que os especialistas que a guiam chamam de erupção efusiva de forma quase sorrateira, se comparado aos sinais extravagantes que vinha dando nas últimas horas.

— Isso significa que a lava é fluida e vai descer até a cidade em correntes mais lentas, mas ainda assim vai percorrer longas distâncias antes de solidificar — explicou Pitah Sianh, o vulcanologista a quem foi primeiro apresentada, logo após a lava aparecer.

— Pelo menos é um processo mais lento do que se o Ariosto optasse por uma erupção explosiva. — Diante do olhar confuso de Alanis, Breccan Connan, o engenheiro geotécnico que divide a responsabilidade pelo plano de contingenciamento, completou: — É quando a lava é expelida de forma violenta por um curto período de tempo. Faz uma bagunça e tanto.

À medida que Alanis se afasta do vulcão, sua irritação diminui. Às vezes, deseja apenas escapar do calor sufocante e se ressente por ser a única a suportar os mais de trezentos graus acima da lava. Seu humor piora quando sua asa lateja devido aos tiros que lhe atingiram mais cedo. Não é a primeira vez que acontece, então já tem experiência em saber que não são ferimentos profundos, embora inconvenientes. Na forma humana, sentirá apenas um incômodo e uma ardência nas costas, na altura dos ombros.

A garota queria poder partir sem nunca olhar para trás – seria uma excelente opção, não fosse Lefertahri. Alanis não pode, e mais importante, não *quer* deixá-la, mesmo depois do plano pouco inteligente da outra. A ruiva considerou várias vezes apenas abocanhá-la e voar para longe dos policiais da PCU, mas o medo de um projétil atingir a sua garota a deteve. As balas eram ineficazes contra um dragão, mas uma humana não teria a mesma resistência se fosse atingida. Além disso, imaginou que Lefertahri se magoaria caso a Dragão optasse por tostar todo mundo – é muito certinha para correr tal risco.

Agora, devido à nobre atitude não correspondida de Lefertahri para com o governo, elas estão impedidas de escapar. A garota já até usa um relógio-rastreador no pulso e, assim que Alanis voltar à sua forma original, também terá um colocado no punho. Ao mesmo tempo que a quadrinista deseja beijar Lefertahri por sua compaixão, também quer gritar com ela até perder a voz por terem sido colocadas à mercê de quem tem o maior potencial para causar-lhes danos.

Se algo acontecer com alguma delas, não tem certeza se conseguirá controlar a Dragão de novo. Pelo contrário, sentirá prazer em entregar-se por completo à sua parte mais sombria. Com o pensamento, as asas da criatura alada vacilam, planando em direção ao centro de Évia em vez da indústria portuária responsável por fornecer os minérios de delígia – minério este que, como explicou Breccan, quando misturado com vulcônias, produz uma substância resfriadora capaz de reduzir a temperatura da lava e controlar sua propagação.

Alanis respira fundo, concentrando-se nos momentos positivos que teve com Lefertahri e compreendendo que perder o controle da Dragão agora significaria perdê-los para sempre. Não, ela precisa encontrar a paz dentro de si, aceitar seus erros de uma vez por todas e concentrar-se em construir um futuro com a garota que ama. A imagem do sorriso tímido da relojoeira acalma Alanis aos poucos. Sim, ela honrará Lefertahri e cumprirá com a promessa de seguir em frente.

Em um misto de resignação e mau humor, Alanis pousa minutos depois com um estrondo profundo no jardim em frente à indústria e deposita aos seus pés a bomba de delígia que carregava na boca. Assim que a agitação cessa, Pitah e Breccan se aproximam, com o primeiro empurrando a cadeira de rodas do segundo.

— Alanis, mais um carregamento de minério chegou de Vapólia. Estamos progredindo bem no resfriamento da lava. Vamos conseguir mesmo diminuir a força do impacto dela nas barragens — diz o engenheiro, com entusiasmo. Sua pele, mais clara do que a dela, está vermelha devido às horas intermitentes sob o sol.

O vulcanologista complementa, a mão preta retinta tocando com carinho o ombro de Breccan:

— As barreiras vão sustentar bem a lava, mesmo com poucas barras de ferro já reforçadas com diamante quartzelado! Isso é fantástico!

— E pensar que a outra opção era sacrificar pilotos de dirigíveis para manusearem a bomba de delígia — comenta Breccan, mexendo as mãos freneticamente.

— Não teriam a menor chance — concorda Pitah, um largo sorriso se abrindo ao fitar os olhos castanhos da Dragão.

Alanis ainda não se acostumou com a cordialidade nas palavras dos dois indivíduos, que destoam significativamente do comportamento dos demais trabalhadores da fábrica. Estes, de forma contundente, evitam até mesmo fixar seus olhares na presença imponente da Dragão, muito menos se aproximam dela.

Para não dizer que a jovem nunca conheceu alguém com opinião neutra ou até mesmo positiva em relação aos condenados, isso aconteceu uma única vez. Um dos membros mais experientes da Engrenagens a Vácuo em Porto Aurora era um cientista renomado. Durante uma de suas raras conversas com ele, quando Alanis nem imaginava ser possível tornar-se uma amaldiçoada, ele compartilhou com os jovens a sua perspectiva sobre o assunto. Entre sussurros dentro da comunidade científica, ele revelou haver uma história diferente da narrativa predominante de que o Oráculo de Ghunza existe para evitar a repetição de erros passados e impedir futuras tentativas inadequadas de utilizar a Sethara's Fúrnis, como o evento conhecido como O Pecado Alquímico.

— Na comunidade científica — ele explicou — muitos acreditam que o Oráculo de Ghunza considera aqueles que sentem uma profunda culpa por suas ações como indivíduos insatisfeitos não apenas com suas vidas, mas com a vida no geral e, por isso, são propensos a buscar mudanças no *status quo*. E pensar além dos limites estabelecidos é perigoso, concorda?

Na época, Alanis não deu muita atenção ao assunto, mas ao observar Breccan e Pitah tão confortáveis com a presença dela, uma chama de interesse se acende. E se, de fato, existir uma sociedade científica que enxergue os condenados como revolucionários em vez de meros culpados? E se, junto a eles, houver também artistas que compartilhem essa mesma visão, como o escritor da revista em quadrinhos que retratou os amaldiçoados sob uma perspectiva diferente da disseminada pelo governo, aquela que Mosi encontrou no Bazar da Fumaça?

— Você é um verdadeiro milagre, Alanis — murmura Breccan, um sorriso iluminando todo seu rosto. Essa afirmação a pega de surpresa, fazendo com que a Dragão vire a cabeça para observar os dois com mais atenção, apesar da sua visão embaçada. No entanto, ela percebe, mesmo nessa condição, outros cientistas e operários cochichando entre si. Alanis gostaria de ter uma audição ampliada para captar os xingamentos a fim de ter uma justificativa válida para abandonar tudo e incendiar todos eles. Ao perceberem a atenção da amaldiçoada sobre si, alguns desviam o olhar e se afastam.

No entanto, três indivíduos se aproximam e, ao chegarem perto o suficiente para Alanis analisar seus rostos, ela encontra expressões amigáveis sorrindo para ela. Subitamente, os recém-chegados se engajam em uma conversa animada com Breccan e Pitah sobre o papel da Dragão na missão de proteger Évia. Alanis permanece rígida onde está, sentimentos conflitantes crescendo dentro dela. Será que Lefertarhi acertou em seu plano? Será que, de excluídas, elas serão agora enxergadas como heroínas, pelo menos por um pequeno grupo de evianos?

Quando alça voo de novo, dessa vez carregando duas barras de ferro, Alanis não tem mais vontade de queimar o mundo.

Pelo menos, não por enquanto.

Apenas no décimo dia, o Ariosto se dá por satisfeito.

Na noite anterior, expeliu sua última torrente de lava.

Na manhã de hoje, o vulcanologista confirma o término da atividade vulcânica.

Alanis recebe a notícia com um suspiro de alívio, permitindo-se deitar no jardim da indústria onde passou a maior parte da última semana. Ela nunca se exercitou tanto em sua vida – e definitivamente não está disposta a iniciar uma rotina intensa de treinos físicos. Mesmo na forma de dragão, as barras de ferro e a bomba de delígia são pesadas.

À sua frente, Breccan e Pitah abraçam-se com uma intensidade além do comum, despertando suspeitas de que há algo mais do que apenas uma relação profissional entre eles. Como dragão, Alanis limita-se a rugir e balançar a cauda.

— Conseguimos, Alanis! Conseguimos! — Pitah se aproxima e acaricia o imponente corpo do réptil alado. Sem medo, sem olhares estranhos, sem palavras não ditas.

Alanis passou a apreciar a companhia dos especialistas mais do que está disposta a admitir, depois dos últimos dias de convívio constante com eles e um pequeno grupo de trabalhadores e cientistas corajosos o suficiente para se aproximar dela tanto em sua forma amaldiçoada quanto em sua forma humana. Aos poucos, inclusive, esses indivíduos juntam-se à celebração, à medida que a notícia se espalha pela fábrica. A quadrinista agradece por estar na forma animal, pois não saberia como lidar com meia dúzia de pessoas tocando-a e oferecendo-lhe palavras amáveis.

Ainda é estranho sentir-se à vontade em meio a tanta gente – ou melhor, que tanta gente se sinta à vontade perto dela. Nem nos seus sonhos mais otimistas imaginaria que essa situação pudesse se tornar realidade. Não à toa, as palavras do cientista rebelde em Porto Aurora ecoam sem parar em sua mente, lembrando-a de que há muito que ela desconhece, por mais inteligente que seja.

Alanis gostaria de compartilhar tais pensamentos com Lefertahri, mas tem se encontrado com a garota poucas vezes desde que foram incumbidas de salvar Évia. Conversaram e se abraçaram em momentos furtivos, exaustas diante da quantidade de tarefas a serem realizadas em tão pouco tempo. Esses breves encontros são insuficientes para um coração apaixonado, principalmente porque estão em constante vigilância dos policiais.

Ela sente falta das cartas trocadas, dos beijos carinhosos, dos sorrisos gentis e do humor ingênuo. Anseia por poder enroscar os dedos nos cabelos lisos de Lefertahri enquanto a provoca com flertes sussurrados ao ouvido, fazendo-a se encolher de vergonha. Quer ter a oportunidade de mimá-la, consolá-la e conversar até caírem juntas no sono. Contudo, não é só o acordo com a polícia que as impede de fazer isso. Mesmo se fossem libertadas do compromisso com as autoridades, as duas ainda seriam amaldiçoadas e ainda precisariam lidar com a transformação compulsória todo raiar do dia, todo cair da noite. E isso jamais vai mudar. Porém, por ora, só de poder estar no mesmo ambiente que sua garota, seja na forma humana ou como criatura sombria, já é o suficiente para seu coração lacerado pela distância obrigatória.

A quadrinista volta a focar na comoção ao seu redor. A reação amigável do pequeno grupo de trabalhadores mostra que há pessoas boas em meio a hipocrisia vigente em Caladuna. Ainda assim, o mundo persiste em ser injusto. Ao mesmo tempo que as duas ajudaram a salvar Évia, e, no processo, salvaram uma à outra, continuam condenadas a uma meia-vida – e para sempre serão, pois não há registros de reversão da condenação do Oráculo de Ghunza.

A Dragão se ergue, desconfortável. Ao seu redor, as pessoas prosseguem se envolvendo em abraços e conversas animadas. Ela própria se alegra com o fato de que, no final das contas, o esforço conjunto da Dragão, da Banshee e dos profissionais evianos obteve sucesso. Com exceção de algumas residências na Quinta da Lava Seca, nenhum dano foi causado. Além disso, com alguns disparos adicionais da bomba de delígia, a lava se solidificará por completo na crosta. Ainda serão necessárias umas três semanas para garantir que o interior esfrie, mas o simples fato de a lava não avançar é uma grande vitória. Um sentimento acalentador habita seu peito: funcionou.

Você é um gênio, Tahri.

Alanis sorri como uma boba apaixonada, ansiando para que sua expressão não pareça tão desajeitada enquanto dragão como acontece quando está na forma humana. Ela gostaria tanto de se perder nos braços de Lefertahri. Seus pensamentos não a abandonam de jeito nenhum, sempre conquistando espaço em meio às reflexões filosóficas aleatórias que brotam em sua mente como ervas daninhas ou por entre o pessimismo em meio a tantos desafios que ela tem certeza de que ainda estão por vir.

Enfim, prepara-se para alçar voo em direção à delegacia, onde Lefertahri reside. Quer comemorar a vitória com ela, a única que importa de fato. Porém, antes que o faça, a suave voz de Breccan atrai sua atenção.

— Acabei de receber uma convocação para irmos à Praça do Alarido. Eu, você e Pitah.

Ela rosna, impaciente. Uma parada na Praça do Alarido com certeza não está nos seus planos.

— Não seja malcriada — o vulcanologista ralha, parando ao lado do engenheiro. — Uma carona para irmos mais rápido?

Alanis cometeu o equívoco de permitir que os dois subissem em suas costas uma vez, a fim de analisarem de cima a magnitude da devastação causada pela lava na floresta. A experiência lhes trouxe grande satisfação, levando-os a pedir para repetir o passeio. Assim, antes mesmo que ela possa manifestar sua desaprovação, eles se projetam para frente para montá-la. Diante da audácia, os olhos da ruiva reviram-se em descrença, mas ela se ajoelha para que ambos se acomodem.

Estou virando uma versão mais irritada da Lefertahri, resmunga.

No entanto, ao refletir de forma racional sobre a ordem imposta pelas autoridades, torna-se evidente que não há sentido em resistir a ela. Quanto mais rápido terminar seu compromisso na Praça do Alarido e quanto menos demonstrar ser uma pessoa difícil de lidar, mais fácil será para ela e Lefertahri se libertarem.

Vamos acabar com isso logo.

Num ímpeto, a Dragão alça voo, segurando com firmeza a cadeira de rodas de Breccan com suas patas traseiras – por sua vez, o engenheiro encontra-se atado à estrutura através de um cinto amarrado à sua cintura. Enquanto isso, Pitah agarra-se ao pescoço dela, embora o contato dele mal seja sentido pela garota devido às escamas, cuja textura áspera pode arranhar as coxas do vulcanologista. No entanto, a viagem vai durar menos de dez minutos, o que não deve causar danos à pele do homem.

À medida que ela sobe, com cautela para evitar alcançar uma altitude que os deixará com falta de ar, ambos gargalham com a proximidade das nuvens.

— Isso é tão legal! — solta Pitah. — Agora entendo por que os pilotos de dirigíveis amam seus trabalhos.

Alanis bufa, achando graça, e fogo escapa de suas narinas. *Por que homens são sempre tão bobos?*, pensa, lembrando-se de Mosi. Inclusive, como estará o amigo? Terá ele escapado de Évia junto com o resto da população? Imersa em seus pensamentos férteis, ela plana sob o dia ensolarado, embalada pela brisa refrescante que acaricia seu corpo. Depois de tanto tempo suportando temperaturas terrivelmente altas, o frescor é uma bênção.

A verdade é que ela voaria por horas se não tivesse um compromisso para acatar. Talvez mais tarde, possa convidar Lefertahri para explorarem o céu juntas. O bater de suas asas vacila ao notar a direção que seus pensamentos tomam. É estranho abraçar aquela parte sombria de si mesma, como se voar – como um dragão! – fosse algo positivo. Porém, a sensação de liberdade ao bater de asas acaricia seu peito, cessando qualquer dúvida que possa existir.

Está sendo otimista, Alanis. Você sabe que não está livre, profere uma voz séria em sua mente. Por mais certa que esteja, a quadrinista permite-se um momento de ilusão. Afinal, desde que foi amaldiçoada, nunca desfrutou, de verdade, a chance de voar, de contemplar o horizonte por perspectivas que poucos têm o privilégio de fazer.

Ser um dragão possui suas vantagens, ao que parece.

Mais uma vez, Lefertahri está correta em suas suposições.

Um sopro de orgulho a invade.

— Ali a praça. — Breccan grita, apontando para um ponto borrado abaixo.

Alanis sabe, embora não pela sua visão, é claro. Se não fossem os seus outros sentidos, estaria perdida, vagando sem rumo. Mesmo assim, considera um gesto amável que Breccan tenha compartilhado essa informação. A certeza de Alanis sobre a generosidade do homem aumentou quando, na terceira noite, o engenheiro conversou com ela em sua forma humana e descobriu sobre sua miopia, prometendo desenvolver óculos adaptáveis para a criatura alada assim que a situação se acalmasse com o Ariosto.

A Dragão embica para a frente, com cuidado para não derrubar os dois passageiros. Ao se aproximar da praça, avista algumas pessoas indicando o local exato para o pouso, bem no centro. Assim o faz. O estrondo ressoa pelo ar quando as três patas colidem com vigor na superfície rochosa.

— Lani!

Um arrepio percorre sua coluna, fazendo-a vasculhar o ambiente em busca da dona da voz. É atingida primeiro pelo aroma doce, um pouco amadeirado e muito metálico, que sempre faz seu coração bater mais forte. Então, correndo no meio de uma pequena aglomeração, Lefertahri surge. Ela usa um vestido branco – como sempre – que define bem a cintura e evidencia todas as curvas. Além disso, seus ouvidos e pulsos brilham com pontos de cor, em um encantador degradê que transita do vermelho ao azul.

Linda, como sempre.

Você merece o mundo, Alanis quer gritar, embora apenas um rosnado alto escape de sua boca. Algumas pessoas se encolhem, mas a maioria abre um sorriso. Lefertahri abraça o corpanzil de Alanis, que aproxima o focinho com delicadeza da outra.

— Senti saudades — a relojoeira sussurra, beijando a face da Dragão.

Eu também, deseja poder dizer, mas apenas ronrona e fecha os olhos, aproveitando o carinho. No fim das contas, a convocação se prova algo bom.

— Tão bonitinhas — sussurra Pitah, já no chão, ao lado de Breccan.

A Dragão bufa diante do comentário do vulcanologista, que apenas ri dela. Lefertahri permanece abraçada a Alanis, seu sorriso apaixonado iluminando o seu rosto. As duas ficam nessa posição até uma voz se destacar acima dos sussurros das dezenas de pessoas espalhadas pela praça.

— Bem-vinda, Alanis Dilan. Bem-vindos, Breccan Connan e Pitah Sianh.

Damani, a delegada.

Ela teve poucas conversas com a mulher, mas Lefertahri revelou sentir-se desconfortável em sua presença – fato reforçado quando a garota se espreme mais contra a Dragão. Portanto, mesmo que Damani lhe ofereça um sorriso amistoso, o corpo de Alanis se torna tenso, pronto para agir. Acostumada com desventuras em sua vida, seu instinto clama por ação. Controla-se o máximo que pode, mas a irritação domina cada poro de seu ser com velocidade. Não há nada a fazer, não quando sua garota continua com o maldito relógio-rastreador no pulso, impossível de ser retirado sem decepar-lhe o membro. Elas tentaram uma vez, e o pequeno corte no punho de Lefertahri permanece como um aviso.

— Uggo Oissa — a menção do prefeito acende mais sinais de alerta — lamentavelmente não pode vir em pessoa, pois está ocupado, em Alun, angariando investimentos para a construção de barragens mais robustas e a recuperação das áreas afetadas na Quinta da Lava Seca e na floresta. — Damani para em frente a Lefertahri, Alanis, Breccan e Pitah, faz uma pausa e avalia o ambiente.

O grupo reduzido de pessoas que permaneceu na cidade para auxiliar na contenção da lava espreme-se no centro da Praça do Alarido. Alanis reprime um grunhido, irritada pela emboscada e amaldiçoando a própria imprudência por ter se oferecido tão facilmente a quem sempre a tratou mal. Ela move uma perna, pronta para lançar fogo caso ataquem. Analisa centenas de possibilidades distintas em frações de segundo, na busca por uma oportunidade de retirar Lefertahri dali sem que a machuquem.

Quando Damani abre a boca de novo, Alanis abre as asas.

— Bom, estou encarregada de expressar a gratidão dos evianos a vocês quatro por evitarem uma catástrofe em Évia — ela recomeça, o sorriso expandindo nos lábios. Alanis trava o movimento das asas no ar, o coração ameaçando pular pela boca. — Sem a ajuda de vocês, inúmeras famílias perderiam seus lares, seus pertences e, quem sabe, suas vidas. Assim, em nome da população de Évia, dedico a vocês quatro uma salva de palmas.

A Dragão não entende muito bem quando os primeiros vestígios de um som abafado e estalado reverbera no ambiente, crescendo até se transformar em uma sequência rápida de pequenas explosões. O barulho se espalha pelo ar com rapidez, e em questão de segundos novos componentes se juntam à cacofonia: assobios, murmúrios e exclamações de admiração. Acompanhando a salva de palmas, sorrisos se espalham pelo local, assim como chapéus, pistolas e lenços são erguidos aos céus, criando uma cena digna de um carnaval a vapor – comemoração típica em homenagem aos primeiros maquinários movidos a carvão.

Alanis abaixa o rosto ao mesmo tempo que Lefertahri ergue o olhar. De repente, a Dragão sente cócegas no lado esquerdo e percebe Breccan e Pitah envolvendo-a em um abraço. Ambos exalam felicidade, e um deles oferece um lenço ao outro para conter a enxurrada de lágrimas.

Alanis, contudo, só tem olhos para uma pessoa.

Sua Lefertahri.

Ela está imóvel, a boca entreaberta e os olhos esbugalhados. De repente, seus lábios se retorcem e, por fim, as lágrimas deslizam pelas bochechas.

Ah, se dragões chorassem…

Alanis escuta o estalo ressoar no chão rochoso quando uma gota enorme despenca de seu focinho. Recua, assustada, tentando compreender por que água escorre de seu rosto. Não é possível ser o que ela pensa, é? Não pode ser, pois, se for verdade, o que mais há no mundo para ser desvendado após descobrir que até dragões são capazes de chorar?

* * *

Em Caladuna, os historiadores dividem seus estudos entre Pré e Pós Sethara's Fúrnis. A nomenclatura refere-se ao episódio em que os alquimistas tentaram roubar a fórmula divina que carrega o mesmo nome. Segundo os relatos da época, Sethara's Fúrnis é uma mistura de ingredientes raros, extratos de criaturas sombrias e rituais complexos que desafiam as leis naturais do mundo. Seu poder é descrito como avassalador, embora jamais tenha sido revelado sua verdadeira natureza.

Alanis Dilan retornou à Porto Aurora no fim do ano 93 Pós Sethara's Fúrnis.

Ela caminhou pelas ruas movimentadas de sua terra natal com o coração acelerado, uma mistura de ansiedade e apreensão dominando-a ao retornar à cidade que a havia abandonado. Sabia não pertencer mais ao local, mas esperava, pelo menos, ter uma recepção calorosa de sua namorada. Afinal, Inma tentara dissuadir a mãe da expulsão de Alanis da Engrenagens a Vácuo antes de ser levada à força até o Oráculo de Ghunza.

Alanis enviara uma carta no dia anterior a Inma, convidando-a a se encontrar com ela em um beco estreito conhecido pelas duas. Em meio ao som de engrenagens rodando e ao cheiro de fumaça das indústrias à carvão ao redor, a jovem abriu um largo sorriso ao avistar a namorada.

O sorriso logo se apagou.

A expressão de Inma era dura e implacável. Antes que Alanis pudesse dizer qualquer coisa, a loira a impediu com um olhar de desdém:

— O que você está fazendo aqui? — Seu tom era mais áspero que uma lâmina de aço enferrujado. — Você foi expulsa, lembra? Não acha já que causou problemas demais?

Alanis engoliu em seco. Ela tinha sido expulsa, sim, mas tinha esperanças de que Inma ainda a apoiasse.

— Inma, por favor...

Queria gritar o quanto sentiu falta da outra, mas foi cortada novamente.

— Você é uma condenada pelo Oráculo — acusou, os olhos faiscando com desprezo. — Não podemos arriscar ter alguém como você em nossa liga. Você é um perigo, Alanis.

— Inma...

A loira aumentou o tom de voz ao proferir:

— Não posso arriscar ter alguém como você na minha vida. Não posso e não quero.

As palavras atingiram Alanis em cheio. Lágrimas transbordaram, e ela enxugou o rosto com as costas da mão. Seu peito doía, como se comprimido pelas pesadas máquinas de carvão das fábricas ao entorno.

— Você não entende — sussurrou Alanis, lutando contra as gotas que cismavam em escapar de seus olhos. — Eu fui exilada injustamente! Eu não escolhi isso.

— Ninguém escolhe, Alanis. — Inma disparou, os braços cruzados, o olhar duro e implacável. — Mas não muda o fato de que você foi e, por isso, tudo mudou.

— O que aconteceu com a garota que era a personificação da empatia? — A ruiva lançou, incrédula com as palavras que ouvia.

— Isso não tem nada a ver com empatia.

— Verdade — Alanis a cortou. — Tem a ver com justiça! E, por justiça, incendiarei o mundo quantas vezes for necessário! Pensei que você também.

Alanis continuaria falando, mas Inma ergueu um dedo, uma veia pulsando em sua testa. Teria sido melhor receber uma bala no peito ao escutar o que veio a seguir.

— Só vá embora. Não há lugar para você entre nós. Vá antes que eu decida te entregar às autoridades...

Inma contornou a quadrinista e sumiu por entre as ruelas do bairro. Alanis encarou, atônita e por longos segundos, o ponto onde a agora ex-namorada sumiu. Então, desabou no chão, a mão puxando os cabelos. Ela chorou. E gritou. E se amaldiçoou com palavras piores que o destino proferido pelo Oráculo, há mais de um ano.

Se antes Caladuna já a rejeitava, agora a indiferença e o desprezo eram palpáveis. Alanis estava sozinha para sempre.

CAPÍTULO 27

É assim que se escapa do Pecado Alquímico

Lefertahri se espreme contra as escamas de Alanis com força, por mais que a crosta arranhe sua pele. Enxuga as lágrimas com as costas da mão mais vezes do que gostaria de ser vista chorar em público. Mas como não se deixar embalar pelas palmas formando uma batida ritmada poderosa que pulsa em seu coração, como se criadas por tambores tocados em um carnaval a vapor?

Ao amanhecer naquele dia, ela esperava apenas continuar oferecendo seu canto tranquilizador às pessoas que se mantiveram em Évia para salvá-la, a exemplo dos operários e cientistas que atuaram junto de Alanis na linha de frente do plano de contingenciamento – apenas um gesto de pequeno conforto para corações corajosos. Depois do anúncio sobre o fim das atividades vulcânicas, pensou em dormir até se sentir bem o suficiente para passar um tempo de qualidade com Alanis, mesmo que na forma amaldiçoada. Em última instância, cogitou até ser levada para Alun, onde a submeteriam de novo ao Oráculo ou a alguma prisão.

O gesto de gratidão jamais passou por sua mente.

Quando ela sugeriu ajudar Évia, seu objetivo não era terminar ovacionada por pessoas que, até então, a perseguiam e temiam. O propósito era apenas auxiliar a cidade em que nasceu e que talvez tivesse prejudicado ao, de alguma forma, dar início ao Baile dos Atormentados. Além disso, nesse processo, poderia demonstrar que ela e Alanis não são tão perigosas como imaginam. Lefertahri sabe que a ruiva está preocupada com o plano e que preferiria agir de outra forma, mas ainda não tiveram chance de conversar a fundo sobre o futuro. O relógio-rastreador em seu pulso também a angustia, pois é um lembrete constante de sua falta de liberdade, mesmo que agora algumas pessoas a reconheçam por ter realizado algo grandioso em prol dos evianos.

Lefertahri procura o olhar de Alanis e a encontra em silêncio, grandes gotas escorrendo por seu rosto. Ela daria qualquer coisa para saber o que a garota está pensando. De relance, observa também Breccan e Pitah abraçados, cheios de felicidade.

Ao contrário de Alanis, a relojoeira não passou muito tempo ao lado dos especialistas. Ainda assim, nutre sentimentos positivos pelos dois, pois a outra se referiu a eles com carinho nas pequenas conversas roubadas. Gira, enfim, o rosto para frente, para os lados, para cada pedacinho da praça. A ovação perdura e seus lábios se contorcem, indecisos entre um sorriso e lágrimas de felicidade. Embora o grupo reunido ali não ultrapasse cem pessoas, o número supera em cem vezes todas as expectativas concebidas. Como alcançaram essa vitória, tão pequena e, ao mesmo tempo, colossal?

A salva de palmas dura minutos inteiros, e uma eternidade no peito de Lefertahri. Mesmo quando a comoção gradualmente diminui, a explosão de sentimentos dentro dela não se acalma nem um pouco.

E não vai acalmar tão cedo.

Não quando surge uma Onurihs afobada em meio à multidão. Atrás dela, Mosi.

Lefertahri paralisa seus movimentos, fixando os olhos na irmã. A Dragão enrola sua cauda em torno do corpo da relojoeira, como se percebendo a situação ao mesmo tempo que ela. Onurihs veste calças e blusa rosadas e um chapéu semelhante ao que Alanis costuma usar. Longos brincos em formato de engrenagens pendem de suas orelhas, descendo até pouco abaixo dos ombros, enquanto seus fios de cabelo, compridos e lisos, estão enfeitados com as mesmas presilhas douradas que Lefertahri usa.

Ela está mais velha, a relojoeira se assusta ao perceber, por mais óbvia que a constatação pareça. Furtar vislumbres da irmã ao longo dos anos não a havia preparado para analisar de perto as feições já praticamente adultas de Onurihs. Seu corpo perdeu as curvas juvenis, substituídas por curvas esguias, distintas das suas, porém semelhantes ao biotipo do pai.

As duas se encaram sem sorrir, apenas olhos arregalados, espelhados uma na outra.

O coração de Lefertahri dispara e seu instinto clama por fugir, para evitar que Onurihs testemunhe a decepção que ela se tornou. Afinal, mesmo que meia dúzia de pessoas a aplaudam, isso não apaga o fato de que ela é um monstro, uma condenada pelo Oráculo de Ghunza, culpada, uma vergonha para sua família. Talvez fugisse mesmo não fosse a cauda da Dragão enroscada em torno do seu corpo. A garota engole em seco, todos os ensinamentos que ela mesma havia internalizado sobre autocompaixão desaparecendo diante do olhar penetrante da mais nova.

Porém, Onurihs dispara até ela e, no meio do caminho, seus braços se abrem até recaírem enroscados na irmã, apertados, urgentes. Um soluço se faz audível em seguida e é nesse momento que Alanis se afasta alguns passos, dando privacidade às duas. Lefertahri sente-se impelida a retribuir o abraço, embora não compreenda totalmente seu significado. O que importa são as lágrimas que deslizam por seu rosto enquanto ela acaricia os cabelos da mais nova, segurando-a com todo o amor possível.

Ainda que não se sinta digna desse afeto, não pode negá-lo, pois, se o fizer, colapsará no chão e jamais se erguerá outra vez.

— Senti tanto a sua falta — ela deixa escapar, a voz abafada pelos fios lisos perto de sua boca.

Onurihs se afasta e acerta um tapa forte no braço de Lefertahri antes de se afundar de novo em seus braços.

— Eu também! Por que não contou que estava aqui, sua idiota? — repreende, a voz infantil para sempre perdida e, em seu lugar, um timbre melódico.

— Pensei que vocês não queriam me ver…

— Está louca!? — Onurihs segura a irmã pelos braços, fitando-a com rigidez. — Sentimos sua falta todos os dias. Pensamos… pensamos que estivesse morta!

Seria um bom castigo depois do que fiz com Amarna.

Mesmo tentando ser mais amável consigo mesma em relação ao merecimento de amor, os fantasmas daquela noite ainda a assombram. Embora em menor frequência, tem pesadelos com o corpinho sem vida de Amarna, com o choro lacerante da mãe ao encontrá-la gritando no quarto e com o olhar de decepção do pai. E agora, após o Baile dos Atormentados, evento do qual ela é a principal suspeita de ter iniciado... Além disso, Damani não trouxe nenhuma informação atualizada sobre o estado de saúde e o número de pessoas ainda afligidas pela dança macabra, muito menos porque alguns pararam de dançar subitamente. Diante de tanta bagunça em sua vida, como poderia encarar sua família nos olhos mais uma vez?

Desvia o rosto, suas bochechas pelando de vergonha.

— Achei que seria melhor…

— Lefertahri Eissa, se você terminar essa frase com algo depreciativo eu juro que vou te bater de novo! — Onurihs fecha o punho da mão esquerda e o mostra para a outra. — Não sou mais criança para ter medo da minha irmã mais velha.

— Desculpa…

— Desculpa!? Céus! Eu tinha esquecido o quanto você é assim, boazinha. Quem te deve desculpas somos nós, Tahri. — Onurihs cobre a face com as mãos. Segundos depois, respira fundo e continua: — Eu era uma idiota naquela época, a mamãe estava passando pela pior depressão que já teve e o papai estava exausto das viagens. Deixamos sob sua responsabilidade Amarna — sua voz falha ao mencionar a irmã — e depois ainda permitimos que você levasse a culpa por um acidente que… Você não merece o que aconteceu com você, Tahri. O papai e a mamãe se arrependeram tanto de como te trataram…

Lefertahri desaba em soluços ferozes, seu corpo tremendo, os ombros espremidos como se ansiasse por sumir dali.

— Eu amo tanto vocês — gagueja a relojoeira. — Papai e mamãe estão bem?

— Sim — sussurra a mais nova rapidamente, a mão delicada repousando no queixo da outra. — E a gente ama você, sua boba.

Onurihs acaricia o cabelo de Lefertahri e profere palavras gentis ao mesmo tempo que Alanis se move atrás das duas. Com passos estrondosos, a Dragão se afasta mais e ruge, capturando a atenção de todos em uma óbvia tentativa de desviar os olhares das irmãs. É um momento íntimo demais para ter uma plateia, sim, contudo, Lefertahri, não se importa, não dessa vez. Poderia haver milhares de pessoas ao redor, que, ainda assim, só existiria ela e Onurihs ali. A relojoeira se inunda da irmã, do cheiro de lar que ela exala e do fim das saudades infinitas que a afogaram por tantos anos. Aos poucos, o medo que retornou de súbito perde força com o contato físico.

Aos poucos, Lefertahri compreende que, de fato, está livre para seguir em frente.

Minutos depois, ela abre os olhos, o queixo ainda apoiado no ombro da mais nova. A primeira pessoa que enxerga é Mosi conversando com algumas pessoas metros à frente. Ele a flagra encarando. Ela sorri. Ele retribui. Então, Lefertahri simula com a boca:

— Obrigada.

Em Caladuna, a tentativa de roubo da Sethara's Fúrnis é conhecida como O Pecado Alquímico. O episódio desencadeou uma série de eventos caóticos e destrutivos, que mudaram o rumo da História. Por conta disso, uma expressão se tornou parte do folclore e da cultura caladinha e passou a ser usada para descrever situações de infortúnio, azar ou má sorte. Sempre que uma onda de adversidades acomete alguém, fala-se que a pessoa está presa no pecado alquímico.

Lefertahri Eissa sentia-se capturada pelo pecado alquímico por anos.

Por mais que tenha tido sorte de encontrar o caminho de volta para sua cidade, a jornada não foi um mar de rosas. Precisou enfrentar tempestades ferozes, pouco comuns no país; a desconfiança de moradores de cidades pequenas onde se refugiava por alguns dias; o medo de a Banshee ser descoberta por autoridades sempre que cantava em frente a alguma casa; e a falta de dinheiro, fazendo-a comer bem menos do que o necessário para alguém da sua idade.

Assim, tudo que a jovem queria ao pisar em Évia era correr para casa e se acabar de chorar no colo de sua família.

Fez o contrário.

Embrenhou-se na floresta e lá começou a construir sua casa na árvore, incapaz de obrigá-los a encarar a decepção que ela era.

CAPÍTULO 28

BRAÇOS PARA CHAMAR DE LAR

O MISTERIOSO BAILE DOS ATORMENTADOS QUE AFLIGIU ÉVIA POR MESES DEIXA MAIS DÚVIDAS QUE RESPOSTAS

Duas teorias são avaliadas por especialistas para explicar o fenômeno

Quatro de Alquimiaire do ano 97 Pós Sethara's Fúrnis - Um fenômeno misterioso e perturbador abalou Évia nos últimos meses. Conhecido como o Baile dos Atormentados, centenas de pessoas entraram em um frenesi de dança sem motivo aparente em cima dos trilhos das locomotivas a vapor. Os dançarinos se espalharam rapidamente e, na véspera da erupção do vulcão Ariosto, poderiam ser encontrados por toda a cidade. Contudo, tão repentino quanto começou foi o desaparecer dos bailarinos. O evento deixou os moradores e as autoridades confusos, e duas teorias surgiram para tentar explicar o inexplicável.

A primeira delas aponta para uma possível causa-efeito relacionada à recente erupção do Ariosto, localizado nas redondezas de Évia, ocorrido um mês atrás. A teoria foi levantada pelo vulcanologista Pitah Sianh, reconhecido como herói por liderar o plano de contingenciamento dos danos causados pela lava.

De acordo com o especialista, os gases pré-erupção podem ter liberado uma energia anômala de baixa perceptividade para os maquinários que monitoram o vulcão, o que explica a não antecipação do evento. "Isso pode ter desencadeado uma reação em cadeia, levando as pessoas mais sensíveis a algum componente que ainda não mapeamos a dançar sem controle, com olhares vazios e sorrisos levianos, como se presos em um transe", explicou.

Outra teoria intrigante que surgiu, levantada pela Comissão de Estudos dos Amaldiçoados de Ghunza (CEAG), sob chancela do governo, é a possibilidade de a canção da Banshee, forma amaldiçoada da heroína Lefertahri Eissa, causar efeitos ainda não compreendidos na mente das pessoas, podendo influenciá-las a dançar de forma compulsiva.

Não é a primeira vez que a sugestão de que banshees não somente prenunciam mortes é levantada. O pesquisador de criaturas sombrias e animais de estimação dos deuses, Antoniel O'mansh, já havia apontado haver indícios de que a canção do ser espectral pode acalmar almas amedrontadas. Esse poder, inclusive, foi utilizado por Lefertahri para tranquilizar os trabalhadores responsáveis por conter o vulcão Ariosto, permitindo-os agir sem desespero.

"Essa teoria explicaria tanto o súbito início quanto o súbito término do Baile dos Atormentados", pontuou a pesquisadora da Faculdade Federal de Alun, Elenia Vahs, especialista em criaturas sombrias. "O doutor O'mansh, trinta anos atrás, já acreditava que a canção de uma banshee pode ter uma influência poderosa sobre as emoções e comportamentos das pessoas, e o Baile dos Atormentados traz mais um indício de que sua teoria estava correta".

Apesar das especulações, até o momento não foram encontradas evidências concretas que confirmem qualquer uma das hipóteses. Não ajuda o fato de nenhuma das vítimas do transe se lembrar de como começou e por que parou de dançar. "É como se eu estivesse dormindo e não sonhasse. Quando acordei no trilho do trem, foi apavorante. Não me lembro como cheguei até ali nem quantos dias fiquei dançando", contou o mineiro Hun Calier, uma das vítimas do Baile.

O fenômeno continua sendo um mistério, deixando os habitantes de Caladuna preocupados e curiosos. Enquanto as autoridades locais investigam, os moradores de Évia seguem cautelosos. "Achei que estava ficando maluca", contou a florista Loiana Musan, testemunha do Baile. "Vi pessoas dançando nos trilhos do trem, nas ruas e até mesmo em cima dos telhados, quando o Ariosto estava prestes a erupcionar. Foi assustador".

Alanis fecha o jornal e o joga em cima da mesa redonda do quarto, sem terminar a matéria.

— Não aguento mais ler sobre a gente e o Baile dos Atormentados — resmunga, cruzando os braços e se recostando na cadeira. — Pelo menos, é melhor do que aquela com a chamada sensacionalista: "A Dragão e a Banshee: heroínas ou vilãs?".

— Eu só queria que o Ra Comarc e a Aineith não tivessem documentado os estudos sobre mim e o Baile... — Lefertahri pega o jornal para ler a reportagem, uma careta no rosto.

— Por sorte esses dois malucos estão mortos — Alanis comenta, batendo os dedos despretensiosamente na madeira. A outra a fita com olhos arregalados. — O que foi? É verdade. Não fazem falta para ninguém. Inclusive, pare de procurar por esse tipo de matéria. Sempre te deixa mal, Tahri.

— Devem fazer falta para a família dos dois — rebate, sem tirar os olhos do texto e ignorando por completo a sugestão da ruiva.

— Efeito colateral. Acontece. — Alanis dá de ombros.

Lefertahri ergue uma sobrancelha em resposta.

— A sua sorte é que eu sei que não é tão insensível quanto gosta de fingir ser... inclusive, sei que não gosta, mas precisamos falar sobre isso sem você fugir do assunto... Esse foi o motivo pelo qual não cogitei fugir no dia da erupção... Eu sabia que você precisaria machucar pessoas para garantir nossa fuga, Lani. Você entende isso?

— Sim, sim. — A ruiva dá de ombros e trava o revirar dos olhos, pois, de fato, odeia o tópico. — E você não queria que eu repetisse o que aconteceu no centro de detenção, porque por mais que me faça de durona, fico remoendo as minhas decisões impulsivas e não gosto de machucar ninguém. Já sei. Você sempre repete isso.

Alanis ri e desvia o olhar, sem humor algum. Desta vez, Lefertahri está enganada. Ela não sente remorso pela morte dos policiais-cientistas, não depois do que fizeram com sua garota. A relojoeira ainda desperta à noite com pesadelos relacionados à eletricidade, momentos nos quais a quadrinista tem pensamentos ainda mais sombrios sobre os dois. No entanto, está certa sobre a outra parte, por mais difícil que seja admitir. Não gostaria mesmo de ser forçada a causar efeitos colaterais para escapar dos policiais naquele dia, como aconteceu anos atrás no episódio que culminou com a perda de sua mão.

Lefertahri ergue uma sobrancelha, mas Alanis continua falando, de modo que ela não avance no tópico:

— Pelo menos abafaram a causa da morte. Eu me recusaria a ser presa por conta deles.

Lefertahri suspira, vencida.

— Colocar a culpa nos rebeldes foi uma boa saída — admite. Alanis não sabe como se sentir com o comentário, pois as lembranças de seu tempo na liga são agridoces.

Damani emitiu um comunicado oficial à imprensa logo após a erupção do Ariosto, atribuindo a responsabilidade pela morte dos dois policiais-cientistas aos membros da Engrenagens a Vácuo, bem como a explosão no armazém que destruiu o arsenal das armas de contenção dos amaldiçoados, entre outros maquinários importantes. Para essa última situação, também foi mencionado o furto sistemático de tecnologia avançada por parte dos rebeldes em todo o país, o que gerou uma nova onda de preocupação acerca de uma possível guerra civil.

— Enfim uma mentira do governo que nos beneficia… — profere Alanis, amarga, enquanto apoia os braços abertos atrás do encosto da cadeira. — Falando em mentira, essa versão do Pitah e do Breccan sobre os gases do vulcão tem se espalhado. Percebeu?

Lefertahri assente, uma careta se formando em seu rosto.

— Acha que é de propósito?

Alanis pondera antes de responder.

— Você sabe o que eu acho, Tahri. — Suspira, cansada. — Eles estavam conversando baixinho demais no corredor, aí quando eu passo do lado, aumentam o tom de voz? Logo depois de me ver ali? Suspeito. Muito suspeito.

Foi como se quisessem que ela soubesse da outra teoria que tinham formulado. Uma teoria perigosa. Rebelde. Uma teoria que afirma que o Baile dos Atormentados foi resultado de um surto psicótico causado pela desesperança da população alimentada por um governo hipócrita.

— Não temos certeza de que essa hipótese é a verdade, muito menos se a descobrimos de forma intencional — contrapõe Lefertahri, enfim colocando o jornal em cima da mesa. — E seguir por esse caminho me parece perigoso.

— De fato. — Alanis não tem dúvida alguma de que compactuar com tal teoria colocaria as duas na mira das autoridades. Mais ainda, como se fosse possível. — Mas faz sentido. Os boatos comprovam e… se foram espalhados de propósito também?

— É Mosi quem traz os boatos. Ele é confiável? Não era um papagaio do governo?

— Disse bem, Tahri, era. Ele está mais… *aberto* às causas rebeldes desde a erupção. Ajuda o fato do irmão ser um opositor ao governo que escapou da cadeia.

Lefertahri assente e enrijece a face.

— De qualquer modo, o boato não descarta que a culpada seja eu. Os afetados pelo Baile dos Atormentados serem, em sua maioria, pessoas lidando com pressões extremas relacionadas aos seus trabalhos ou famílias, não comprova que tenha sido um surto psicótico.

— Sem dúvida. O título da matéria é adequado, ao menos. O Baile deixou mais dúvidas do que respostas…, mas aí fica a pergunta: a gente realmente quer *essa* resposta? — Alanis fita Lefertahri nos olhos e coloca a mão em cima da dela. — Para mim, seria mais interessante aceitarem de vez a explicação sobre os gases do vulcão. Primeiro, porque eu juro que não acredito que você, Tahri, seja a culpada. E, mesmo se fosse, não foi de propósito e já passou, tipo, acabou *mesmo*. — Ela pressiona os dedos com mais força na pele da outra, em sinal de apoio. — E merecemos crédito também. Os primeiros dançarinos pararam de dançar quando a gente teve nosso momento lá na Praça do Alarido. O motivo disso? Só os deuses sabem. Mas se formos vilãs, pelo menos somos heroínas também.

— Anti-heroínas — brinca Lefertahri, enfim esboçando um sorriso. — Mas você é minha heroína para sempre.

Alanis se levanta e caminha até a cadeira da relojoeira. Em seguida, abaixa a cabeça até ficar na altura do rosto dela.

— Acho que podemos aproveitar esse eclipse lunar de outra forma, sabe, usar melhor nosso tempo.

A Dragão e a Banshee, apesar de reconhecidas por desempenharem um papel crucial na salvação de Évia e desfrutarem de certa liberdade para andar por aí, permanecem sob a custódia do governo. Isso implica nos relógios-rastreadores presos em seus pulsos e na presença constante de policiais, equipados com armas especiais fornecidas por outras cidades, que as monitoram de perto – tanto para a segurança delas, devido àqueles que não concordam com o livre-arbítrio das duas, quanto para a dos evianos. Além disso, elas foram alojadas em um prédio governamental, cada uma com seu próprio quarto, mas compartilhando o mesmo banheiro entre eles. É no aposento de Lefertahri onde estão agora, cercadas por paredes em um tom neutro e discreto, com um mobiliário robusto em madeira e ferro.

A relojoeira abaixa o olhar para a boca de Alanis, mas antes que a Dragão possa saciar seu desejo pelos lábios da outra, a Banshee a empurra com delicadeza.

— Para com isso, Lani. A Onurihs vai chegar daqui a pouco. E a gente também precisa mesmo conversar sobre o que fazer agora, sabe que ela vem para cá não só para te conhecer…

— Temos alguns minutinhos e você bem merece uma massagem… — A ruiva a interrompe, aproximando a boca do pescoço da relojoeira.

Uma batida na porta faz Lefertahri soltar um gritinho e saltar assustada da cadeira. Alanis ri, afastando-se, embora uma onda de frustração a invada ao testemunhar a entrada de Onurihs no quarto, seguida por Mosi.

— Temos? — Lefertahri provoca, fazendo questão de encostar seu corpo o máximo que pode na outra.

Alanis pega o braço dela e sussurra em seu ouvido:

— Não me provoca, Tahri.

Lefertahri ri baixinho e se desprende, correndo em direção à irmã.

A Dragão observa a relojoeira recepcionando Onurihs e Mosi, parada onde está. Um sorriso bobo se desenha em seu rosto, enquanto ela se dá conta de que nunca imaginou encontrar em Évia braços para chamar de lar.

Em Caladuna, há diversas teorias da conspiração sobre como o Oráculo de Ghunza decide quem será condenado ou não. A versão oficial do governo afirma ser um presente dos deuses para ajudar a manter o país seguro, prevenindo contra a repetição do Pecado Alquímico.

Alanis Dilan queria que tanto o governo quanto os rebeldes explodissem. Com frequência, de forma amarga, ela ponderava sobre a possibilidade de os alquimistas terem conseguido roubar a Sethara's Fúrnis e reduzir Caladuna a escombros.

Desde o momento em que foi rejeitada por Inma, a jovem vagou de cidade em cidade, partindo antes que pudesse estabelecer vínculos ou que percebessem que o novo monstro na vizinhança era ela.

No fundo, tudo que Alanis queria ter eram braços onde pudesse chamar de lar.

CAPÍTULO 29

QUERIDA LEFERTAHRI

Lefertahri segura a carta com as mãos trêmulas e o olhar vago. Observa o papel amarelado há minutos, sem encontrar coragem para abri-lo. Nem mesmo a discussão a todo vapor entre Mosi e Alanis abafa o retumbar do seu peito em seus ouvidos. A ruiva está furiosa com o amigo por ter descoberto e revelado a surpresa que ela preparava para a relojoeira: uma história em quadrinhos sobre a relação das duas. Se a informação viesse em outro momento, Lefertahri estaria chorando, grudada em Alanis. Mas não agora, não com as palavras ainda não lidas presas em sua mão como um tesouro.

O mundo é apenas um borrão à sua volta.

— Você acabou com a surpresa! — ralha Alanis pela quinta vez em algum lugar distante na mente de Lefertahri.

— Não deixa seus cadernos jogados por aí então — Mosi retruca, e a relojoeira imagina que o garoto tenha batido com os pés no chão devido ao barulho mais intenso que se seguiu.

— Jogados? Ele estava no armário do outro quarto embaixo do cesto de roupas para lavar!

— Já disse que foi um acidente. Eu estava procurando uma pasta de dente nova, porque a sua está detonada.

— E foi procurar no meu quarto? — Alanis o interrompe. — E achou legal vir aqui gritando que encontrou um projeto secreto meu? Só admite que, além de megalomaníaco e irresponsável, é também um fofoqueiro!

Lefertahri balança a cabeça, lutando para prestar atenção aos gritos dos dois. Deveria sentir-se lisonjeada e encantada com o presente de Alanis, mesmo que já não seja uma surpresa. Ter uma história sobre elas escrita pela ruiva significa muito. É adorável como a garota se esforça para parecer durona, mas, na realidade, é uma romântica enrustida.

Contudo, sua mente insiste em focar apenas na textura rugosa e amassada em suas mãos.

Do outro lado da sala, Onurihs intromete-se na discussão:

— Vocês dois aí brigando por uma história em quadrinhos, mas e eu que ganhei um relógio-sentimentos da O'Shea consertado pela heroína de Évia? Existe presente melhor do que esse?

— Não mesmo. A Tahri se jogou de cabeça nesse projeto — Alanis concorda, fazendo uma careta ao final. — Ela até me convenceu a colocar a mão na massa no conserto, sabe.

— Pelos céus, Lefertahri! — intromete-se Mosi. — Fez Alanis trabalhar em algo operacional sem reclamar? Parabéns, garota.

O adolescente se aproxima e dá uma batidinha na mão de Lefertahri, enquanto Alanis simula uma careta em resposta ao comentário. A relojoeira levanta o braço de forma automática, porém sem expressar qualquer reação.

— Ei, vocês dois, para o outro quarto! — Onurihs aponta para Alanis e Mosi e, em seguida, indica a porta do banheiro que separa os dois aposentos. — Eu já vou também. Precisamos conversar sobre... os próximos passos.

Como próximos passos, a irmã se refere ao que fazer para garantir que Alanis e Lefertahri não sejam isoladas na Ilha do Desconhecido de novo ou, pior, mortas assim que a euforia do feito das duas esfrie. O que, de fato, é um assunto que a relojoeira pretende se inteirar, mas talvez em outro momento. Agora, seu foco continua fixo no conteúdo da carta não lida, da mensagem desconhecida, do passado que pode definir o futuro dela para sempre.

— Tahri, por que não me disse que sua irmã é mais mandona do que eu? — Alanis zomba, mas pega Mosi pelo ombro e o conduz para fora. — E não se atreva a mexer em mais nada no meu quarto, seu idiota! Ou eu vou tostar suas calças de manhã!

Assim que os dois deixam o quarto, Onurihs se acomoda ao lado da irmã na cama e repousa a mão na coxa dela.

— Parece que são irmãos — ela brinca. — Ei, quer que eu abra junto de você?

— Oi? — Lefertahri levanta a cabeça, sem ter certeza se a irmã lhe fez uma pergunta.

— Quer que eu fique aqui quando você abrir a carta? — Onurihs repete com um sorriso gentil.

Lefertahri nega com a cabeça. Quer estar sozinha quando o fizer.

Onurihs apenas assente e se levanta.

— Obrigada pelo presente, Tahri. Eu amei de verdade. Significa muito para mim. — Ela agradece antes de partir, pressionando o relógio preso no pulso direito contra o peito. É muito mais bonito e transmite uma sensação amigável em comparação ao que a mais velha usa no braço. — Olha, está marcando que estou feliz. E tenho certeza de que, onde quer que ele esteja, papai também está.

Lefertahri prende o soluço que ameaça escapar de sua garganta, lutando para conter a dor que consome sua alma. Só quando Onurihs fecha a porta do banheiro e a deixa sozinha no cômodo, ela permite que as lágrimas fluam, descomedidas. Com as mãos pressionadas contra a testa, segurando o papel com firmeza, a garota despeja todos os sentimentos aprisionados dentro dela por mais de cinco longos anos.

Lefertahri relembra com dor das palavras de Onurihs no dia que se reencontraram, pronunciadas somente depois de muito insistir:

— A mamãe está internada em uma clínica de reabilitação por conta da depressão profunda. Ela teve uma recaída. E o papai… — ela hesitou, e o brilho nos olhos da mais velha desvaneceu com a demora, inúmeros cenários catastróficos irrompendo em sua mente. — O papai saiu para te procurar há mais de um ano e nunca mais voltou — despejou de uma vez, antes que perdesse a coragem, a voz embargando a cada palavra. — Ele entrou em um navio e disse que iria até os confins do mundo atrás de você, Tahri.

Isso explica por que ela não o via mais por aí. A princípio, supôs que ele estivesse viajando a trabalho, mas, na realidade... na realidade, poderia muito bem estar morto, perdido em algum canto obscuro do oceano. Uma nova onda de lágrimas brota com esse pensamento, mas ela se força a voltar o olhar para o papel. Uma gota cai sobre a carta e Lefertahri se apressa em enxugá-la antes que manche a elegante caligrafia de seu pai.

Uma carta... Uma carta entregue a Onurihs, com a esperança de que, caso a irmã a encontrasse antes dele, ela a desse para Lefertahri. E agora… agora é muito improvável que ele a reencontre um dia.

— Era para você me dizer essas coisas pessoalmente, papai — murmura para o papel.

Então, em um rompante de coragem, ela o cheira.

E o desdobra.

E segura os relógios presos em seu vestido com carinho.

E, enfim, lê as palavras escritas com capricho pelo pai que tanto ama.

Querida Lefertahri, minha menina,

Escrevo esta carta com o coração pesado, cheio de arrependimento e tristeza. Sei que palavras nunca serão suficientes para expressar o quanto me sinto culpado por ter me afastado quando você mais precisou de mim. Falhei como pai. Falhei como amigo. Falhei com uma das pessoas que mais amo nesse mundo. Este erro carregarei com remorso para sempre.

Lembro-me de quando éramos inseparáveis. Você era, ainda é e sempre será, na verdade, minha menina prodígio, minha alegria e meu maior orgulho. Mas quando a tragédia aconteceu, eu não soube lidar com a situação.

Me afastei e te culpei, mesmo que você apenas tenha dado o seu melhor para ajudar nossa família, como sempre fez. Por favor, entenda: nem eu nem sua mãe culpamos você pelo acidente. Nós somos os únicos culpados.

Me perdi em minha própria dor. E, nesse processo, te perdi também.

Eu não deveria ter me afastado de você, Tahri, não deveria! Eu deveria ter sido seu porto seguro, seu apoio incondicional. Me desculpa, minha menina. Eu te amo tanto, mas tanto! Me dói acreditar que você partiu sem saber disso. Ainda lembro do medo e da tristeza em seus olhos quando te deixei de frente ao maldito Oráculo.

Quando você foi condenada e levada à Ilha do Desconhecido, meu mundo desabou. Fiquei meses isolado em casa, imerso em arrependimento e saudade. Só conseguia pensar em você, minha menina, sozinha na ilha desconhecida. E, ainda assim, sei que seu sofrimento foi muito maior do que o meu. Inclusive, não quero que entenda nenhuma linha dessa carta como culpa sua. Eu só preciso colocar para fora o que meu coração sente, pois me arrependo tanto, mas tanto…

Eu jamais me perdoarei, mas espero que você consiga me perdoar um dia, o suficiente para me deixar abraçá-la como fazia quando você era minha pequena Lefertahri. É por isso que fui atrás de você. Tenho esperança de te encontrar e te trazer de volta para casa. Saiba que eu farei qualquer coisa para te ter de volta ao meu lado, para reparar o dano que causei. Ah, precisei pegar parte do dinheiro que economizei para sua faculdade, mas deixei o máximo que pude para que, quando você voltar, possa realizar seu sonho de ser uma fabricante de relógios. A gente dá um jeito de isso se tornar realidade, eu te prometo.

Bom, sei que se você estiver lendo essa carta agora sem a minha presença significa que não fui bem-sucedido na minha busca, e isso me parte o coração ao mesmo tempo que me traz felicidade, pois você voltou para casa, para o lado da sua mãe e da sua irmã.

Lefertahri, minha amada filha, peço e pedirei até não poder mais: me desculpe por todos os meus erros. Você sempre terá um lar em meu coração, e, onde quer que nos encontremos, estarei esperando por você com os braços abertos.

Eu te amo.
Com amor e arrependimento,
Papai.

Em Caladuna, não há nada que não possa ser perdoado. A não ser, é claro, aqueles que maculam a imagem do país, como os condenados pelo Oráculo de Ghunza.

É por isso que Lefertahri Eissa observa sua família de longe.

Onurihs está cada dia mais alta e bonita, com os fios lisos preto-azulados bem longos, ornados nas pontas iguais aos seus. Sua mãe ainda carrega um semblante triste no rosto, mas ela a vê passeando pela cidade, próximo a sua casa no bairro Nova Esperança, dentro do distrito industrial de Engrenária. Já é um grande avanço. Seu pai é visto poucas vezes, o sorriso gentil sempre presente no rosto. Viaja cada vez mais para ter como sustentar a família, ela supõe.

A felicidade sempre a inunda ao vê-los.

Ainda assim, Lefertahri não se aproxima.

Quem sabe, um dia, voltará a fazer parte dos Eissa.

Um dia, quem sabe.

CAPÍTULO 30

Só o Destino sabe

— Tem certeza? — Lefertahri pergunta, uma mão na pata dianteira de Alanis.

Ela ronrona em confirmação.

Tem certeza. Certeza absoluta. Mais certeza do que nunca.

À medida que os dias sob custódia do governo passavam, ficava mais evidente que a vida das duas pertenceria para sempre às autoridades. Damani sempre evitava discutir o futuro delas em Caladuna quando buscavam informações. Além disso, não havia privacidade real. Não havia confiança verdadeira. Não havia liberdade legítima. Havia apenas o controle de pessoas poderosas sobre as heroínas queridinhas da imprensa.

Alanis perdeu a conta das inúmeras entrevistas que concedeu nos últimos dois meses e, sobretudo, das inúmeras vezes em que ocultou verdades que ansiava desesperadamente expressar ao mundo. Talvez um dia possa desabafar todos os sentimentos e conhecimentos que fervilham dentro dela, mas que não pode manifestar. Um desses pensamentos é o fato de Caladuna fazer com que as pessoas acreditem que qualquer característica que destoe do padrão de cidadão exemplar mereça ser combatida. No entanto, lá está ela, com Lefertahri, provando que a Dragão e a Banshee são partes sombrias, sim, mas são partes que as duas aprenderam a conviver em harmonia.

Antes que sejam descartadas, Alanis e Lefertahri decidem partir.

Na casa de Mosi e Onurihs, há uma carta para cada um, explicando o sumiço. Na verdade, na casa da família Eissa, há duas cartas, mas a destinada à mãe de Lefertahri só deverá ser entregue caso a mulher demonstre melhora no estado de saúde. Por ora, as duas irmãs decidiram ser melhor que a mãe não soubesse sobre o retorno da filha mais velha.

Apesar dos apelos fervorosos de Mosi e Onurihs para ajudá-las e da dor de abandoná-los sem uma despedida adequada, é mais prudente que permaneçam ignorantes sobre o destino delas caso alguém decida interrogá-los.

— Não acho que vão importuná-los se a gente não causar problemas — disse Lefertahri em um eclipse solar.

Alanis concorda com o pensamento.

Só não concorda que as duas não causarão problemas no futuro. Afinal, o futuro é algo muito vago e pode significar tanto meses quanto anos. E muita coisa pode acontecer de forma não planejada.

Como apaixonar-se. Perdoar-se. Reencontrar-se. Tudo isso em seis meses.

Alanis dirige o olhar em direção à cidade, que se estende montanha abaixo. Ambas haviam combinado de se encontrar na caverna que uma vez chamaram de lar, próximo ao vulcão Ariosto, que agora permanece silencioso como nunca. A relojoeira compreende a indagação silenciosa da Dragão e prontamente responde:

— Não, tenho certeza de que ninguém me seguiu. O plano está todo nos conformes. Podemos ir. Ah! — Com pressa, ela se aproxima da maior mala fixada nas costas da criatura alada e a abre. Em seguida, com alguma dificuldade, retira de lá um par de óculos, vinte vezes maiores do que o habitual. — Ai, são bem pesados — resmunga. — Enfim, eis o presente do Breccan! Óculos para miopia tamanho dragão, como ele mesmo descreveu. A propósito, ele e o Pitah te mandaram um beijo.

Alanis ronrona, contente com a atenção do engenheiro e do vulcanologista. Sentiria falta deles – principalmente porque foram os dois que, *sem querer*, conversaram perto dela sobre um país pequeno, vizinho de Eiaxor, que possui uma postura mais liberal em relação a criaturas consideradas sombrias. Além disso, foram eles que *deixaram escapar* um conhecimento técnico sobre o relógio-rastreador que permitiu à Lefertahri descobrir como retirá-lo sem se machucar muito. Em vez de uma mão decepada, conseguiu apenas algumas cicatrizes no processo. Por isso, embora os dois não tenham conhecimento dos planos das duas, elas suspeitam que, de alguma forma, eles saibam que não se encontrarão mais.

A Dragão abaixa a cabeça enquanto a relojoeira prende com cuidado a armação nos ouvidos e chifres dela.

— Veja se está bem preso.

Alanis balança a cabeça de um lado para o outro. Os óculos se mantêm firmes, e a imagem sem nem um borrão sequer. Ela se apruma, pois voar dessa maneira promete ser uma experiência inesquecível.

— Vamos então?

A Dragão dobra as patas e estica a asa direita, ajudando Lefertahri a montar na sela que construíram para a fuga. Ao apertar o cinto e posicionar seus próprios óculos para protegê-la do vento, a relojoeira afirma:

— Estou pronta.

Alanis abre as asas. Lefertahri se segura firme.

Durante um eclipse lunar, a relojoeira perguntou à ruiva para onde as duas iriam, no fim das contas. E é nessa resposta que Alanis pensa ao bater as asas e se entregar ao abismo.

— Só o Destino sabe — pronunciou baixinho naquele dia. — Podemos buscar refúgio na terra que Breccan e Pitah mencionaram. Ou podemos embarcar em uma jornada pelo oceano, descobrir a verdade sobre o paradeiro de seu pai. Talvez possamos até vagar sem rumo algum. — Ela se aproximou, prendendo os olhos castanhos nos da sua garota. — Só sei que agora, meu amor, a gente vive.

Em Caladuna, não há nada que não possa ser perdoado. A não ser, é claro, aqueles que maculam a imagem do país, como os condenados pelo Oráculo de Ghunza.

Bom, pelo menos é o que querem convencer a população a acreditar.

Alanis Dilan não tinha mais esperanças de encontrar um lar para chamar de seu quando chegou em Évia em uma noite chuvosa. Desceu de uma pequena navegação com os ossos doendo após uma viagem de seis horas. Seu intuito era partir direto para vasculhar o entorno do Ariosto antes do amanhecer – afinal, a fama do local é conhecida por toda Caladuna, então mostrou-se como uma boa opção de primeiro esconderijo.

Antes de sair da área portuária, porém, avistou um policial com uma pinta enorme na bochecha escorraçando um garoto de cabelo castanho-rosado. Ele acertava o rosto do adolescente diversas vezes, com a mão aberta.

O sangue de Alanis esquentou.

Uma pedra atingiu a cabeça do policial no instante seguinte. Para sorte dele, era pequena. Aproveitando o desnorteamento do homem, Alanis puxou o adolescente para longe. Não demorou para que ele a guiasse por entre ruelas, até estarem longe o suficiente para conversar. Seu nome era Mosi O'Gamal e ele tinha treze anos.

— Já vi que Évia vai ser uma *daquelas* cidades — reclamou Alanis.

— Que nada. — Mosi abriu um sorriso ingênuo e fez um gesto despretensioso com as mãos. — Você vai logo perceber que Évia é ótima para recomeços.

Alanis desdenhou do comentário.

Mal ela sabia que, de fato, Évia comprovaria ser ótima para recomeços.

"Não podemos mudar o que o destino nos reserva,
mas não temos de enfrentá-lo sozinhos."
Arcane

AGRADECIMENTOS

Quando a minha mente, insana, decidiu que era uma boa ideia pegar referências de *O Feitiço de Áquila*, *Arcane*, *Red: Crescer é uma Fera* e o estranho fenômeno da *epidemia de dança de 1518* para criar uma história de amor entre amaldiçoadas, eu não sabia se daria certo ou não. Contudo, fui logo contar sobre o projeto para duas amigas que sofrem com meus rompantes de criatividade e animação aleatórios: Marina Rezende e Sabrina Silva. Para minha surpresa, elas adoraram.

O projeto ficou marinando por alguns meses na minha cabeça – o que, em outras palavras, significa que ficou me perturbando, ganhando forma contra minha vontade, já que as ideias se conectavam e eu precisava correr para anotá-las em um bloco de notas do celular. Antes que eu me desse conta, Alanis e Lefertahri já tinham personalidade, desejos, motivações, vida pregressa e uma vontade avassaladora de serem conhecidas pelos leitores.

A oportunidade de a história delas ser colocada de vez no papel veio quando eu contei a ideia para minha amiga Bianca Jung. Ela logo se animou e, meses depois, me convidou para o que seria um dos grandes momentos da minha vida: publicar o livro pela editora Qualis, que eu tanto admiro. A partir daí, tudo se tornou intenso demais: muito planejamento, escrita, contratempos, surtos e muita, muita mesmo, paixão e vontade de fazer dar certo.

Hoje, sei que consegui. Porém, não é nem de longe mérito apenas meu. Se não fosse o apoio de diversas pessoas, Alanis e Lefertahri talvez não tivessem essa edição tão caprichada que tanto merecem. Para iniciar, vale mencionar, de novo, as grandes amigas a quem dediquei esse livro: Bianca Jung, Marina Rezende, Sabrina Silva e Tayana Alvez. Sem vocês para me incentivarem e apoiarem nos momentos mais difíceis, não teria conseguido. De verdade, eu amo vocês.

O meu marido, João Gonzalez, também teve papel fundamental na concretização deste sonho. Se ele não acreditasse em mim tanto quanto eu acredito na arte dele da fotografia, eu não teria a coragem de ousar, de arriscar, de viver o que desejo viver. A sua parceria é meu porto seguro para continuar investindo na carreira dos meus sonhos.

Carol e Gabes, obrigada por lerem a primeira versão de Entre Ponteiros e Eclipses. Eu sei que estava uma tristeza e, mesmo assim, vocês leram tudo e fizeram apontamentos incríveis de melhoria. Vocês são perfeitas!

Julie, Liv, Vic e Yas, obrigada pela betagem e por instigarem o melhor de mim nessa história. Fran, sua torcida pelo meu sucesso e animação genuína pelas minhas histórias é um incentivo e tanto.

Felipe Silveira, Karla Akemy e Gabriela Avellar, vocês são os melhores consultores steampunk que eu poderia ter. Sem vocês, não saberia nada sobre física, biologia e geologia (não que eu saiba algo, mas, pelo menos, as explicações funcionam rs).

Simone Fraga e Bianca Jung (de novo!), minhas editoras, obrigada por acreditarem no potencial dessa história. Obrigada também a todo mundo que trabalhou nesse livro. A dedicação de vocês o deixou ainda melhor.

Pai, mãe, Lulu, obrigada pela torcida. A gente conseguiu. Eu lancei um livro na Bienal do Rio de 2023!

E, querida leitora que deu uma oportunidade a Alanis e Lefertahri, lembre-se: "todo mundo tem um lado barulhento e confuso por dentro. A ideia não é se livrar dos sentimentos ruins, mas abrir espaço para conviver com eles" (Red: Crescer é uma Fera).

Impressão e acabamento
psi7
psi7.com.br
book7
book7.com.br